John Barth

Ich bin Jake Horner, glaube ich

John Barth

Ich bin Jake Horner, glaube ich

Roman

Ullstein

Titel der amerikanischen Originalausgabe: The End of the Road

Ins Deutsche übertragen von Wolfgang Schlüter

Satz: Fotosatz Otto Gutfreund, Darmstadt
Druck und Binden: Mohndruck Graphische Betriebe GmbH, Gütersloh
ISBN 3 550 06372 5

I Ich bin Jake Horner, glaube ich

Ich bin Jake Horner, glaube ich. Es war auf den Rat meines Arztes hin, daß ich den Lehrberuf ergriff; eine Zeitlang war ich Grammatiklehrer an der staatlichen Lehrerbildungsanstalt von Wicomico in Maryland.

Der Doktor hatte mich in meinem ursprünglichen Therapieplan bis zu einem bestimmten Punkt gebracht (das war im Juni 1953), und dann, als ich einmal von Baltimore zu meinem vierteljährlichen Check-up in die Reaktivierungsfarm fuhr, die damals in der Nähe von Wicomico lag, sagte er zu mir: »Jacob Horner, Sie dürfen nicht länger untätig rumsitzen. Sie werden anfangen müssen zu arbeiten.«

»Ich bin gar nicht dauernd untätig«, sagte ich. »Ich mache alle möglichen Jobs.«

Wir saßen im Fortschritts- und Beratungszimmer des Farmhauses: Es gibt in dem jetzigen Etablissement in Pennsylvania eins, das ganz genauso aussieht. Es ist ein Raum von mittlerer Größe, die etwa der eines Wohnzimmers entspricht, nur die Decke hängt höher. Die Wände sind weißgetüncht, die Fenster mit weißen, gewöhnlich zugezogenen Stabjalousien verhängt, und für Licht sorgt ein kugelförmiger Beleuchtungskörper an der Decke. In diesem Raum befinden sich zwei völlig identische weiße Holzstühle mit gerader Lehne, die einander in der Mitte des Zimmers gegenüberstehen, sonst keine Möbel. Die Stühle stehen ganz nah beisammen – so nah, daß die Knie des Klienten fast die des Arztes berühren.

Es ist unmöglich, im Fortschritts- und Beratungszimmer entspannt zu sein. Der Doktor sitzt dir gegenüber, die Beine leicht gespreizt, die Hände auf den Knien, und beugt sich ein wenig zu dir vor. Du willst dich nicht langfläzen, denn dann würden deine Knie womöglich an seine stoßen. Du hast auch keine Lust, sei's auf männliche, sei's auf weibliche Art, die Beine übereinanderzuschlagen: die männliche – wenn dein linker Knöchel auf dem rechten Knie ruhte – würde deinen linken Schuh nötigen, gegen das linke Hosenbein des Doktors zu scheuern, auf der Höhe seines Knies, und möglicherweise seine weiße Hose zu beschmutzen; auf die weibliche Art, wenn sich dein linkes Knie über dein rechtes legte, würde deine Schuhspitze gegen das nämliche Hosenbein stoßen, nur tiefer unten, auf Schienbeinhöhe. Seitwärts abgewandt zu sitzen wäre natürlich undenkbar, und die Beine à la Doktor zu spreizen, würde dich peinlich daran erinnern, daß du seine Stellung nachäffst, als hättest du keine eigene Persönlichkeit. Daher ist deine Position (die den Anschein der Willensfreiheit hat, denn du bist ja nicht gezwungen, so dazusitzen, die jedoch nur in recht beschränkter Hinsicht frei gewählt ist, da es keine Alternativen gibt) die folgende: Du hockst ziemlich lächerlich auf deinem weißen Stuhl, wobei Rücken und Oberschenkel denselben rechten Winkel beschreiben, den die Struktur des Stuhls vorgibt, und preßt die Beine zusammen, wobei Ober- und Unterschenkel einen weiteren rechten Winkel bilden.

Die Placierung deiner Arme ist ein Problem für sich, auf seine Weise interessant und in mancher Hinsicht sogar noch komplizierter, wenn auch von geringerer Bedeutung, denn egal, wohin du sie legst, sie werden normalerweise mit dem Doktor nicht in körperlichen Kontakt kommen. Du kannst mit ihnen tun, was du willst (du würdest sie natürlich nicht auf deine Knie legen und ihn so nachahmen). In der Regel rücke ich meine Arme gern ein bißchen hierhin und dorthin, lasse sie ein Weilchen in einer Stellung – verrücke sie dann in eine neue. Arme über der Brust gekreuzt, in die Seite gestemmt oder herabbaumelnd; Hände um Sitzkanten oder Schenkel gekrallt oder hinter dem Kopf verschränkt oder im Schoße ruhend: All diese Positionen (samt ihren zahlreichen Abstufungen und Varianten) sind auf ihre Weise befriedigend für Arme und Hände, und wenn ich von einer zur anderen überwechsele, dann ist dieser Wechsel eigentlich nicht so sehr eine Äußerung von Verlegenheit (bzw. – *gewesen,* seit dem ersten halben Dutzend Gesprächen), als vielmehr die Erkenntnis, daß, sieht man sich einer solchen Vielzahl wünschenswerter Wahlmöglichkeiten gegenüber, keine einzige, verglichen mit der geballten Wünschbarkeit aller übrigen, auf die Dauer befriedigend erscheint, mag sie auch, verglichen mit irgendeiner der übrigen Möglichkeiten, dieser in nichts nachstehen.

Mir scheint gerade in diesem Augenblick (ich schreibe dies um 7 Uhr 55 am Dienstagabend des 4. Oktober, oben im Schlafsaal), daß, sollten Sie es vorziehen, diese entscheidende Beobachtung metaphorisch aufzufassen, sie die Geschichte meines Lebens in einem Satz ist, genauer gesagt, im letzten Abschnitt eines zweifach prädikativen Nominativausdrucks im zweiten selbständigen Nebensatz eines reichlich vertrackten Schachtelsatzes. Sie sehen, ich bin wirklich Grammatiklehrer gewesen.

Es gehört sich nicht, daß du dir's im Fortschritts- und Beratungszimmer gemütlich machst, denn schließlich kommst du nicht zur Entspannung her, sondern zur Beratung. Wärst du gänzlich gelockert, kämst du nur auf den dummen Gedanken, des Doktors Worte auf lässige Weise abzuwägen, so wie einer das Frühstück betrachten mag, das ihm ein livrierter Butler ans Bett bringt, hyperkrittelig, dieses erkiesend – jenes verschmähend, nur so viel zu sich nehmend, wie's ihm beliebt. Klar, daß solche Geisteshaltung im Fortschritts- und Beratungszimmer deplaciert wäre, denn dort bist du es, der sich selbst in die Hand des Arztes begeben hat; deine Wünsche sind den seinen untergeordnet, nicht vice versa; und sein Rat wird Ihnen nicht erteilt, um in Frage gestellt oder gar überprüft zu werden (in Frage zu stellen wäre unverschämt; zu überprüfen sinnlos), sondern um befolgt zu werden.

»Das ist unbefriedigend«, sagte der Doktor, wobei er sich auf meine gegenwärtige Angewohnheit bezog, nur dann zu jobben, wenn ich Bargeld brauchte, und dann in jedem Job, der sich bot. »Einfach nicht mehr befriedigend.«

Er hielt inne und sah mich prüfend an, wobei er, wie es seine Gewohnheit ist, die Zigarre unter der rosa Zunge von einer Seite des Mundes zur anderen rollte, und wieder zurück.

»Sie werden nun in einem etwas anspruchsvolleren Job arbeiten müssen. Karriere, verstehen Sie. Berufung. Lebenswerk.«

»Jawoll, Sir.«

»Sie sind dreißig.«

»Jawoll, Sir.«

»Und haben irgendwo eine erste Prüfung gemacht. In Geschichte? Literatur? Wirtschaftswissenschaft?«

»Kunst und Naturwissenschaft.«

»Das ist alles!«

»Nicht als Hauptfach, Sir.«

»Kunst und Naturwissenschaft! Was von allem, was auf Erden interessant ist, ist denn nicht entweder Kunst oder Naturwissenschaft? Haben Sie Philosophie studiert?«

»Ja.«

»Psychologie?«

»Ja.«

»Politologie?«

»Ja.«

»Einen Moment mal. Zoologie?«

»Ja.«

»Aha. Und Philologie? Romanistik? Und Kulturelle Anthropologie?«

»Später, Sir. Im Oberseminar. Sie erinnern sich, ich...«

»Ärrch!« sagte der Doktor, als räuspere er sich, um auf das Oberseminar zu spucken. »Haben Sie im Oberseminar auch Schloßknacken gelernt? Hurerei? Segelschneidern? Kreuzverhör?«

»Nein, Sir.«

»Fällt das etwa nicht unter Kunst und Naturwissenschaft?«

»Mein Magistergrad sollte in Englisch sein, Sir.«

»Hol Sie der...! *Was* ›Englisch‹ –? Englische Navigation? Kolonialpolizei? Common Law?«

»Englische Literatur, Sir. Aber ich hab keinen Abschluß gemacht. Hab zwar die mündlichen Prüfungen hinter mir, aber bis heute nicht meine schriftliche Arbeit geschafft.«

»Jacob Horner, Sie sind ein Hornochse.«

Meine Beine befanden sich immer noch direkt vor mir, die Hände aber zog ich hinter dem Kopf hervor (eine Haltung, die ohnehin auf eine eher allzu lässige Attitüde gegenüber vielerlei Situationen schließen läßt), brachte sie in eine Kombinationslage, in der die linke Hand nach dem linken Revers meines Jacketts griff, während die rechte, nahe der Mitte des rechten Oberschenkels, die Finger locker gekrümmt, die Handfläche nach oben kehrte.

Nach einer Weile sagte der Doktor: »Gäbe es für Sie irgendeinen Grund, sich nicht um einen Job an der kleinen Lehrerbildungsanstalt von Wicomico zu bewerben?«

Augenblicks präsentierte sich mir ein ganzes Heer von Argumenten gegen eine Bewerbung um einen Job am staatlichen Lehrercollege von Wicomico, und im selben Moment bezog eine entsprechende Zahl von Gegenargumenten Frontstellung wider sie, jeweils paarweise, so daß die Frage meiner Bewerbung in der Schwebe gehalten wurde wie die Seilmarkierung beim Tauziehen, wenn die gegnerischen Teams sich vollkommen ebenbürtig sind. Auch das wiederum ist in gewisser Hinsicht die Geschichte meines Lebens, und im Grunde ist es ja auch einerlei, wenn es nicht genau dieselbe Geschichte ist wie ein paar Absätze zuvor: Wie ich nicht lange nach diesem Gespräch, als die Behandlung laut Plan bei Mythotherapie ankam, zu erkennen begann, gibt sich ein und dasselbe Leben zu beliebig vielen Geschichten her – parallelen, konzentrischen, austauschbar bevölkerten, oder was Sie wollen.

Nun gut.

»Keinen Grund, Sir«, sagte ich.

»Abgemacht also. Sie bewerben sich auf der Stelle zum fälligen Termin. Und was wollen Sie unterrichten? Ikonographie? Kraftfahrzeugmechanik?«

»Englische Literatur, schätz ich.«

»Mitnichten. Sie brauchen eine strenge Disziplin, sonst wird's lediglich ein Beruf und nicht eine Berufstherapie. Sie brauchen einen Corpus Juris. Sie meinen, Sie können nicht etwa Flächengeometrie unterrichten?«

»Ach, ich denke schon...« Ich machte eine entsprechende Geste, die aus einer leichten Außendrehung meiner ans Revers geklammerten linken Hand bestand, wobei ich gleichzeitig Vorder- und Zeigefinger streckte, mein Revers aber dabei nicht losließ – die Handbewegung begleitet von kurz in die Höhe gezogenen (und ebenso schnell wieder gesenkten) Brauen, einen Moment lang aufgeworfenen Lippen und einem Einerseits-andererseits-Wiegen des Kopfes.

»Quatsch. Natürlich können Sie nicht. Sagen Sie ihnen, Sie werden Grammatik lehren. Englische Grammatik.«

»Aber Sie wissen doch, Herr Doktor«, erkühnte ich mich, »es gibt sowohl beschreibende als auch normative

Grammatik. Ich meine, Sie erwähnten einen fixierten Corpus von Regeln.«

»Sie werden normative Grammatik unterrichten.«

»Jawoll, Sir.«

»Keinerlei Beschreibung. Keine optionellen Situationen. Sie lehren die Regeln. Lehren Sie die Wahrheit über Grammatik.«

Die Beratung war zu Ende. Der Doktor erhob sich rasch (ich schnellte ihm meine Beine aus dem Weg) und verließ den Raum, und nachdem ich bei Mrs. Dockey, der Empfangsschwester, bezahlt hatte, kehrte ich nach Baltimore zurück. In jener Nacht setzte ich einen Brief an den Rektor des staatlichen Lehrercollege von Wicomico auf, in dem ich um ein Gespräch ersuchte und mein Verlangen bekundete, dem Kollegium als Lehrkraft für präskriptive Grammatik der englischen Sprache anzugehören. Es gibt eine Kunst, in der mich meine diffuse Erziehung geschult hat, notgedrungen: die Kunst, einen beredten Bewerbungsbrief zu formulieren. Man bat mich, im Juli zu einem Gespräch zu erscheinen.

II Die staatliche Lehrerbildungsanstalt von Wicomico liegt auf einem weiten, flachen, freien Feld

Die staatliche Lehrerbildungsanstalt von Wicomico liegt auf einem weiten, flachen, freien Feld, umringt von Loblolly-Kiefern, im südöstlichen Winkel der Stadt Wicomico an der Ostküste Marylands. Die Anlage besteht aus einem einzelnen schmucklosen Backsteingebäude mit zwei rechtwinklig angesetzten Flügeln, eine allzu weitläufige Konstruktion für den pseudogeorgianischen Stil, in dem es errichtet ist. Eine weitgeschwungene, halbkreisförmige Auffahrt führt von der College Avenue zum Haupteingang.

Im Juli, als der Tag meines Einstellungsgespräches näher rückte, lud ich meine Siebensachen in meinen Chevrolet und gab den Schlüssel zu meinem Zimmer an der East Chase Street in Baltimore ab, da ich gedachte, mich unverzüglich in Wicomico einzuquartieren, ob ich nun eingestellt würde oder nicht. Das war an einem Sonntag. In dem Brief, den ich als Antwort auf meine Bewerbung erhalten hatte, war der Gesprächstermin ursprünglich auf Dienstag angesetzt worden, doch am Samstagnachmittag, noch ehe ich Baltimore verließ, hatte mich der Rektor des College angerufen und gebeten, statt dessen am Montag zu kommen. Die Verbindung war gestört, aber ich hege in meinem Geist keinen Zweifel, daß er den Termin auf Montag verschob.

»Ich kann an beiden Tagen«, sagte ich, wenn ich mich recht entsinne.

»Naja, wir eigentlich auch, glaub ich«, sagte der Rektor. »Montag oder Dienstag. Aber mag sein, daß Montag einigen vom Komitee besser paßt als Dienstag. Es sei denn freilich, Montag käme für Sie nicht in Frage. Wäre Ihnen Dienstag lieber?«

»Montag oder Dienstag, ist egal«, sagte ich. Dabei dachte ich, Dienstag (was wohlgemerkt der ursprüngliche Termin war) wäre mir *wirklich* lieber, denn es könnten noch in letzter Minute Besorgungen nötig sein oder sonst dergleichen, was ich zu erledigen hätte, bevor ich von Baltimore aufbrach, und am Sonntag würden die Geschäfte geschlossen sein. Aber ich hatte keineswegs die Absicht, ein Problem draus zu machen, und außerdem konnten ja für Montag gleich gute Gründe geltend gemacht werden. »Wenn Ihnen allen Montag besser paßt, geht's klar mit mir.«

»Ich weiß ja, wir hatten vorher Dienstag geplant«, räumte der Rektor ein, »aber ich würde sagen, Montag wär am besten.«

»Wann immer Sie wollen«, sagte ich.

Also stapelte ich Sonntag meine Klamotten, meine paar Bücher, Grammophon nebst Grammophonplatten, Whiskey, eine Skulptur und sonst noch so Krimskrams ins Auto und machte mich auf den Weg Richtung Küste. Drei Stunden später trug ich mich in Wicomico im Peninsula-Hotel ein, wo ich zu wohnen gedachte, bis ich ein passendes Dauerquartier gefunden hätte, und ging nach dem Mittagessen auf Zimmersuche.

Das erste, was schiefging, war, daß ich auf Anhieb eine ganz und gar befriedigende Bleibe fand. In der Regel war ich in puncto Zimmermieten extrem schwer zufriedenzustellen. Ich verlangte, daß niemand über mir wohne; daß mein Zimmer hohe Wände und große Fenster habe; daß mein Bett hoch über dem Fußboden, breit und ganz weich sein müsse; daß das Badezimmer mit einer guten Dusche versehen sei; daß der Hauswirt nicht im selben Gebäude wohne (und daß er nicht übermäßig pingelig mit seinem Eigentum oder seinen Mietern sei); daß die übrigen Mieter keinen Anlaß zu Beschwerden böten und daß ein Zimmermädchen-Service vorhanden sei. Weil ich so pingelig war, kostete es mich gewöhnlich eine hübsche Weile, eine auch nur eben noch annehmbare Lokalität zu finden. Aber wie das Unglück es wollte, entsprach das erstbeste Zimmer, das ich auf meinem Weg vom Hotel durch die College Avenue ausgeschildert sah, all diesen Anforderungen. Die Hauseigentümerin, eine imposante Witwe von Fünfzig, der ich zufällig gerade begegnete, als sie sich anschickte, das alte zweigeschossige Backsteinhaus zu verlassen, führte mich zu einem an der Frontseite gelegenen Zimmer im zweiten Stock.

»Sie unterrichten am College?«

»Ja, Madam. Grammatik.«

»Na, erfreut, Sie kennenzulernen. Ich bin Mrs. Alder. Geben Sie mir die Hand und so weiter lieber jetzt gleich, denn sehr oft werden Sie mich in der Gegend nicht sehen.«

»Sie wohnen nicht im Hause?«

»*Hier* wohnen? Gott, bloß nicht! Kann Mieter um mich rum nicht ausstehn. Gehen einem dauernd auf den Wecker mit diesem und jenem. Ich wohne das ganze Jahr rund in Ocean City. Wann immer Sie was brauchen, rufen Sie nicht mich an; rufen Sie Mr. Prake an, den Hauswart. Der wohnt am Ort.«

Sie zeigte mir das Zimmer. Zwei Meter hohe Fenster, drei Stück. Decke fast vier Meter über dem Fußboden. Dunkelgrau verputzte Wände, weiße Holzverschalungen. Ein unglaubliches Bett: ein Meter hoch, zwei-zehn lang, mindestens zwei Meter breit; ein schwarz sich auftürmendes Monstrum samt Baldachin mit vier Pfosten so dick wie Mastbäume, kanneliert und gedrechselt, und einem exzentrisch geschreinerten Kopfbrett, das zu einer Höhe von einem Meter über dem Kissen aufragte. Eine höchst adäquate Liegestatt! Das restliche Mobiliar war ein Potpourri der Stile und Epochen – man hatte das Gefühl, als hätte man sich in das Kuriositätenkabinett des Winterthurer Museums verirrt –, doch jedes Stück war ungeheuer kompetent. Das Adjektiv *kompetent* kam mir augenblicklich in den Sinn – eher als, sagen wir: *effizient.* Dieses Mobiliar hatte eine Aura von nahezu verächtlicher Kompetenz, als könne es seine Aufgabe so absurd gut erfüllen, daß es ihm kaum auffallen würde, wie mickrig *man* sich seiner bediente.

Ja, es bedürfte schon eines Mannes, eines Übermannes, diese Möbelstücke seine Anwesenheit spüren zu lassen. Ich war beeindruckt.

Kurz, die Lokalität ließ keine Wünsche offen. Dusche, Zimmermädchen-Service – alles vorhanden.

»Wie sind denn die anderen Mieter?« fragte ich befangen.

»Och, die kommen und gehen. Meist Junggesellen, hin und wieder einige junge Paare, Vertreter, ein oder zwei Krankenschwestern aus der Klinik.«

»Irgendwelche Studenten?« In Baltimore war es erstrebenswert gewesen, Studenten als Nachbarn zu haben, da sie von einzigartiger Kritiklosigkeit sind, in Wicomico aber, argwöhnte ich, würden alle Studenten alle Lehrer eher *zu* gut kennen.

»Keine Studenten. Die Studenten wohnen im allgemeinen in den Wohnheimen oder nehmen sich 'ne Bude weiter weg von der College Avenue.«

Das war allzu vollkommen, und ich war mißtrauisch.

»Ich denke, ich sollte Ihnen beichten, daß ich dilettierender Klarinettist bin.« Das war geschwindelt: Ich war unmusikalisch.

»*Nein, das ist ja reizend!* Ich selber pflegte zu singen,

aber wie es scheint, habe ich meine Stimme nach Mr. Alders Ableben verloren. Ich hatte den wundervollsten Gesangslehrer am Peabody-Konservatorium, als ich jünger war! Farrari. Farrari pflegte zu mir zu sagen, ›Alderchen‹, sagte er, ›du hast nun alles gelernt, was ich dir beizubringen vermag. Du hast Präzision, Stil, *Éclat.* Du bist eine *macchina cantanda*‹, sagte er – das ist Italienisch. ›Den Rest wird das Leben tun müssen. So gehe hinaus in die Welt und lebe!‹ sagte er. Aber zum Leben kam ich erst, als der arme Mr. Alder vor fünf Jahren das Zeitliche gesegnet hatte, und da war meine Stimme futsch.«

»Hätten Sie was gegen Haustiere einzuwenden?«

»Was für Haustiere?« fragte Mrs. Alder schneidend. Ich dachte schon, ich hätte ein Schlupfloch gefunden.

»Äh, ich weiß nicht. Ich hab Hunde sehr gern. Würde mir irgendwann gern einen Boxer anschaffen oder einen Dobermann.«

Meine Hauswirtin seufzte auf. »Hab schon vergessen, Sie sind ja Grammatiklehrer. Ich hatte mal einen Biologielehrer«, erklärte sie.

Ich haschte nach einer letzten Hoffnung: »Höher als zwölf pro Woche könnte ich nicht gehn.«

»Die Miete ist acht«, sagte Mrs. Alder. »Das Zimmermädchen kriegt drei Dollar extra die Woche, oder vierfünfzig, kommt drauf an.«

»Kommt worauf an, um Himmels willen?«

»Sie wäscht auch Hemden«, sagte Mrs. Alder milde.

Es blieb mir nichts anderes übrig, als das Zimmer zu nehmen. Ich zahlte meiner Hauswirtin die Miete für einen Monat im voraus, obwohl sie nur um eine Wochenmiete bat, und geleitete sie zu ihrem Wagen hinaus, einem fünf Jahre alten Buick-Cabrio.

Ich nenne diesen Glücksfall deswegen ein Malheur, weil er mich den ganzen Nachmittag und Abend und nächsten Morgen in Untätigkeit zurückließ. Sogar mich im Peninsula-Hotel abzumelden, mein neues Quartier zu beziehen und mich mit meinen Habseligkeiten einzurichten, nahm nicht mehr als anderthalb Stunden in Anspruch, nach denen schlicht nichts weiter zu tun war. Ich war nicht interessiert daran, in Wicomico herumzufahren: Es war jene Art Kleinstadt, die man schon auf den ersten Blick zur Genüge kennt – völlig ohne Charakter. Ein ödes Geschäftsviertel und ein Volkspark, von Mittelklasse-Wohngegenden umgeben, die lediglich in Alter und Zustand variieren. Was auch für das Wicomico State Teachers College galt: Ein Blick genügte, um auch die ungebärdigste Neugier zu stillen. Ein staatliches Lehrercollege eben.

Zwanzig Minuten fuhr ich ziellos herum und kehrte dann zu meiner Behausung zurück. Der einsame staubbedeckte Ahornbaum vor meinem Fenster erschöpfte sein landschaftliches Potential in einer halben Minute. Meine Grammophonplatten – fast alles Mozart – klangen enervierend in meinem Zimmer, mit dem ich noch zu unvertraut war, um mich darin wohlzufühlen. Meine Plastik auf dem Kaminsims, ein heroischer Laokoon-Gipsschädel, verdroß mich so sehr mit seiner leeräugigen Grimasse, daß ich sein häßliches Gesicht zur Wand gedreht hätte, wäre ich die Art Mensch gewesen, die so etwas tut. Ich wurde schrecklich nervös. Zuletzt, um neun Uhr bereits (doch so übernervös war ich seit halb vier gewesen, die Stunde fürs Abendessen nicht mitgezählt), legte ich mich in mein großes Bett und ließ mich von seiner eindrucksvollen Bizarrerie, die mich indes lange am Einschlafen hinderte, etwas beruhigen.

Der folgende Morgen war noch schlimmer. Ich schlief unruhig bis zehn und ging dann wie gerädert und mit verquollenen Augen und Kopfschmerzen zum Frühstück. Das Gespräch war für zwei Uhr nachmittags anberaumt, und so hatte ich mehr als genug Zeit, mich gänzlich entmutigen zu lassen. Lesen war unmöglich, Musik zum Verzweifeln. Zweimal schnitt ich mich beim Rasieren, und ehe noch der Hacken meines linken Schuhes eingecremt war, ging mir die Schuhwichse aus. Da ich das Putzen meiner Schuhe auf die letzte Sekunde hinausgezögert hatte, in der Hoffnung, damit jene äußerst ungemütlichen Momente bis zum Verlassen des Zimmers ausfüllen zu können, blieb keine Zeit, neuer Schuhcreme wegen noch in die Stadt zu fahren. Wütend ging ich zum Auto hinunter. Aber da hatte ich meinen Federhalter und meine Brieftasche vergessen, welche, obgleich leer, mir mitzunehmen nicht angebracht schien. Ich stürmte wieder die Treppe hinauf, schnappte mir die Sachen und warf dabei einer Krankenschwester, die eben zufällig den Kopf aus der Tür steckte, einen so ingrimmigen Blick zu, daß sie die Nase rümpfte und die Tür mit einigem Ungestüm schloß. Ich schleuderte die Aktentasche auf den Rücksitz und fuhr mit unpassend durchdrehenden Rädern los, zum College hinaus.

Meine Erbitterung hätte mich problemlos zum Interview gebracht, wäre da nicht eine Traube junger Leute gewesen, die auf den Eingangsstufen herumlungerten. Ich hielt sie für Studenten, obwohl dies unwahrscheinlich war, es waren ja Ferien. Jedenfalls starrten sie mein sich näherndes Gefährt mit unverschämter Neugier an. Meine Courage ließ mich im Stich; als ich an ihnen vorbeifuhr, warf ich einen gleichgültigen Blick auf meine Armbanduhr, um vorzutäuschen, ich hätte nur das Tempo verlangsamt, um nach der Uhrzeit zu sehen. Bei dieser List kam mir die College-Uhr zu Hilfe, die in diesem Moment zwei schlug: Ich nickte kurz, gleichsam befriedigt über die Präzision meiner Uhr, und fuhr zielstrebig den restlichen Bogen der Halbkreis-Auffahrt hinunter zur College Avenue zurück. Dort kam augenblicks mein Ärger wieder, diesmal gegen mich selbst gekehrt, da ich mich so leicht ins Bockshorn jagen ließ. Ich fuhr zur Einfahrt zurück und bog zu einem zweiten Versuch in den Halbkreis ein. Doch hatte es schon beim ersten Mal ziemliche Entschlossenheit verlangt, sich diesen teilnahmslosen Torhütern zu nähern mit ihren Halbwüchsigen-Augen, die, so leer wie die Laokoons, entlang des Fahrwegs ein Spalier der Dummheit bildeten, so bedurfte es nun des Muts der Verzweiflung, sich ein zweites Mal in ihre Schußlinie zu begeben. Ich trat voll auf das Gaspedal und schaukelte den Chevrolet um die Kurve, wobei ich mich nicht einmal dazu herabließ, auch nur einen Blick an sie zu verschwenden. Laß doch diese Cretins denken, was sie wollen! Das dritte Mal zögerte ich keine Sekunde, sondern kurvte beiläufig auf das Parkgelände hinter dem Gebäude und ging durch einen nahen Torweg hinein. Ich war sechs Minuten zu spät dran.

Ohne Schwierigkeiten fand ich das Büro des Rektors und stellte mich der Empfangdame vor.

»Mr. Horner?« wiederholte sie, irgendwie verwirrt.

»Ganz recht«, sagte ich knapp.

»Einen Moment.«

Sie verschwand in einem Büro weiter hinten, aus dem ich dann eine gedämpfte Konversation zwischen ihr und, wie ich vermutete, Dr. Schott, dem Rektor, vernahm. Das Herz rutschte mir in die Hose.

Ein grauhaariger, väterlicher Gentleman kam lächelnd, die Empfangsdame im Schlepptau, aus dem hinteren Büro.

»Mr. Horner!« rief er aus und packte meine Hand. »Ich heiße John Schott! Freut mich, Sie kennenzulernen!«

Dr. Schott war ein lebendes Ausrufezeichen.

»Ganz meinerseits, Sir. Tut mir leid, bin ein bißchen spät dran...«

Ich fing an zu erklären: meine mangelnde Vertrautheit mit dem Städtchen; Unsicherheit, wo ich parken sollte; natürliche Schwierigkeiten, das Büro zu finden etc.

»Spät!« schrie Dr. Schott. »Sie sind vierundzwanzig Stunden zu früh dran, mein Junge! Heute ist erst Montag!«

»Aber ist das nicht der Tag, den wir am Telefon ausgemacht hatten, Sir?«

»Nein, mein Sohn!« Dr. Schott lachte laut und legte mir seinen Arm um die Schultern. »*Dienstag!* Stimmt's, Shirley?« Shirley nickte, glücklich, da ihr besorgter Blick sich als berechtigt erwiesen hatte. »Im Brief Montag – an der Strippe Dienstag! Fällt's Ihnen nun wieder ein?«

Ich lachte und kratzte mich am Kopf (mit der Linken, denn die Rechte saß fest unter den Fittichen Dr. Schotts).

»Also ich schwöre, ich war mir sicher, wir hätten's von Dienstag auf Montag verschoben. Tut mir schrecklich leid. War das blöd von mir.«

»Aber nein! Machen Sie sich doch keine Sorgen!« Dr. Schott kicherte wieder und ließ mich los. »Sagten wir Mr. Horner nicht Dienstag?« fragte er Shirley noch einmal.

»Ich fürchte, ja«, bestätigte Shirley. »Mit Rücksicht auf Mr. Morgans Pfadfinder. Montag im Brief und Dienstag am Telefon.«

»Ein Mitglied des Komitees ist Pfadfindergruppenführer!« erläuterte Dr. Schott. »Er hat seine Jungs zwei Wochen lang oben im Rodney-Camp gehabt und bringt sie heute heim. Joe Morgan, feiner Kerl, unterrichtet Geschichte! Deswegen hatten wir das Gespräch auf Dienstag verschoben!«

»Tja, tut mir schrecklich leid.« Ich lächelte kläglich.

»Aber! Nicht der Rede wert! Hätte mir auch passieren können!«

Wohl wahr.

»Also, dann komm ich morgen wieder.«

»Stop! Eine Minute noch! Shirley, ruf Joe Morgan an, guck nach, ob er schon da ist. Vielleicht ist er schon da. Daß Miss Banning und Harry Carter zu Hause sind, weiß ich.«

»Ach nein«, protestierte ich, »ich komme wieder.«

»Halt! Hiergeblieben!«

Shirley wählte Joe Morgans Nummer.

»Hallo? Mrs. Morgan. Ist Mr. Morgan da? Verstehe. Nein, ich weiß, daß er nicht da ist. Ja, klar. Nein, nein, es ist nichts. Mr. Horner kam heute unerwartet zu seinem Gespräch; er hat die Termine durcheinandergebracht und kam heute statt morgen. Dr. Schott dachte, Mr. Morgan sei vielleicht schon eher zurückgekommen. Nein, keine Ursache. Tut mir leid, daß wir Sie gestört haben. Okay. Bye.«

Ich hatte große Lust, auf Shirley zu spucken.

»Also, ich komm dann wieder«, sagte ich.

»Gewiß, Sie kommen wieder!« sagte Dr. Schott. Er geleitete mich zur Vordertür, wo ich zu meinem Verdruß die Wachen weiterhin auf Posten sah. Aber ich schauderte allein bei dem Gedanken, ihm erklären zu müssen, warum ich meinen Wagen hinter dem Gebäude geparkt hatte.

»Gut, gut, wir hören voneinander!« sagte Dr. Schott und pumpte dabei meine Hand. »Morgen kommen Sie wieder, ja, wie?«

»Gewiß, Sir.«

Wir standen draußen vorm Haupteingang, und die Wache ließ ihren leeren Blick auf mir ruhen.

»Wo ist Ihr Wagen? Soll Sie jemand irgendwohin mitnehmen?«

»Äh – nein, danke. Mein Auto steht hinterm Haus.«

»Hinterm Haus! Na sagen Sie, dann wollen Sie hier ja gar nicht zur Vordertür raus! Ich zeig' Ihnen die Hintertür! Ha!«

»Nicht nötig, Sir«, sagte ich. »Ich gehe hier um die Ecke rum.«

»So! Ha! Na denn – gut!« Aber er sah mir nach. »Bis morgen also!«

»Wiedersehen, Sir.«

Ich ging ganz entschlossen an den Gammlern auf den Stufen vorbei.

»Kramen Sie diesen Brief raus!« rief mir Dr. Schott vom Eingang aus hinterher. »Sehen Sie nach, ob nicht Montag drinsteht!«

Ich wandte mich um und winkte zum Zeichen meiner Dankbarkeit und Fügsamkeit, aber als ich endlich wieder in meinem Zimmer daheim war (welches mir nun schon ungeheuer vertraut und tröstlich erschien) und danach suchte, mußte ich feststellen, daß ich den Brief, bevor ich Baltimore verlassen hatte, weggeworfen hatte. Da ich auch in hundert Jahren in Dr. Schotts Büro nicht heimisch genug gewesen wäre, um Shirley zu bitten, in ihren Akten nachzuforschen, konnte die Frage nach dem Datum meines Termins unter Berufung auf objektive Tatsachen nicht geklärt werden.

Man sollte annehmen, ich sei nach einem derart unseligen Start weniger denn je darauf vorbereitet gewesen, meinem Interview ins Auge zu sehen, doch dieser Verdacht, wenn auch durchaus angemessen, entsprach keineswegs den Tatsachen. Im Gegenteil – ich war zur Genüge angeödet, um mich einen feuchten Kehricht um das Gespräch zu scheren. Ich machte mir nicht einmal die Mühe, am nächsten Morgen den Rest meines linken Schuhes zu polieren; ja, nach dem Frühstück setzte ich mich mehrere Stunden in den Park und schaute den Kindern beim Herumtollen in dem kleinen künstlichen Teich zu und verschwendete sogar nur zwei- oder dreimal einen Gedanken an das Gespräch. Wenn es mir überhaupt in den Sinn kam, zuckte ich lediglich mit dem rechten Wangenmuskel. Gegen zehn vor zwei fuhr ich zum College hinaus, parkte kurzentschlossen auf der Zufahrt zum Vordereingang und durchschritt das Hauptportal. Die Stufen waren zufällig unbevölkert, aber kein Empfangskomitee hätte mich an diesem Tag irre werden lassen. Meine Stimmung war umgeschlagen.

»Oh, Hallo«, sagte Shirley heiter.

»Wie geht's? Sagen Sie bitte Dr. Schott, ich bin da, ja?«

»Heute sind *alle* da. Eine Sekunde bitte, Mr. Horner.«

Ich schaltete mein Lächeln ein und wieder aus, so wie ein Gentleman höflich, aber unbeteiligt seinen Hut vor jeder bekannten Dame lüpfen würde, ob sie nun diese Geste verdiente oder nicht.

»Gehen Sie nur hinein, Mr. Horner.«

»Danke.«

Drinnen machte mich Dr. Schott mit Miss Banning bekannt, Lehrerin für Spanisch und Französisch, Typ »liebe ältliche Dame«, die man wohl oder übel akzeptieren mußte, da einem nichts anderes übrigblieb; mit Dr. Harry Carter, Psychologielehrer, einem hageren, gelehrten älteren Herrn, bei dem man sich sofort fragte, was er wohl in Wicomico verloren haben könnte, wobei man allerdings ziemlich leicht zu dem Schluß gelangte, er werde zweifellos seine Gründe dafür haben; und mit Mr. Joseph Morgan, Pfadfindergruppenführer und Lehrer für ältere europäische und amerikanische Geschichte, einem hochgeschossenen, bebrillten, athletischen jungen Mann, schrecklich energiegeladen, von dem man offensichtlich bezaubert zu sein hatte; er war so heiter, tatkräftig und eindeutig auf seinem Weg nach oben, daß einem sogar der Versuch schwerfiel, höflich zu ihm zu sein, und man sofort erkannte, daß die neiderfüllten Vergleiche mit einem selbst, die herauszufordern er nicht umhin konnte, einen davon abhalten würden, sich jemals wirklich mit der Tatsache seiner Existenz abzufinden, geschweige denn, je sein Freund zu werden.

Man scherzte über meinen übergroßen Eifer, der Fakultät beizutreten, der mich sogar einen Tag früher hatte erscheinen lassen. Die Mitglieder des Komitees interessierten sich lebhaft für ihre gegenseitigen Sommeraktivitäten. Man veräppelte einander. Offenbar waren Bewerber für

Stellen an der staatlichen Lehrerbildungsanstalt von Wicomico nicht so häufig, daß solche Versammlungen des Einstellungskomitees nur als langweilige Beigabe zu den Tagespflichten der Mitglieder gezählt hätten.

»Auf Miss Bannings Unterstützung für Ihre Bewerbung können Sie zählen, Mr. Horner«, gluckste Dr. Carter. »Sie braucht neue Opfer, denen sie ihre Schnurrbarttassen-Sammlung vorführen kann.«

»Ah ja?« sagte ich. Diese Bemerkung von Dr. Carter war nicht *an* mich gerichtet, sondern durch mich hindurch, wie eine Großmutter ihre Tochter zur Weißglut bringt, indem sie zu ihrer Enkelin spricht.

»Ich habe eine einfach bezaubernde Sammlung, Mr. Horner«, erklärte Miss Banning gutmütig. »Sie müssen sie sich unbedingt einmal anschauen. Oh, aber Sie haben ja keinen Schnurrbart, mein Lieber, wie?«

Alle lachten. Ich bemerkte: Joe Morgan *hatte* einen Schnurrbart.

»Seit vierzehn Jahren ist Ethel hinter mir her, ich solle mir einen wachsen lassen!« wieherte Dr. Schott mir zu. »Nicht so ein gestutztes Etwas wie das von Joe, nein, bewahre, sondern einen großen, buschigen, damit ich ihre Sammlerstücke ausprobieren kann! Also fangen Sie jetzt nicht mit Mr. Horner an, Ethel!«

Ethel war drauf und dran, in aller Freundschaft eine scharfzüngige Replik zu geben, doch Joe Morgan war so liebenswürdig, eine Frage nach meiner akademischen Herkunft einzuwerfen.

»Gehe ich recht in der Annahme, Mr. Horner, daß Sie von der Johns-Hopkins-Universität kommen?«

»Ja, Sir.«

Die anderen nickten beifällig, da Joe so taktvoll zur Sache übergeleitet hatte. Er war ein Juwel, dieser Morgan. Er würde ihrem kleinen Kreis nicht lange erhalten bleiben. Ernsthafte Aufmerksamkeit umfing mich.

»Oh, bitte – nicht *Sir*!« protestierte Dr. Carter. »Wir hier draußen in der Provinz bestehen nicht auf Förmlichkeiten.«

»Bestimmt nicht!« stimmte Dr. Schott wohlwollend zu.

Hier nun folgten ungefähr zwanzig Minuten lockerer Befragung nach meinem Studium und meiner Lehrerfahrung – die, von gelegentlichen Nachhilfestunden in Baltimore und einem kurzen Abendschulkurs an Johns-Hopkins' abgesehen, gleich Null war.

»Was bewegte Sie dazu, wieder zur Lehrtätigkeit zurückzukehren, Mr. Horner?« fragte Dr. Carter. »Sie sind dem doch geraume Zeit ferngeblieben, nehme ich an.«

Ich zuckte mit den Achseln. »Sie wissen doch, wie das ist. Sie fühlen sich einfach nicht in *Ordnung,* wenn Sie was anderes machen.«

Alle erkannten die Wahrheit meiner Beobachtungen an.

»Dann kommt noch hinzu«, ergänzte ich beiläufig, »daß mein Arzt mir empfahl, ich solle wieder unterrichten. Er scheint zu glauben, es sei das, wofür ich am besten geeignet bin und was mir am besten täte.«

Das war gut gesagt. Ich hatte die Prüfer nun auf meiner Seite, und so ließ ich mich weitläufig aus.

»Es sieht so aus, als wäre ich mit gewöhnlichen Jobs nie zufrieden. Es hat so etwas – so etwas Verblödendes an sich, nur fürs Geld zu arbeiten. Es ist – nun, ich hasse es, Klischees zu verwenden, aber Tatsache ist doch, daß einen andere Jobs einfach nicht ausfüllen. Sie verstehen, was ich meine?«

Sie verstanden, was ich meinte.

»Nehmen Sie einen Jungen – helles Kerlchen, aufgewecktes Kerlchen, das sehen Sie sofort, aber nie *Denkprozessen* ausgesetzt, nie in einem Milieu gewesen, wo intellektuelle Betätigung so selbstverständlich wäre wie Essen oder Schlafen. Sie sehen ein junges unverbrauchtes Gehirn, das sozusagen nie die Chance hatte, seinen Bizeps spielen zu lassen. Mag sein, daß er nicht gut Englisch sprechen kann. Nie gutes Englisch hat sprechen *hören.* Nicht seine Schuld. Ganz und gar nicht seiner Eltern Schuld. Aber da haben Sie ihn nun mal.«

Mein Auditorium war ganz Ohr, alle bis auf Joe Morgan, der mich kühl betrachtete.

»Also fangen Sie mit ihm an. Wortklassen! Subjekt und Verb! Linguale Bestimmungen! *Komplementärformen!* Und nach einer Weile Rhetorik. Subordination! Kohärenz! Euphonie! Sie drillen und drillen und reden sich krank und sehen die ganze Zeit, daß der Geist des Knaben sich tastend seinen Weg sucht, strauchelt, sich streckt, falsche Schritte macht. Und dann, gerade wenn Sie soweit sind, den ganzen Krempel hinzuschmeißen...«

»Kenn ich!« ließ Miss Banning verlauten. »An einem Tag wie alle anderen sagen Sie ein und dasselbe zum zehnten Mal – und *klick!*« Sie schnalzte mit den Fingern frohlockend Dr. Schott zu. »Er hat's! *›Was denn, ist doch nichts dabei!‹* sagt er. *›Ist doch klar wie die Sonne.‹*«

»Das ist der Grund, weshalb wir hier sind!« sagte Dr. Schott gemessen, nicht ohne Stolz. »Das ist es, wofür wir alle leben. Eine Kleinigkeit, oder?«

»Klein«, stimmte Dr. Carter zu, »und doch das größte Wunder auf Gottes grüner Erde! Und das geheimnisvollste obendrein.«

Joe Morgan hätte dafür, glaube ich, seine Hand nicht ins Feuer gelegt, wenn Dr. Carter diesen letzten Gedanken nicht direkt an seine Adresse gerichtet hätte. In die Ecke getrieben, gab Morgan mit dem linken Mundwinkel einen saugenden Laut von sich, der wohl seine teilnahmsvolle Ehrfurcht vor dem Mysterium zum Ausdruck bringen sollte.

»Ich vergleiche es manchmal mit einem Mann, der mit

Stahl und Flintstein Feuer macht«, sagte ich ruhig zu Joe Morgan, wohl wissend, daß ich ihn damit ins Herz traf. »Er schlägt und schlägt und schlägt, doch der Zunder liegt ihm tot unter den Händen. Dann noch ein letzter Schlag, keinen Deut anders als die anderen, und – voilà, es brennt!«

»Sehr treffend«, sagte Dr. Carter. »Und welch wahrhaft beglückender Augenblick, wenn der Schüler plötzlich *entflammt* – dafür gibt es kein anderes Wort: wirklich *entflammt* ist!«

»Und dann kann man ihn nicht mehr bremsen!« Dr. Schott lachte, aber so wie einer bei einer plötzlichen Gnade Gottes lachen würde.

»Er ist dann wie ein Roß, das unterwegs schon den Stall wittert!«

Erinnerungsseufzer stiegen auf. Kein Zweifel, ich hatte einen Triumph zu verbuchen. Joe Morgan lenkte das Gespräch noch ein oder zwei Minuten lang auf meine Qualifikationen zurück, aber das war klar im Stil eines Antiklimax. Die anderen Komiteemitglieder bezeugten recht wenig Interesse an der Befragung, und Dr. Schott fing an, ganz freimütig die Gehaltsskala an den staatlichen Lehranstalten Marylands zu beschreiben, wie viele Arbeitsstunden von mir erwartet würden, Pflichten außerhalb des Unterrichts und dergleichen.

»Gut, Sie hören von uns in Bälde«, schloß er, erhob sich und schüttelte mir die Hand. »Vielleicht morgen schon.« Ich gab allen in der Runde die Hand. »Soll ich Ihnen diesmal die Hintertür zeigen?« Jovial erzählte er von meinem gestrigen Abgang.

»Nein, danke. Mein Wagen steht diesmal vorne.«

»Gut, gut!« sagte Carter herzlich, aber irgendwie ohne Grund.

»Ich gehe auch hier raus«, sagte Joe Morgan, während er mich einholte. »Ich wohne gleich nebenan.« Er begleitete mich über den Fahrweg zu meinem Auto, wo er, während ich einstieg und die Tür schloß, neben der vorderen Stoßstange stehenblieb. Ich ließ den Motor an, zögerte aber, den Gang einzulegen: Offenbar hatte mein Kollege in spe etwas auf dem Herzen.

»Also lassen Sie sich wieder blicken, Horner«, grinste er und reichte mir noch einmal die Hand durchs offene Autofenster.

»Bestimmt.«

Wir ließen unsere Hände los, aber Joe Morgan stand nach wie vor gegen die Wagentür gelehnt, wobei seine Miene fröhliche Offenheit ausstrahlte. Er war von seinem Campingaufenthalt her gut gebräunt und trug ein Aussehen zur Schau, das auf frühes Aufstehen, nahrhafte Kost und ähnliche Tugenden schließen ließ. Sein Augen waren klar.

»Sagen Sie mal, wollten Sie sich da über mich lustig machen?« fragte er amüsiert. »Mit diesem Stahl- und Flintstein-Quatsch?«

Ich lächelte und zuckte mit den Achseln, ganz schön verlegen über diese offene Frage. »Es schien mir das rechte Wort zur rechten Zeit.«

Mein Kollege lachte belustigt auf. »Ich fürchtete schon, Sie hätten sich mit Ihrem Spaß ziemlich weit vorgewagt, aber es sieht so aus, als wüßten Sie, was Sie tun.«

Klar, das Ganze hatte ihm gründlich mißfallen, aber er wollte seine Kritik nicht laut werden lassen.

»Wir werden bald Gelegenheit haben, uns darüber zu unterhalten, schätze ich.«

»Also. Ich hoffe, Sie kriegen den Job«, sagte er, »wenn es das ist, was Sie wollen.«

Ich legte den Rückwärtsgang ein und lockerte den Druck aufs Kupplungspedal. »Wir hören voneinander.«

Aber da war noch ein Punkt für Joe Morgan unerledigt geblieben. Sein Gesicht spiegelte getreulich wider, was auch immer dahinter vorgehen mochte, und auch dann noch, als der Wagen rücklings aus der Parklücke zu rollen begann, sah ich, wie sich auf seiner klaren Stirn eine Frage abzeichnete.

»Sagen Sie, wir würden Sie gern mal zum Abendessen einladen – Rennie und ich –, bevor Sie wieder nach Baltimore entschwinden, ob Sie den Job nun bekommen oder nicht. Ich nehme an, Sie haben sich in der Stadt ein Zimmer genommen.«

»Och, ich werd 'ne ganze Weile in der Gegend bleiben, schätz ich, egal was kommt. Nichts Besonderes auf der Tagesordnung.«

»Prima. Wir wär's mit heute abend?«

»Hm – lieber nicht.« Das schien die beste Antwort.

»Morgen abend?«

»Ich denke schon, ja.«

Da war noch etwas, Dinner-Einladung mal beiseite: »Wissen Sie, wenn das mit diesem Stahl und Flintstein kein bloßer Scherz war, könnten Sie's ebensogut sein lassen, finden Sie nicht? Soweit ich sehe, ist gar nichts Dämliches dabei, mit den Pfadfindern zu arbeiten. Sie können mich damit aufziehen, Sie können mit mir darüber diskutieren, okay, aber es gibt keinen Grund, sich aus reiner Bosheit darüber lustig zu machen. Das ist zu billig.«

Diese Äußerung überraschte mich; ich klebte ihr sofort das Etikett »geschmacklos« auf, aber ich muß zugeben, daß ich mich beschämt fühlte; und zugleich imponierte mir die Geschicklichkeit, mit der Morgan jeglichem Protest meinerseits dadurch einen Riegel vorgeschoben hatte, daß er seinem Verweis eine Einladung zum Abendessen vorangestellt hatte. Er lächelte immer noch überaus herzlich.

»Entschuldigen Sie, wenn ich Sie beleidigt habe«, sagte ich.

»Ach zum Teufel – nicht beleidigt! Bin eigentlich keine Mimose, aber, Teufel noch mal, wir werden wahrscheinlich doch gemeinsam arbeiten; könnten uns also ebensogut ein wenig verständigen. Dann also bis morgen, zum Abendessen. So long!«

»Bis dann.«

Er machte kehrt und schlenderte quer über den Rasen, der während der Abwesenheit der Schüler hoch ins Kraut geschossen war. Offenbar war Joe Morgan der Typ, der direkt auf sein Ziel lossteuert, wobei er mit seinem Beispiel unausgesprochen zu verstehen geben will, daß Wege dort ausgelegt werden sollten, wo man geht, statt dort zu gehen, wo zufällig Wege ausgelegt sind. Alles gut und schön für einen Mann der Historie vielleicht, aber daß Mr. Morgan im Geschäft der normativen Grammatik ein Fisch auf dem Trockenen sein würde, konnte mir nicht entgehen.

III Die von mir abgelehnte Einladung zum Dinner dämpfte

Die von mir abgelehnte Einladung zum Dinner dämpfte die manisch-schrillen Töne auf der dünnen Flöte, die ich war. Sie erklangen nur selten und hatten mich für einen Augenblick merkwürdig aufgellen lassen.

Es begann mit Laokoon auf dem Kaminsims, seinem stummen Gestöhn. Die Haltung dieses Mundes war mir oft ein Barometer, verriet mir, wie der Tag sein würde; am Mittwoch nach meinem Gespräch, als ich erwachte und ihn mit einem zufällig hingeworfenen Blick um Rat befragte, war sein Schmerz schlechterdings dionysisch! Mann, das war was! Aus dem Bett sprang ich, unbekleidet, um auf den Plattenteller einen Tanz zu legen, solange der zauberische Bann anhalten würde. Wider allen Mozart nannte ich einen einzelnen russischen Tanz mein eigen, ein Stück aus *Ilja Murometz,* gemessen und munter, lebhaft und streng – jetzt, Achtung, Laokoon!

Weißglühend ward da der staubbedeckte Ahornbaum, Sonnenschein feuerte durch trübe Fensterscheiben und füllte ein Zimmer mit Lichtgefunkel, und ich tanzte wie ein unbepelzter Kosak, wirbelnd und springend. Alle Jubeljahre einmal spürte ich dieses Licht – dieses süßwahnsinnige! –, und es hielt knappe drei Minuten an, bis es zerstob im Klingeln des Telefons.

Wütend schaltete ich die Musik aus. Ein Mensch mit so seltenen Augenblicken der Unbeschwertheit verdiente eine

Biographie voller nicht entgegengenommener Telefongespräche.

»Hallo?«

»Hallo, Jacob Horner?« Es war eine Frau, und ich fühlte mich so nackt, wie ich war.

»Ja.«

»Hier ist Rennie Morgan, die Frau von Joe Morgan. Sagen Sie, ich glaube, Joe hat Sie schon gefragt, ob Sie heute abend zum Dinner rüberkommen, oder? Ich ruf nur an, um's amtlich zu haben.«

Ich bewilligte mir eine Pause, um auf der ganzen Linie zu lügen.

»Ich meine, nach Ihrem Interview, Sie verstehen, wir wollten auf Nummer Sicher gehen, daß Sie am richtigen Tag kommen!«

»Jacob? Sind Sie noch dran?«

»Ja. Entschuldigung.« Unterdessen befragte ich mein Barometer, das nun leidend genug dreinsah. Der Hauch von Batygh dem Tataren lag auf uns.

»Gut, also alles okay, ja? Irgendwann nach halb sieben: Um die Zeit stecken wir die Kinder ins Bett.«

»Äh, sagen Sie, Mrs. Morgan, ich glaube ...«

»*Rennie.* Klar? Ich heiße Renée, aber so nennt mich keiner.«

»Ich glaube, ich werde heute abend doch nicht kommen können.«

»Wie?«

»Nein, ich bin ziemlich sicher, ich kann nicht. Aber vielen Dank für die Einladung.«

»Aber warum denn nicht? Sind Sie sicher, daß es nicht geht?«

Warum nicht? Miststück von *Hausfrau* eines Adler-Spähers, du verdarbst mir meine erste richtige Manie seit Urzeiten! Ich spuck auf dein Dinner!

»Ich hatte so halb und halb geplant, heute nachmittag

nach Baltimore raufzufahren, mich dort ein bißchen umsehen; hab da auch was zu erledigen.«

»Ach, hören Sie, sind das nicht nur Vorwände? Los, raus mit der Sprache, wir sind ja einander nichts schuldig.« Dies von einem Weib? »Sei'n Sie kein Frosch – es ist uns verdammt egal, wenn Sie uns nicht leiden können.«

So ertappt, *flagrante delicto,* lief ich rot an, und der Schweiß brach mir aus. Wer war dieses Tier namens Aufrichtigkeit, von einem Weib geritten? Eine Antwort wurde von mir erwartet: Ich hörte Joe Morgans Ehefrau in mein nacktes Ohr schnaufen.

Ganz diskret legte ich den Hörer auf die Gabel. Nicht nur das: Die ersten drei Schritte entfernte ich mich auf Zehenspitzen, ehe mir bewußt wurde, was ich tat, und wurde erneut rot, als ich es merkte.

Je nun, der Bann war gebrochen, und so dumm war ich nicht, daß ich es mit Glière und seinem *Ilja Murometz* noch einmal versucht hätte. Er ist der Fizz, der dem Cocktail den letzten Zisch gibt, dieser Glière, aber der Wodka ist er nicht; diese Wahnsinnszustände lassen nicht mit sich spaßen oder Schacher treiben. Jetzt war ich nicht nur unmanisch, ich war untröstlich.

Und aufgebracht! Für den Manisch-Depressiven kann manches geltend gemacht werden, wenn seine Manien wirklich manisch sind; ich aber, ich war ein Gedämpft-Depressiver: Eine Tieftonbox ohne Hochtöner war Jacob Horner. Meine Tiefs waren tief, meine Hochs aber waren allenfalls Mittellage. Das heißt, wenn ich mal eine richtige Manie drauf hatte, hätschelte ich sie wie ein Baby, und die Pest dem an den Hals, der sie mir verdarb! Das war das eine. Schlimmer aber war noch, wenn dir unter die Nase gerieben wurde, und das zudem von einer Frau, daß deine Aufrichtigkeit zu wünschen übrig läßt. (Daß es stimmte, tat nichts zur Sache.) Himmelherrgott, Morgans, sooo easy ist die Welt nicht!

Gerade als ich mich anzog, läutete das Telefon wieder, mit einer Verbissenheit, die auf Mrs. Morgan schließen ließ. In einem Augenblick der Unzüchtigkeit (denn in dem Moment zog ich mir gerade die Hose hoch) erwog ich, jenem berockten Diogenes zu gestatten, sein Anliegen an meine entblößte Hinterfront zu richten – doch ich ließ den Moment verstreichen. Rennie, Mädchen, sagte ich zu mir, ich bin nicht zu Haus; sei zufrieden, daß ich nicht Unzucht getrieben habe mit deiner Stimme, da du mir mein kleines Kind Manie abgetrieben hast. Klingle dich dußlig, Pfadfindergirl: Deine Beute hockt nicht mehr in ihrem Loch.

Am späten Vormittag fuhr ich die dreißig Meilen von Wicomico nach Ocean City, um meine Melancholie daselbst in der Sonne zu rösten und im Meer einzupökeln. Doch Licht und Wasser ließen sie nur aufsprießen. Der Strand war übervölkert von menschlichen Wesen, deren Realität anzuerkennen ich mich außerstande sah; vielleicht wären sie an einem anderen Tag so grotesk besänftigend gewesen wie mein Mobiliar, heute indes gingen sie mir bloß auf den Geist. Überdies gab es am Strand, vielleicht weil es ein Werktag war, nicht ein Mädchen, das jenes unvermeidlichen Schwachsinns würdig gewesen wäre, den eine Aufreiße mit sich bringt. Nur ein Wald von Beinen, ruiniert vom Kindbett; Hängebrüste, Pottwampen, hagere Gesichter und schrille Stimmen; ein Rattennest gräßlicher Kinder, so häßlich wie widerwärtig. Ist man nicht gerade in der passenden Stimmung, gibt es wenig, was weniger unterhaltsam wäre als ein öffentlicher Badestrand.

Als ich den Sättigungspunkt erreichte, etwa um drei Uhr, wusch ich mir den Sand ab und ging zum Auto zurück. Aber einer, der sich so trübsinnig kompetent fühlte wie ich an diesem Tag, hätte Ocean City schwerlich verlassen, ohne wenigstens pro forma ein Girl aufzureißen, ebensowenig wie wohl kaum einer vom Pikes Peak absteigen würde, ohne runtergespuckt zu haben – der Trip wäre sonst für die Katz. Die Promenade entlang strichen zu zweien oder dreien ein paar Mädchen, von denen die meisten T-Shirts mit dem aufgedruckten Namen einer Uni oder einer Studentinnen-Verbindung trugen. Meinem funkelnden Blick begegneten sie mit Hochmut, und jeder von uns erachtete jeweils den anderen für unwürdig. Ich ging die drei Blocks zu meinem Wagen, ohne eines Zieles ansichtig zu werden, das meiner Munition würdig gewesen wäre, und mußte mich schließlich so, wie viele Jäger, die sich ihrem trauten Heime nähern, mit einem wohl weniger befriedigenden Wildpret bescheiden oder überhaupt keins nehmen.

Eine Frau von vierzig – gut erhalten, aber definitiv vierzig – deren Wagen vor meinem geparkt war, zerrte gerade heftig an ihrem Türgriff, als ich herantrat. Sie war schlank, nicht sehr vollbusig, gut gebräunt und in keiner Weise außergewöhnlich. Ich verlor den Geschmack an meiner Jagd und ging vorbei.

»Verzeihen Sie, mein Herr, könnten Sie mir vielleicht helfen?«

Ich drehte mich um und glotzte. Mit ihrer klassischen Bitte war die Frau ganz Geistesgegenwart gewesen, doch mein starrer Blick ließ sie unsicher werden.

»Sie denken wahrscheinlich, ich bin dumm – ich hab meinen Schlüssel innen im Schloß stecken lassen.«

»Ich bin kein Schloßknacker.«

»Oh, das hab ich nicht gemeint! Mein Motel ist gleich drüben hinter der Brücke. Ich dachte, ob Sie mich vielleicht rüberfahren könnten, wenn Sie ohnehin in diese Richtung fahren. Ich hab noch einen Zweitschlüssel in meinem Koffer.«

Kunststück, den Vogel zu schießen, der sich auf die Mündung Ihrer Flinte setzt! Aber welcher Jäger könnte sich verkneifen, es zu tun?

»Geht klar.«

Die ganze Situation war reizlos, und als ich Miss Peggy Rankin – so ihr Name – von Ocean City über die Brücke aufs Festland fuhr, machte mich die Tatsache zusehends unruhig, daß ich den Eindruck gewann, sie verdiente gar nicht ein so strenges Urteil. Sie schien ganz schön intelligent zu sein, und wahrlich, wäre ich ihr Ehemann gewesen, ich hätte zweifellos stolz sein müssen, daß sich meine Frau mit vierzig noch körperlich so fit und geistig so rege gehalten hätte. Aber ich war nicht ihr Gatte, und so gab ich darauf auch keinen Rabatt: Sie war eine vierzig Jahre alte Aufreiße, und nur der außerordentlichste Charme konnte dieser Klassifikation standhalten.

Die ganze Strecke zum Motel war Miss Rankin am Quasseln, und ich kriegte – ehrlich gesagt – kein Wort davon mit. Das war für mich ungewöhnlich, weil ich, obgleich ich die Fähigkeit bewunderte, sich in sich selbst zu versenken, mir meiner Umgebung in der Regel viel zu bewußt war, um sie je völlig vergessen zu können. Ein echter Minuspunkt für Miss Rankin, das.

»Hier ist es«, sagte sie kurz darauf und wies auf das »Surfside«- oder »Seaside«- oder Dingsbumsside-Motel zu Seiten des Highways. Ich bog in die Zufahrt ein und stellte den Wagen ab. »Mann, find ich toll, daß Sie das gemacht haben. Vielen Dank.« Behende stieg sie aus dem Auto.

»Ich bring' Sie wieder zurück«, sagte ich, ohne jede besondere Betonung.

»Ja, wirklich?« Sie war sehr angetan, wenn auch nicht eben überwältigt von Überraschung oder Dankbarkeit. »Einen Augenblick, ich lauf nur schnell und hol meine Schlüssel.«

»Haben Sie irgendwas Kaltes zu trinken, Peggy? Bin ganz schön ausgedörrt.« Das war der Punkt, bis zu dem ich auf meiner Nonsenslinie zu gehen bereit war: Ich beschloß, wenn sie mich nicht hineinbäte, mich unverzüglich nach Wicomico davonzumachen.

»Klar, nur hereinspaziert«, bat sie mich hinein, wiederum nicht sonderlich überrascht von meiner Bitte. »Einen Eisschrank gibt es im Zimmer nicht, aber eine Eisbar gleich die nächste Tür hier, und ich hab Whiskey da. Wollen Sie nicht zwei große Ginger Ales holen, mit viel Eis, und dann machen wir uns Highballs?«

Gesagt – getan, und wir tranken in ihrem kleinen Zimmer, sie machte es sich auf dem Bett gemütlich, und ich fläzte mich in den einzigen Sessel. Die Düsternis hing nach wie vor über mir, lichtete sich aber etwas auf, so daß es auszuhalten war; besonders als wir sahen, daß wir mit relativer Ungezwungenheit reden oder nicht reden konnten. Wie nicht anders zu erwarten, fragte mich Miss Rankin an einem bestimmten Punkt danach, wovon ich lebte. Eigentlich hielt ich Ehrlichkeit als Taktik bei Abenteuern dieser Art nicht unbedingt für angebracht, und ich kann mir kaum vorstellen, daß ich solche Routinefragen in der Regel wahrheitsgemäß beantwortet hätte, aber »Ich bin potentieller Instrukteur für präskriptive Grammatik an der Staatlichen Lehrerbildungsanstalt zu Wicomico« kam der Antwort, die man sich in solchen Momenten gewöhnlich zusammenphantasiert, so nahe, daß ich ihr ohne lange zu überlegen die Wahrheit sagte.

»Nein, wirklich!« Diesmal war Peggy echt überrascht und erfreut. »Ich hab selber am WTC meinen Abschluß gebaut – schon so lange her, ist mir ganz peinlich, daran zu denken! Ich unterrichte Englisch an der High School in Wicomico. Ist das nicht ein ulkiger Zufall? Zwei Englischlehrer!«

Ich gab ihr recht, so sei es; tatsächlich aber hatte ich ein Gefühl, als kippte ich mir jetzt meinen Highball rein und sagte: Das wär's. Es tat not, schnellstens etwas zu unternehmen, um die Situation vor dem Zerfall zu bewahren. Der Highball in meinem Pappbecher stand nur noch einen Zentimeter hoch: Ich kippte ihn runter, ließ den Becher in den Papierkorb segeln, ging stracks zum Bett, wo meine Kollegin auf einen Ellbogen gestützt lag, und umarmte sie mit einem gewissen *élan*. Unter meinem Kuß öffnete sie ungesäumt den Mund und stieß mir ihre Zunge zwischen die Zähne. Wir beide ließen unsere Augen ganz offen, und ich geruhte, diese Tatsache symbolisch aufzufassen. Auf daß alles bestens sei zwischen Englischlehrern, dachte ich im stillen und zog ohne langes Federlesens einmal kräftig und vielsagend am Reißverschluß ihres Badeanzugs.

Miss Rankin erstarrte: Ihre Augen kniffen sich zusammen, und sie packte mich an den Schultern, doch erwidert ward meine unsanfte Attacke nicht. Der Reißverschluß pellte sie bis zum Kreuz hinab frei und gewährte mir so Zugang zu einem gewissen Maß harmloser Haut, weiter aber konnte ich ohne ihre Mithilfe nicht gelangen.

»Komm, ziehen wir deinen Badeanzug aus, Peggy«, schlug ich vor.

Das verletzte sie. »Du hast es ziemlich eilig, stimmt's, Jake?«

»Naja, Peg, wir sind doch alt genug, um keine Umstände zu machen.«

Ein Laut stieg aus ihrem Mund auf, und während sie immer noch meine Schultern umklammert hielt, preßte sie ihre Stirn gegen meine Brust.

»Damit willst du sagen, ich bin für dich zu alt, um große Umstände mit mir zu machen, oder?« bemerkte sie. »Du denkst, eine Frau in meinem Alter kann sich's nicht leisten, zimperlich zu sein.«

Tränen. Heute brachte aber auch jeder die Wahrheit aus mir ans Licht.

»Warum tust du dir selbst weh?« erging meine Frage über ihr Haar hinweg an die Whiskeyflasche auf dem Nachttisch.

»*Du* bist es doch, der hier weh tut«, schluchzte Miss Rankin und sah mir dabei klar ins Auge. »Du gibst dir alle

Mühe, mir begreiflich zu machen, daß du mir noch einen Gefallen damit tust, mich aufzureißen, aber nur mal ein paar Minuten für ein bißchen Zärtlichkeit verschwenden, das sieht deine Großherzigkeit nicht vor!« Sie warf sich, aber nicht gewaltsam, aufs Kissen und verbarg darin ihr Gesicht. »Es ist dir völlig egal, ob ich gescheit bin oder blöd oder sonst was, stimmt's? Vielleicht bin ich sogar interessanter als du, da ich ein bißchen älter bin!« Dieses letzte Stück Selbstkasteiung, mochte es ihr auch einen Augenblick lang völlig den Atem verschlagen, machte sie wütend genug, sich aufzusetzen und mich anzustarren.

»Es tut mir leid«, bot ich höflich an. Dabei dachte ich, man würde sie, auch wenn sie so talentiert wäre wie, na sagen wir: Beatrice Lillie, nicht zu dem Zweck aufreißen, einer Theateraufführung beizuwohnen – man würde dann ein Theaterbillett erstehen.

»Bedaure, du hast deine Zeit mit mir verschwendet, du Scheusal!« heulte Peggy. »Ist schon schlimm genug, daß du mich dazu zwingst, mich verteidigen zu müssen!«

Aufs Kissen zurück. Wieder hoch im Nu.

»Verstehst du denn nicht, was du mir für ein Gefühl gibst? Heute ist mein letzter Tag in Ocean City. Zwei geschlagene Wochen lang hat keine Menschenseele mit mir ein Wort gesprochen oder mich auch nur angeguckt, bis auf ein paar scheußliche alte Männer. *Keine* Menschenseele! Die meisten Frauen in meinem Alter sehen schrecklich aus, aber ich sehe nicht schrecklich aus: Ich sehe nur nicht mehr wie ein Kind aus. An mir ist noch 'ne Menge *mehr* dran, verdammt noch mal! Und dann, am letzten Tag, kommst du daher und gabelst mich auf, so gelangweilt von der ganzen Angelegenheit, wie man nur sein kann, und behandelst mich wie eine Nutte!«

Gut, da hatte sie recht.

»Ich bin ein Charakterschwein«, gab ich bereitwillig zu und erhob mich, um zu gehen. Zu diesem Punkt gäb's noch ein wenig mehr zu sagen, als Miss Rankin zu sehen bereit war, aber alles in allem hatte sie den richtigen Durchblick. Ihr Fehler war, auf die Dauer, daß sie ihren Protest artikulierte. Nun war das Spiel natürlich ruiniert. Ich hatte Miss Rankin die Rolle Vierzig-Jahre-alte-Aufreiße auf den Leib geschneidert, eine Rolle, die bei meiner jetzigen Stimmung zu absolvieren für sie heikel genug war; ich hatte absolut kein Interesse an dem ganzen komplexen (und von einer anderen Warte aus zweifelsohne interessanten) menschlichen Wesen, das sie sein mochte, von jener Rolle abgesehen. Was sie hätte tun sollen, scheint mir war, – angenommen, sie war hinter derselben Sache her wie ich –, mir eine Rolle zuzuschreiben, die ihre eigene Eitelkeit hätte befriedigen können, also sagen wir, die des Knackigen-aber-unbedarften-jungen-Mannes, dessen-Körper-man-zu-seiner-Lust-gebraucht-ohne-ihn-anderweitig-ernst-zu-nehmen; denn so hätten wir unser Anliegen verfolgen können, ohne daß auf der einen oder anderen Seite Wunden geschlagen worden wären. Wie der Fall lag, war mein Empfinden damals – wenn auch um etliches ausgeprägter – im wesentlichen das gleiche Empfinden, das einer hat, wenn ein Tankstellenwärter oder Taxifahrer mit seiner Lebensgeschichte loslegt: In der Regel, und zumal dann, wenn man es eilig oder schlechte Laune hat, wünscht man, der Mann möge nichts Komplizierteres sein als Der-hilfsbereite-Tankstellenwärter oder Der-gewandte-Taxifahrer. Das ist jeweils das Wesen, das man ihnen, zumindest vorübergehend, für seine Zwecke zugeordnet hat, so wie ein Erzähler aus einem Mann Den-Hübschen-Jungen-Dichter oder Den-Eifersüchtigen-Alten-Ehegatten macht; und wenn man auch ganz gut weiß, daß kein jemals existierendes Menschenwesen *nur* ein hilfsbereiter Tankstellenwärter oder ein hübscher junger Dichter war, ist man nichtsdestoweniger geneigt, die charmanten Komplexitäten seines Mannes zu ignorieren, ja, man *muß* sie ignorieren, wenn man mit der Story weiterkommen oder Dinge nach Plan getan haben will. Darüber später mehr, denn das bezieht sich auf Mythotherapie. Es genügt hier zu sagen, daß wir alle die meiste Zeit, wenn nicht immer, Schauspieldirektoren sind, und man darf den weise nennen, der sich bewußt ist, daß seine Rollenverteilung bestenfalls eine willkürliche Verzerrung der Persönlichkeiten seiner Schauspieler ist; der aber mag noch weiser genannt werden, der zusätzlich erkennt, daß diese Willkür wahrscheinlich unvermeidbar oder zumindest offensichtlich notwendig ist, wenn er ans Ziel seiner Wünsche kommen will.

»Nimm deine Schlüssel«, sagte ich, »ich warte draußen im Wagen auf dich.«

»Nein! *Jake!*« Miss Peggy Rankin sprang vom Bett. Sie erwischte mich an der Tür und umarmte mich von hinten, unter meinen Armen hindurch.

»O Gott, geh nicht schon fort!« Hysterie. »Es tut mir leid, daß ich dich wütend gemacht habe!« Sie zerrte mich nach Kräften ins Zimmer zurück.

»Komm, laß los; was soll der Quatsch. Reiß dich zusammen.«

Die Schönheit einer vierzigjährigen Aufreiße, sofern sie sich überhaupt erhalten hat, ist fragil, und Peggys Hysterie, im Verein mit ihren soeben vergossenen Tränen, ließen wenig Lieblichkeit auf ihrem Gesicht übrig, welches unter normalen Umständen länglich, braun, faltenlos und nicht unattraktiv war.

»Bitte, bleib. Kümmer dich nicht um all das, was ich vor 'ner Weile gesagt habe!«

»Ich weiß nicht, was ich machen soll«, sagte ich wahrheitsgemäß bei dem Versuch, diesen Ausbruch zu assimilieren. »Diese Sache bedeutet dir mehr als mir. Damit will ich niemanden kritisieren. Ich fürchte eigentlich, ich könnte dir das Ganze verdorben haben, wenn ich's nicht sogar schon getan habe.«

Mir wurde hart zugesetzt. »Jetzt demütigst du mich! Laß mich doch um Himmels willen nicht so betteln!«

In dem Augenblick stand fest, daß sie verlieren würde, so oder so. Wir gingen ins Bett: Was sich dann abspielte, war, wenigstens für mich, das schiere Unbehagen, und zwar auf eine Weise, die es auch für sie zu einer unerfreulichen Erinnerung geraten ließ, mochte sie es in dem Moment genießen oder nicht. Es war peinlich, denn sie überließ sich einer raffinierten Ergebenheit, welche ihre eigene Demütigung implizierte – da ja meine eigene Stimmung der ihren nicht entsprach. Ihr Zustand blieb halb hysterisch, halb masochistisch: Sie tat ihr Bestes, um aus dem kleinen *Cantus firmus* der Natur eine *Grande Opéra* zu machen, und wenn ihr das nicht recht glückte, dann lag das eher an mir als an ihr, denn sie bemühte sich wacker. Unter anderen Umständen hätte es mir womöglich Spaß gemacht – diese Art wollüstiger Unterwürfigkeit zu befriedigen, kann so angenehm sein, wie sich gelegentlich ihr hinzugeben –, aber dieser Tag war nicht mein Tag. Dieser Tag hatte schlimm begonnen, sich langweilig entwickelt und war nun dabei, unangenehm, wenn nicht widerlich, zu kulminieren: Ich habe mich schon immer unbehaglich gefühlt bei Frauen, die ihren sexuellen Raptus zu ernst nehmen, und Miss Rankin war nicht die Sorte, die man auf dem Bett schauernd und ächzend zurücklassen konnte im Bewußtsein, es sei alles nur ein angenehmer, gesunder Spaß gewesen.

In diesem Zustand verließ ich sie um fünf Uhr. Um 4 Uhr 45 hatte sie, womit ich schon fast gerechnet hatte, angefangen, Haß auf mich zu äußern, ob vorgetäuscht (so etwas kann ein sinnlicher Sport sein) oder echt, vermag ich nicht zu sagen, da ihre Augen geschlossen waren und ihr Gesicht abgewandt. Was sie heiser sagte, war »Verdammt seien deine Augen..., verdammt seien deine Augen, verdammt seien deine Augen...« im Rhythmus mit dem, was in jenem Moment vor sich ging, und ich war nicht so sehr meiner Stimmung unterworfen, daß es mich nicht belustigt hätte. Aber ich war des theatralischen Treibens – echt oder nicht, amüsant oder nicht – müde, und als die Dinge ihr natürliches *dénouement* erreichten, war ich weidlich froh, mich zu verkrümeln, wobei ich Miss Rankins Schlüssel völlig vergaß. Die Dame hatte Talent, aber keine Disziplin. Ich bin sicher, keiner von uns hatte den Wunsch, einander wiederzusehen.

An einer Imbißbude außerhalb Wicomicos nahm ich etwas zu mir und kehrte schließlich um halb sieben in mein Zimmer zurück. Und fühlte mich fürchterlich. Innerhalb der Grenzen einer gegebenen Stimmung war ich ein Mann von beträchtlicher Integrität, aber es gebrach mir an Ausdauer. Schon beim bloßen Gedanken an diese Peggy Rankin hatte ich ein schlechtes Gefühl – war gereizt, daß sie in ihrem Alter noch nicht gelernt hatte, mit ihrer Lage umzugehen, deren bedauerliche Aspekte so weit wie möglich zu ihrem eigenen Vorteil zu wenden – und empfand zugleich sehr viel Sympathie für ihre Schwäche. Ich hatte, zumindest abstrakt, ein gewaltiges Mitgefühl für diese Art Schwäche – für eines Menschen Unfähigkeit, entweder sein Verhalten nach seinen eigenen Maßstäben zu kontrollieren, oder seinen Maßstäben, bis in die letzten Winkel seines Bewußtseins hinein, stets sklavisch zu gehorchen und somit seinem Verhalten einzupassen – obwohl mich auch das in besonderen Situationen irritierte. Alles, was mit Miss Rankin vorgefallen war, hätte Kurzweil auf hohem Niveau sein können – das Demütige, die hysterischen Ausbrüche und noch vieles andere, von dem ich nur deswegen nicht das Gefühl hatte, ich hätte daran teilgenommen, weil ich es lediglich registrierte, hätte sie nur bei all dem ihre Integrität zu bewahren vermocht. Aber ihr Fehler, fürchtete ich, bestand darin, daß sie sich danach eine Weile lang vorwerfen würde, sich tatsächlich erniedrigt zu haben, und dies nicht aus Spaß, und mein Fehler bestand darin, daß ich nicht, als ich schon drauf und dran war, einfach gegangen war, all ihren hysterischen Ausbrüchen zum Trotz. Wäre ich gegangen, hätte ich mir meinen Seelenfrieden bewahrt und Miss Rankin gestattet, den ihren dadurch wiederzugewinnen, daß sie *mich* verachtete und nicht uns beide. Was mich zum Bleiben bewegt hatte, war einerseits eine gewisse Ritterlichkeit, zu der ich oft neige, wenn ich auch nicht daran glaube, und zugleich eine charakteristische Abneigung, irgendeiner Show, wie dürftig oder peinlich sie auch sein mochte, den Rücken zu kehren, hatte ich erst einmal den ersten Akt gesehen.

Aber es gab eine Spanne Zeit, über die hinaus ich nicht ertragen konnte, mit mir selbst aktiv unzufrieden zu sein, und als diese ihr Nahen ankündigte – etwa um ein Viertel nach sieben –, ging ich schlafen. Einzig die Tiefe und beschränkte Dauer meiner Stimmungen bewahrte mich davor, ein Selbstmordkandidat zu sein: Wie die Dinge lagen, war meine typische Angewohnheit, zu Bett zu gehen, wenn mir alles über den Kopf zu wachsen drohte, dieses bewußte Beenden meines Tages, an sich schon eine Art Suizid und erfüllte ihren Zweck genauso wirksam. Meine Stimmungen waren kleine Männchen, und hatte ich sie getötet, dann blieben sie mausetot.

Der Summer an der Vordertür weckte mich um 21 Uhr, und als ich aufstand und mir einen Bademantel anzog, standen Joe Morgan und seine Frau auf der Schwelle. Ich war überrascht, bat sie aber gutgelaunt, einzutreten, da ich wußte, sobald ich meine Augen geöffnet hatte, daß der Schlaf meine Gefühlslandschaft verwandelt hatte: Ich fühlte mich prima. Rennie Morgan, der ich vorgestellt wurde, war beileibe nicht mein Ideal einer schönen Frau; sie sah aus wie das Ehegespons eines Feld-Wald-und-Wiesenmannes. Ziemlich groß gebaut, blond, gewichtiger als ich, dem

Augenschein nach kräftig, und üppig sprudelnd, war sie nicht der Typ Frau, an die einer (oder zumindest *dieser* eine) instinktiv in sexuellen Kategorien denkt. Und doch stand ich nun da und beurteilte sie nach sexuellen Kriterien: Kein Zweifel, mein Nachmittagsabenteuer beeinflußte zugleich die Art wie das Urteil meiner Bewertung.

»Darf ich Ihnen etwas zu essen anbieten?« fragte ich sie und freute mich zu sehen, daß die beiden offenbar guter Laune waren.

»Nein, danke«, lächelte Joe, »wir haben schon genug gegessen, für dreie.«

»Wir sahen Ihren Wagen vor dem Haus«, sagte Rennie, »und fragten uns, ob wohl das Flugzeug aus Baltimore schon gelandet ist.«

»Ihr Morgans werdet einen noch bis in sein Schlupfloch verfolgen!« protestierte ich.

Da wir alle freundlich gestimmt schienen, und da Joe und Rennie so vernünftig waren, aus einem *fait accompli* nicht, wenn ich so sagen darf, eine *cause célébre* zu machen, schnappte ich ein paar Flaschen Bier aus dem Kasten, den ich unten in der Küche auf Eis stehen hatte, und erzählte ihnen die Geschichte meines Tages, auf die vergnügliche Tour, wobei ich kein Jota ausließ, abgesehen von einigen besonders delikaten Details (und diese eher meiner eigenen Verlegenheit halber als Rennies wegen, die in der Lage schien, das Ganze unverdünnt zu genießen).

Wir kamen prächtig miteinander aus. Rennie Morgan schien, bei aller Lebhaftigkeit, ihrer selbst ein wenig unsicher; ihre Marotten – wie etwa die Angewohnheit, peinliche Ausgelassenheit zu zeigen, indem sie die Augen zusammenkniff und ihren Kopf ständig hin und her bewegte, oder ihr heftiges Gefuchtel beim Reden – waren direkt von Joe abgeborgt, ebenso wie Inhalt und Art *ihres* Denkens. Es lag auf der Hand, daß sie sich – trotz des Fortschritts, den sie offensichtlich darin gemacht hatte, von ihrem Gatten ununterscheidbar zu sein – nach wie vor ihrer Ungleichheit ängstlich bewußt war. Immer, wenn Joe auf ein Argument einging, das Rennie angeschnitten hatte, verfocht sie den Punkt so eifrig wie möglich, wohl wissend, daß er eben das von ihr erwartete, aber es lag in ihrer Art die gleiche nervöse Bereitschaft, nachzugeben, die man von einem Jungen erwarten mochte, der mit seinem Sportlehrer im Boxring übt. Tatsächlich sagt diese Metapher, wenn man ihr einen Hauch Pygmalion und Galathea beimischt, alles über ihre Beziehung aus, wie ich sie an jenem Abend erlebte, und obgleich ich im Grunde nicht das mindeste gegen ein solches Verhältnis einzuwenden hatte – immerhin war Galathea *wirklich* eine bemerkenswerte Frau, und manch unsicherer junger Boxer wuchs heran, um Gene Tunney zu werden –, war die Anwesenheit zweier auf so ähnliche Weise kraftvoller Persönlichkeiten überwältigend: Zu mehreren Malen ertappte ich mich dabei, wie ich gleich ihr, bei einer besonders witzigen Bemerkung, *meinen* Kopf heftig hin und her bewegte oder, bei einer Pointe, auf ihre Weise aufgeregt fuchtelte.

Was Joe betraf, so machte gleich die erste Stunde unserer Unterhaltung deutlich, daß er brillant war, einer der brillantesten Köpfe, denen ich je begegnet war. Er redete in der Regel langsam und leise, mit leichtem Südstaaten-Akzent, aber man hatte immer das Gefühl, diese Langsamkeit fiele ihm nicht auf natürlichem Wege zu; es sei eine Kontrolle, mit der er seine normale Überschwenglichkeit in Schach hielte. Nur wenn ihn die Wendung des Gesprächs erregte, wuchsen Lautstärke und Tempo seiner Rede: In diesen Momenten konnte man fast sicher sein, daß er sich heftig den Kopf kratzte, die Brille hart auf die Nase zurückstupste und mit den Händen eloquent gestikulierte. Ich erfuhr, daß er seinen Bachelor und seinen Magister auf der Columbia-Universität gemacht hatte – den einen in Literatur, den anderen in Philosophie – und mit Ausnahme der

Dissertation alle Anforderungen für eine Promotion in Geschichte an der Johns-Hopkins-Universität erfüllt hatte. Wicomico war Rennies Geburtsstadt und das WTC ihre Alma Mater; und dort wohnten die Morgans nun, während Joe gemächlich vor sich hin promovierte. Einen Abend lang mit ihm zu reden, war gewaltig stimulierend – ich war unaufhörlich beeindruckt von seinem Schwung, seiner unnachgiebigen Intellektualität und seiner Besonnenheit – und das war, wie jede sehr stimulierende Sache, anstrengend.

Wir mochten uns sofort: Schon nach ganz kurzer Zeit war klar, daß wir, wenn ich in Wicomico bliebe, Freunde werden würden. Meine anfängliche Einschätzung von ihm hatte ich komplett zu revidieren; es ergab sich, daß all jene Handlungen und Aspekte seiner Persönlichkeit, die mit Gemeinplätzen zu kritisieren mir nicht schwergefallen war, nahezu immer das Ergebnis sehr sorgfältigen, ungewöhnlichen Denkens waren. Man begriff, daß Joe Morgan niemals einen Schachzug machen oder einen Satz äußern würde, wenn er nicht völlig sicher sein konnte, ihn zuvor lange und sorgfältig überlegt zu haben, und deshalb besaß er auch die Stärke, sich nicht groß drum zu scheren, wenn sich sein Schachzug als unglücklich erwies. Nie hätte er sich erlaubt, sich in eine Lage wie z. B. die von Miss Rankin zu manövrieren, oder wie die von mir, als ich am Montag auf der College-Zufahrt herumgekurvt war. Unentschlossenheit dieser Art war ihm sichtlich fremd: Er war sich des Bodens unter seinen Füßen stets sicher; er handelte rasch, erklärte, wenn danach gefragt, seine Handlungen luzide und hätte Ausflüchte, da überflüssig, für Dummheiten erachtet. Mehr noch, vier meiner negativsten Charakterzüge – Schüchternheit, die Furcht, lächerlich zu wirken, Affinität für allerlei Nonsens und fast gänzliche Widersprüchlichkeit – schien er nicht im geringsten zu teilen. Andererseits war er, zumindest in Gegenwart eines Dritten, etwas prüde (meine Story gefiel ihm nicht) und ermangelte, trotz seiner Reizbarkeit, der Wärme und Spontaneität, obwohl er dafür zweifellos ebenso gute Gründe hatte wie dafür, Pfadfindergruppenführer zu sein – er war ein Mann, an dem etwas auszusetzen äußerst schwer war. Schließlich schien er, in Freud' wie Leid, völlig frei von Arglist oder Verschlagenheit und in diesem Sinne freimütig, wenn auch beileibe nicht naiv, und an irgendeiner Karriere um ihrer selbst willen nicht interessiert.

Mit all dem konfrontiert zu werden, war anstrengend, höchst anstrengend. Bis halb zwei Uhr morgens unterhielten wir uns angeregt (ich könnte wirklich nicht sagen, worüber), und als die Morgans aufbrachen, hatte ich das Gefühl, dieser Abend sei der erfreulichste gewesen, den ich seit Monaten verbracht; daß ich mit Joe eine äußerst interessante neue Bekanntschaft gemacht hatte und daß ich keine besondere Lust verspürte, diese interessante neue Bekanntschaft von mir wiederzusehen, ehe nicht mindestens eine Woche verstrichen sei.

Als sie sich von mir verabschiedeten, sagte Rennie so en passant: »Ach, Jake – wir haben ganz vergessen, dir zu deinem Job zu gratulieren.« (Diese Art von Vergeßlichkeit war, wie ich später herausfand, typisch für die Morgans.)

»Das ist wohl ein bißchen voreilig, oder?«

»Was meinst du?« fragte Joe. »Hat Dr. Schott dich noch nicht am Wickel gehabt?«

»Nee.«

»Na – den Job hast du. Das Komitee traf sich heute morgen und hat entschieden. Ich schätze, Schott rief an, als du in Ocean City warst, oder heute abend, als du gepennt hast.«

Beide gratulierten mir linkisch – denn sie waren unfähig, Zuneigung, Freundschaft oder sogar ein ›Gratuliere‹ unverkrampft zu äußern – und gingen dann. Ich fühlte mich noch zu wohl, um schon zu schlafen, also las ich ein

Weilchen in meinem *Welt-Almanach* und hörte mir Mozarts *Ein musikalischer Spaß* auf Platte an. Ich begann, mich in meinem Zimmer und in Wicomico zu Hause zu fühlen; die Morgans gefielen mir, und ich befand mich nach wie vor in einem ungewöhnlichen Zustand der Erregung, die das nachmittägliche Sex-Abenteuer und Joes Intelligenz ausgelöst hatten. Doch muß ich von diesen Dingen und von meinem Tag am Strand auch total übermüdet gewesen sein, denn um halb sieben am Morgen erwachte ich jählings, nachdem ich unbeabsichtigt in einen profunden Schlaf gesunken war. Der *Welt-Almanach* lag weiterhin in meinem Schoß, zur Seite 96 hin aufgeschlagen: »Flugstrecken-Entfernungen zwischen den Hauptstädten der Erde«; *Ein musikalischer Spaß* spielte zu einem Mal ab, das das fünfzigste gewesen sein mußte; und die Sonne, die gerade zwischen zwei dunklen Backsteinhäusern auf der gegenüberliegenden Straßenseite im Aufgehen war, schoß, direkt über meinen Schoß hinweg, blendende Strahlen in Laokoons Antlitz, das unverbindlich zu hellem Gips verzerrt war.

IV Ich stand auf, noch steif vom Schlafen im Sessel

ICH STAND AUF, NOCH STEIF VOM SCHLAFEN IM SESSEL, duschte, zog neue Klamotten an und ging zum Frühstück raus. Vielleicht weil der gestrige Tag für mich so ungewöhnlich ereignisreich gewesen war, oder vielleicht, weil ich verhältnismäßig wenig geschlafen hatte (ich muß gestehen, daß mich Gründe nicht sehr interessieren), war mein Kopf völlig leer. Den ganzen Weg zum Restaurant, die ganze Mahlzeit, den ganzen Heimweg über war es, als ob es einen Jacob Horner heute nicht gäbe. Nachdem ich gegessen hatte, kehrte ich zu meinem Zimmer zurück, setzte mich in meinen Schaukelstuhl und schaukelte, kaum einer Empfindung fähig, eine lange Weile und dachte an nichts.

Einmal hatte ich einen Traum gehabt, in dem es für mich irgendwie wichtig wurde, die Wettervorhersage für den kommenden Tag zu erfahren. Ich blätterte die Zeitungen nach dem Wetterbericht durch, konnte ihn aber an seiner gewohnten Stelle nicht finden. Ich drehte das Radio an, aber die Nachrichtensprecher erwähnten das morgige Wetter mit keinem Wort. Ich wählte die Wetter-Nummer auf dem Telefon (dieser Traum trug sich in Baltimore zu), aber obwohl die Ansage die gegenwärtigen Wetterbedingungen schilderte, gab sie mir über die Vorhersage für morgen keine Auskunft. Schließlich rief ich geradewegs das Wetterbüro an, aber es war spät in der Nacht, und niemand nahm ab. Zufällig wußte ich den Namen des Chefmeteorologen, und so rief ich bei ihm zu Hause an. Das Telefon klingelte viele Male, ehe er den Hörer abnahm; es kam mir so vor, als spürte ich Unbehagen in seiner Stimme.

»Was ist?« fragte er.

»Ich möchte gerne wissen, was für Wetter wir morgen haben werden«, fragte ich. »Es ist furchtbar wichtig.«

»Es ist ganz unnütz, wenn Sie versuchen, mich unter Druck zu setzen«, sagte der Meteorologe. »Ganz und gar unnütz. Warum sind Sie so argwöhnisch?«

»Ich versichere Ihnen, Sir, ich möchte einfach nur wissen, wie das Wetter morgen sein wird. Ich kann nicht sagen, daß ich in dieser Frage irgend etwas Argwöhnisches sehe.«

»Es sieht so aus, als ob morgen überhaupt kein Wetter sein wird.«

»Bitte?«

»Sie haben richtig gehört. Es soll morgen gar kein Wetter geben. Unsere Instrumente sind da alle einer Meinung. Kein Wetter.«

»Aber das ist doch unmöglich!«

»Quod dixi, dixi«, grummelte der Wetterfrosch. »Kein Wetter morgen, und dabei bleibt's. Lassen Sie mich in Ruhe; ich muß schlafen.«

Da war der Traum zu Ende, und ich erwachte völlig verstört. Ich erzähle das jetzt, um einen Unterschied zu illustrieren, der zwischen Stimmungen und dem Wetter waltet, welches gemeinhin mit ihnen in Analogie gesetzt wird: Ein Tag ohne Wetter ist unvorstellbar, aber für mich zumindest gab es ab und an Tage ohne irgendeine Stimmung. An solchen Tagen hörte Jacob Horner auf zu existieren – außer in einem unbedeutenden metabolischen Sinne –, denn dann war ich ohne Persönlichkeit. Gleich jenen Mikroskopierproben, die die Biologen erst tingieren müssen, damit sie überhaupt sichtbar werden, mußte ich mit dieser oder jener Stimmung koloriert werden, wenn mir ein erkennbares Ich sollte zuwachsen können. Die Tatsache, daß meine sukzessiven und diskontinuierlichen ›Ichs‹ vermittels der zwei instabilen Fäden ›Körper‹ und ›Gedächtnis‹ aneinander geknüpft waren; die Tatsache, daß in der Struktur der westlichen Sprachen das Wort *Veränderung* etwas voraussetzt, worauf diese Veränderungen einwirken; die Tatsache, daß zwar die Probe ohne die Tinktur unsichtbar, die Tinktur aber nicht die Probe selbst ist – all dies sind Erwägungen, deren ich mir bewußt war, an denen ich aber kein Interesse hatte.

An meinen wetterlosen Tagen saß mein Körper in einem Schaukelstuhl und schaukelte und schaukelte und schaukelte, und mein Gehirn war fast so leer wie der interstellare Raum. Derart war der Tag nach dem Besuch der Morgans: Ich saß und schaukelte von morgens halb neun bis vielleicht zwei Uhr nachmittags. Wenn ich überhaupt Laokoon einen Blick gönnte, geschah es, ohne etwas zu erkennen. Aber um zwei Uhr klingelte das Telefon und scheuchte ein Etwas auf, das nun Jacob Horner war, der vom Stuhl sprang und den Hörer abnahm.

»Hallo?«

»Jacob? Hier ist Rennie Morgan. Willst du heute abend zu uns zum Abendessen kommen?«

»Mein Gott, *warum* denn?« Dieser Jacob Horner war ein reizbarer Typ.

»Warum?«

»Ja. Warum in Dreiteufelsnamen seid ihr alle so scharf darauf, mich mit einem Dinner zu füttern?«

»Bist du sauer?«

»Nein, ich bin nicht sauer. Ich möchte einfach bloß wissen, warum ihr alle so geil darauf seid, mich mit einem Abendessen zu mästen?«

»Also willst du nicht kommen?«

»Das habe ich nicht gesagt. Warum ihr alle mich partout mit einem Dinner nähren wollt. Das ist alles, wonach ich gefragt habe.«

Es gab eine Pause. Rennie war jemand, der jede Frage ernst nahm; sie würde keine Antwort lediglich zu dem Zweck anbieten, eine Situation zum Abschluß zu bringen, sondern mußte selbst nach der Antwort suchen. Das war garantiert Joes Werk. Ein anderer hätte verdrießlich gefragt: »Warum bittet jemand einen wohl zum Abendessen?« und dadurch seine Unwissenheit mit dem Mäntelchen der Selbstverständlichkeit camoufliert. Nach einer Weile antwortete sie mit vorsichtig klingender Stimme, als prüfe sie während des Sprechens ihre Antwort.

»Nun, ich denke, deswegen, weil Joe ziemlich fest entschlossen ist, dich besser kennenzulernen. Das Gespräch gestern abend hat ihm gefallen.«

»Dir nicht?« unterbrach ich aus Neugier. Ich sah eigentlich nicht, wie es auch ihr gefallen haben könnte, denn wir hatten von nichts als abstrakten Ideen gesprochen, und unter Rennies dezidierter, wiewohl beschränkter Teilnahme hatte sich etwas verborgen, was ich als stillschweigende, wenn auch sehr sorgsame Überwachung seitens ihres Gatten bezeichnen möchte. Damit will ich nicht andeuten, an Rennies Interesse sei irgend etwas Unechtes gewesen, mochte es auch schrecklich *gezwungen* gewesen sein, oder Joe habe mit seiner Sorge über ihre Bemerkungen etwas von jenem Ehemann an sich gehabt, dem die Meinungen seiner Frau peinlich sind; nein, seine Aufmerksamkeit war die eines Tutors, der seinem Lieblingsprotégé lauscht, und wenn er ihre Meinungen in Frage stellte, dann in einer ganz unpersönlichen, unarroganten und unpedantischen Manier. Ein Pedant war Joe nicht.

»Doch, ich glaube, schon. Meinst du, zwischen unseren Besuchen sollte jeweils eine Art Warte-Intervall sein, Jacob?«

Ich war erstaunt. »Was meinst *du* denn?«

Wieder eine kurze Pause, und dann ein feierliches Statement.

»Mir scheint, es gäbe dafür keinen Grund, es sei denn, einer von uns hätte gerade zufällig so ein Gefühl, daß er den anderen mal eine Zeitlang nicht sehen möchte. Ich glaube, manchmal hat man so ein Gefühl. Ist es das, was du jetzt empfindest, Jake?«

»Äh, nun, laß mal sehen«, sagte ich nüchtern und hielt kurz inne. »Mir scheint, du tust recht daran, die Gültigkeit gesellschaftlicher Konventionen, wie etwa zwischen Besuchen eine gewisse Frist verstreichen zu lassen, in Zweifel zu ziehen, aber du mußt im Auge behalten, daß letzten Endes all diese Konventionen nicht zu rechtfertigen sind. Aber daraus folgt nicht, etwas habe keine Gültigkeit, weil es nicht zu rechtfertigen ist. Und du mußt dir ins Gedächtnis rufen, daß sich von einer Konvention, auch und gerade von einer törichten, loszusagen immer das Risiko birgt, ohne Grund ein Schuldgefühl eingeimpft zu bekommen, schlicht deswegen, weil die Konventionen nun einmal konventionell *sind.* Nimm etwa, zum Frühstück Bier zu trinken, oder spät nachts bei Rot über die Kreuzung zu fahren, oder mit Billigung des Gatten die Ehe zu brechen, oder Euthanasie zu begehen...«

»Willst du mich verarschen?« fragte Rennie leichthin, als bäte sie in aller Unschuld um eine Auskunft.

»Allerdings!«

»Weißt du, mir scheint, daß sich häufig einer über den anderen lustig macht, weil ihm bei den Ansichten des anderen nicht wohl in seiner Haut ist, er aber nicht so recht weiß, wie er sie widerlegen kann. Er fühlt, eigentlich *sollte* er wissen, wie, weiß es aber nicht, und statt sich das selbst einzugestehen und das Problem zu untersuchen, um eine wirkliche Widerlegung zustande zu kriegen, zieht er die Argumente des anderen bloß ins Lächerliche. Das ist zu billig: ein Argument zu verhöhnen. Bei dir hab ich dies Gefühl ziemlich stark, Jake.«

»Hm-hm. Das hat Joe auch gesagt.«

»Jetzt verarschst du mich *wirklich,* stimmt's?«

Ich war entschlossen, nicht noch einmal zuzulassen, daß ich mich dank Mrs. Rennie Morgan unbehaglich fühlte. Das wär' zu billig.

»Hör zu: Ich komme heute abend und mampfe euer Dinner. Ich komme um sechs Uhr, nachdem ihr eure Kinder ins Bett gesteckt habt, wie du gesagt hast.«

»Keiner von uns möchte, daß du kommst, wenn du keine Lust dazu hast, Jake, du mußt...«

»Nun wart mal einen Moment. *Warum* möchtet ihr nicht, daß ich auch dann komme, wenn ich keine Lust dazu habe?«

»Wie?«

»Ich sagte: Warum möchtet ihr nicht, daß ich auch dann komme, wenn ich keine Lust dazu habe? Verstehst du, der einzige Grund, den ihr dafür hättet, mit dem Brauch zu brechen, eine angemessene Zeitspanne zwischen Besuch und Besuch zu legen, wäre, daß ihr die Ansicht vertreten würdet, gesellschaftliche Konventionen seien zwar vielleicht für die Stabilität in einer sozialen Gruppe notwendig, aber keine Absoluta, und ihr könntet euch in besonderen Situationen von ihnen befreien, sofern eure Ziele es rechtfertigen. Mit anderen Worten, ihr möchtet mich heute abend zum Dinner bei euch haben, jedenfalls solange es das ist, was wir alle wünschen – gesellschaftliche Stabilität ist ja wohl nicht euer Ziel in dieser besonderen Situation. Also gut, nehmen wir mal an, eure Absicht wäre, ein weiteres Gespräch zu führen, nehmen wir ferner an, ihr hättet Grund zu glauben, daß ich, wäre ich erst einmal da, dann auch mit euch reden würde, ob ich nun wirklich hätte kommen wollen oder nicht (die meisten Gäste würden das tun) – dann sollte es euch auch nicht kümmern, ob ich eigentlich kommen wollte oder nicht, da eure Absicht ja so oder so erreicht wurde.«

»Du machst dich immer noch über mich lustig.«

»Ach komm, jetzt machst du dir's aber zu einfach. Das ist unwesentlich, ob ich mich jetzt lustig mache oder nicht. Du weichst der Frage aus.«

Keine Antwort.

»Also. Ich komme um sechs Uhr zum Abendessen, ob ich nun will oder nicht, und wenn du bis dahin noch keine Replik auf mein Argument parat hast, dann geh ich und sag es Joe.«

»Die Kinder gehen um halb sieben zu Bett«, sagte Rennie mit leicht verletzter Stimme und hängte ein. Ich ging zu meinem Schaukelstuhl zurück und schaukelte weitere fünfundvierzig Minuten lang. Von Zeit zu Zeit lächelte ich unergründlich, aber ich kann nicht behaupten, daß dies aufrichtig irgendein wahres Gefühl meinerseits widergespiegelt hätte. Es war einfach nur ein Tun, bei dem ich mich so ertappte, wie ich mich ab und zu bei einsamen Spaziergängen dabei erwischte, mit nüchterner, unmetrischer Stimme ein ums andere Mal *»Pepsi-Cola ist echt Klasse / Dreizehn Unzen: ist 'ne Masse«* zu repetieren, wobei ich die Bewegung meiner Lippen mit einem Runzeln der Stirn, verwirrtem Zucken der Mundwinkel und ab und zu einer raschen Gebärde meiner rechten Hand begleitete. Vorübergehende hielten mich dann für einen Mann, der in ernste Probleme versunken ist, und wenn ich mitunter einem, der an mir vorbeigegangen, hinterhersah, bemerkte ich, wie auch er mit der Rechten eine verstohlene Bewegung machte, wie um es auszuprobieren.

Viertel nach vier rief Dr. Schott an und bestätigte meine Berufung in den Lehrkörper der Staatlichen Lehrerbildungsanstalt zu Wicomico als Lehrer für Grammatik und Stilistik bei einem Anfangssalär von 3200$ per annum.

»Wissen Sie«, sagte er, »wir zahlen nicht, was sie an den großen Universitäten zahlen! Können's uns nicht leisten! Aber das heißt nicht, daß wir nicht wählerisch sind mit unseren Lehrern! Wir sind, frei heraus gesagt, ein ganz schön idealistischer Verein und haben Sie deswegen in Amt und Brot gesetzt, weil wir glauben, daß Sie unsere Gefühle über die Bedeutung unseres Berufs teilen!«

Ich versicherte ihm, ich teilte in der Tat dieses Gefühl, und er versicherte mir, daß er sicher sei, daß dem so sei. Ich war nicht sehr angetan davon, daß man mich ersuchte, neben Grammatik auch noch Stilistik zu unterrichten – ich sollte ja ausschließlich normativer Grammatiker sein –, aber bis ich den Rat meines Doktors eingeholt, dachte ich, sei es das Beste, den Job auf jeden Fall anzunehmen.

Tatsächlich fuhr ich um halb sechs, ohne besonderen Grund, zu den Morgans hinaus. Mein Tag war nicht länger wetterlos, aber ich war die Ruhe selbst. Ich traf Joe und Rennie bei einem nicht eben hektischen Fangspiel mit einem Football auf dem Rasen vor ihrem Haus an, obwohl der Nachmittag ziemlich warm war. Sie zeigten keine große Überraschung, mich zu sehen, begrüßten mich herzlich und luden mich ein, an ihrem Spiel teilzunehmen.

»Nein danke«, sagte ich und ging zu den beiden drei und vier Jahre alten Söhnen hinüber, die einander gerade ihren eigenen kleinen Football – wie passend für ihr Alter – zuwarfen. Ich setzte mich ins Gras und guckte ihnen allen zu.

»Jake... am Telefon heute, das war nicht so gemeint... ich wollte nicht böse werden«, sagte Rennie heiter zwischen den Würfen.

»Ach, gib nicht acht auf das, was ich an der Strippe sage«, sagte ich. »Am Telefon kann ich grundsätzlich nicht reden.«

Ich habe noch nie ein Mädchen gesehen, das einen Football sauber fangen und abwerfen konnte – bis auf Rennie Morgan. In der Regel war sie ein tolpatschiges Wesen, aber bei allen Arten anstrengender physischer Aktivität war sie gänzlich locker und sogar graziös. Sie fing und stieß den Ball auf dieselbe Art und Weise, mit dem gleichen Tempo und der gleichen Akkuratesse wie ein durchtrainiertes Mannsbild.

»Warum hast du deine Meinung über das geändert, was du gesagt hast?« fragte Joe, die Augen unverwandt auf den Ball gerichtet.

»Ich erinnere mich nicht mal mehr, was ich gesagt habe.«

»Wirklich nicht? Rennie hat das ganze Gespräch noch im Kopf. Erinnerst du dich wirklich nicht, oder legst du es jetzt darauf an, sie nicht in Verlegenheit zu bringen?«

»Ich erinnere mich wirklich nicht mehr im geringsten daran«, sagte ich mit einem Beigeschmack von Wahrheit. »Mittlerweile habe ich kapiert, daß euch allen nicht besonders viel daran liegt, Unbehagen zu vermeiden. Tatsache ist, daß ich mich nie an Argumente erinnern kann, weder an eigene noch an die eines andern. An Schlußfolgerungen kann ich mich erinnern, aber nicht an Argumente.«

Diese Bemerkung, die mir ziemlich faszinierend erschien, erfüllte Joe offensichtlich mit Abscheu. Er verlor sein Interesse an der Konversation und machte eine kurze Pause, um die Grifftechnik zu korrigieren, mit der sein Ältester den Fußball hielt. Das Bürschchen schenkte dem besonnenen Rat seines Vaters eine Beachtung, als käme er aus dem Munde eines Footballstars höchst persönlich; Joe begutachtete, wie er den Ball dreimal auf korrekte Weise warf, und wandte sich dann ab.

»Hier, Jake«, sagte er und warf mir einen anderen Ball zu. »Warum machst du nicht ein paar Würfe mit Rennie, während ich das Abendbrot zubereite, und dann genehmigen wir uns einen Drink. Nicht nötig, bis halb sieben zu warten, da du nun schon mal hier bist.«

Ich war, wie bereits gesagt, die Ruhe selbst. Aus freien Stücken hätte ich mich am Spiel nicht beteiligt, andererseits aber wollte ich mich auch nicht auf Teufel komm raus dem Mitspielen versagen. Joe verließ uns und ging ins

Haus, die beiden Buben folgten ihm auf den Fersen, und für die nächsten zwanzig Minuten waren es Rennie und ich, die sich den Football zuwarfen. Zum Glück – denn in der Regel hatte ich Angst davor, daß man mich dazu brachte, mich lächerlich zu machen – war ich selber im Football kein blutiger Anfänger; wenn auch kein so geschickter Ballschütze wie Joe, war ich doch fähig, mindestens so genau und ohne Wackeln und Schlingern zu werfen wie Rennie. Er sah so aus, als hätte sie mir nichts Besonderes mitzuteilen, ich ihr auch nichts, und so waren die einzigen Geräusche, die auf dem Rasen zu hören waren, das Husch der schleudernden Arme, das ruhige Spurten laufender Füße auf dem Gras, das sachte Klatschen beim Auffangen und unser stoßweise gehender Atem. Das Ganze war weder angenehm noch unangenehm.

Bald darauf rief uns Joe von der Veranda, und wir gingen zum Essen hinein. Die Morgans bewohnten die Hälfte vom ersten Stockwerk des Hauses. Ihre Wohnung war überaus reinlich; was sie an Möbeln besaßen, war aufs strengste unornamental-modern, robust und funktional, aber es gab ihrer ziemlich wenig. Ja, da die Zimmer relativ geräumig waren, schienen sie ganz leer zu sein. Es gab keine Teppiche auf den Hartholzfußböden, keine Gardinen oder Vorhänge an den geputzten Fenstern und nicht ein Möbelstück über das notwendige Minimum hinaus; im Wohnzimmer ein Sofa, zwei Tragesessel, zwei Lampen, einen Bücherschrank und einen Schreibtisch; in der Küche einen kleinen Eßtisch mit vier metallenen Klappstühlen; und in dem einzigen Schlafzimmer, wo auch die Buben schliefen, ein Doppelbett, zwei Spiegelkommoden und einen Arbeitstisch mit Bänken. Da Wände und Decken weiß waren, tauchte das Licht, das sich durch die offenen Markisen ergoß, das Wohnzimmer in blendende Helligkeit. Ich zwinkerte; in diesem Raum war für meinen Geschmack zu viel Licht.

Während wir ein Glas Bier tranken, gingen die Kinder ins Schlafzimmer, zogen sich aus und nahmen ohne Hilfe ein Bad in dem Wasser, das Joe bereits für sie hatte einlaufen lassen. Ich gab meiner Verwunderung Ausdruck über eine solche Selbständigkeit im Alter von drei und vier. Rennie zuckte mit den Achseln.

»Wir stellen in puncto körperliche Effizienz ganz schön hohe Anforderungen an sie«, gab Joe zu. »Aber, verdammt nochmal, in Neu-Guinea schwimmen die Kids schon, ehe sie laufen können, und paddeln in Joes Alter mit Bambus-Einbäumen aufs Meer raus. Wir haben uns gedacht, je weniger sie uns am Rockzipfel hängen, desto besser kommen wir miteinander klar.«

»Nicht daß du denkst, wir triezen sie«, sagte Rennie. »Ist uns wirklich egal. Aber ich schätze, wir verlangen eine Menge stillschweigend.«

Joe lauschte dieser Äußerung mit flüchtigem Interesse.

»Warum sagst du, es sei dir egal?« fragte er sie.

Rennie war ein bißchen verunsichert bei der Frage, mit der sie nicht gerechnet hatte.

»Nun, ich meine, *letztlich.* Letztlich bliebe es sich doch so oder so gleich, oder? *Unmittelbar* aber spielt es schon eine Rolle, denn wenn sie nicht so unabhängig wären, müßten wir durch den ganzen Hokuspokus durch, den die meisten Leute durchmachen, und die Kinder blieben dann auf alle möglichen Krücken angewiesen.«

»Nichts bliebe sich letztlich so oder so gleich«, sagte Joe mit Nachdruck. »Die andere Bedeutung ist die einzige, die für alles gilt.«

»Das habe ich ja gemeint, Joe.«

»Was ich versuchen will, damit zu sagen, ist, daß du einen Wert nicht für weniger wirklich erachten solltest, nur weil er kein Absolutum ist, denn das Noch-diesseits-des-Absoluten ist doch das einzige, was uns gegeben ist. Das ist es ja, was der Satz impliziert, wenn du sagst, es sei dir *wirklich* egal.«

Tja, nun wäre wieder Rennie drangewesen – ich beobachtete die beiden über mein Bier hinweg genauso, wie ich sie vorhin draußen auf dem Rasen beobachtet hatte –, doch das Match wurde von der Klingel des Küchenweckers auf dem Herd unterbrochen. Rennie ging hinaus, um das Essen aufzutischen, während Joe die beiden Jungen trocken rubbelte und ihnen in ihre Nachthemden half: Ihre körperliche Effizienz reichte anscheinend noch nicht aus, sich die Knöpfe am Rücken selber zuzuknöpfen.

»Warum läßt du sie sich nicht gegenseitig auf dem Rükken zuknöpfen?« schlug ich höflich vor. Rennie warf mir einen undefinierbaren Blick aus der Küche zu, wo sie linkisch mit einem Löffel Reis austeilte, der für diesen Zweck viel zu klein war, aber Joe lachte leichthin und knöpfte die Nachthemden der beiden Knaben wieder auf, damit sie es versuchen könnten. Es klappte.

Da es in der Küche nur vier Stühle gab, aßen Rennie und die zwei Jungen und ich am Tisch, während Joe am Herd im Stehen aß. Für einen der Tragesessel wäre am Tisch kein Platz mehr gewesen, aber wir brauchten ja ohnehin nicht lange, die Mahlzeit zu verdrücken, die aus gedämpften Shrimps, gekochtem Reis und einem Bier für jeden bestand. Die Kinder – stämmig, wohlerzogen – durften die Konversation beim Essen beherrschen; sie waren so lebhaft und laut wie alle aufgeweckten Jungen ihres Alters, körperlich aber um etliches koordinierter und beherrschter als die meisten anderen Kinder. Sobald wir mit dem Essen fertig waren, marschierten sie ins Bett, und obwohl es draußen noch ganz hell war, hörte ich von ihnen keinen Mucks mehr.

Mit ihren Nachbarn im ersten Stock hatten die Morgans ein Arrangement getroffen: daß sie eine Tür, die die beiden Wohnungen verband, offenlassen und so abwechselnd nach den Kindern horchen konnten, wenn ein Paar einen Abend ausgehen wollte. Uns dies zunutze machend, gingen wir, nachdem das Geschirr gespült war, durch ein Kleefeld und einen kleinen Kiefernhain hinterm Haus ein wenig spazieren. Die Morgans neigten dazu, kräftig auszuschreiten, und das paßte nicht recht zu meiner ruhigen Stimmung, hielt mich aber auch nicht davon ab, sie zu begleiten. Rennie, eine dilettierende Naturkundlerin, machte, während wir so durch die Gegend streiften, Kommentare zu vielerlei Kräutern, Insekten und Vögeln, und Joe bestätigte jeweils ihre korrekte Benennung. Ich kann nicht behaupten, daß mir der Spaziergang Freude bereitete, mochte er den Morgans auch geradezu wahnsinnig Spaß machen. Als das überstanden war, ging Rennie ins Haus, um einen Brief zu schreiben, und Joe und ich setzten uns auf den Rasen in die beiden Tragesessel. Da das Thema vorhin schon angeschnitten worden war, drehte sich unser Gespräch, unter seiner Führung, um Werte.

»Das meiste von dem, was du Rennie heute nachmittag am Telefon gesagt hast, war ganz vernünftig«, räumte Joe ein. »Ich bin froh, daß du mit ihr geredet hast, und ich bin froh, daß du ihr gesagt hast, daß es nicht den Kern der Sache träfe, ob du dich über sie lustig machst oder nicht. Das ist genau das, was sie noch lernen muß. Sie ist in dieser Hinsicht zu empfindlich.«

»So wie du«, sagte ich. »Denk an deine Pfadfinder.«

»Nein, das bin ich nicht!« leugnete Joe in einer Weise, die einem jedes Verlangen nahm, auf seiner Meinung zu beharren. »Der einzige Grund, warum ich das mit den Pfadfindern noch mal aufgegriffen habe, war der, daß ich beschlossen hatte, dich ein klein wenig besser kennenzulernen, und mir schien, zuviel von dem Kram würde womöglich jeglichem vernünftigem Miteinander-Reden im Wege stehn. Abgesehen davon ist die Sache völlig unbedeutend.«

»Okay.« Ich bot ihm eine Zigarette an, aber er war Nichtraucher.

»Was mir wirklich gefällt, ist, daß du bereit scheinst, Rennie trotz deiner Spöttelei ernst zu nehmen. Beinahe kein Mann ist bereit, das Denken der Frauen ernst zu nehmen, aber Rennie braucht das mehr als alles andere.«

»Es geht mich ja nichts an, Joe«, sagte ich ruhig, »aber wenn ich Rennie wäre, würde ich wie der Teufel Sturm dagegen laufen, daß sich wer um meine *Bedürfnisse* schert. Du redest über sie, als wäre sie eine Patientin von dir.«

Er lachte und stupste sich die Brille auf die Nase zurück. »Hast recht, schätz ich; ich mein's aber nicht so. Als Rennie und ich heirateten, gingen wir davon aus, keiner von uns würde eine Angelegenheit auf Dauer draus machen wollen, wenn wir einander nicht in jeder Hinsicht respektieren könnten. Ich bin gewiß kein begeisterter Anhänger von Heiraten-um-jeden-Preis, und Rennie auch nicht, da bin ich sicher. Dem Heiraten an sich messe ich eigentlich keinen besonderen Wert bei.«

»Mich dünkt, *eurer* Ehe mißt du aber einen ganz schön hohen Wert bei«, deutete ich.

Joe schielte enttäuscht zu mir herüber, und ich spürte, daß er mich, wäre ich seine Frau gewesen, strenger korrigiert hätte, als er es dann tat.

»Jetzt machst du den gleichen Fehler, den Rennie vorhin gemacht hat, vor dem Essen: den Trugschluß, ein Wert, nur weil er kein innerer, objektiver und absoluter ist, sei irgendwie nicht *real.* Ich habe nur gesagt, daß die eheliche Beziehung dem Absoluten keineswegs näherkommt als irgend etwas anderes. Das besagt nicht, daß ich ihr keinen Wert beimesse; ja, ich glaube, ich bewerte meine Beziehung mit Rennie höher als irgend etwas sonst auf der Welt. Gemeint ist damit lediglich, daß, räumt man erst einmal ein, daß sie kein Absolutum ist, man für sich selbst die

Bedingungen festlegen muß, unter denen die Ehe für einen wichtig ist. O.k.?«

»Paßt wie angegossen«, sagte ich gleichültig.

»Also stimmst du nun zu oder nicht?«

»Natürlich stimme ich zu.« Und dermaßen in die Ecke gedrängt, stimmte ich vermutlich wirklich zu, aber da war etwas in mir, das sich gegen eine so systematische Analyse der Dinge auch dann gesträubt hätte, wenn ich das Quod Erat Demonstrandum vom lieben Gott persönlich gehabt hätte.

»Also«, sagte Joe, »ich bin nicht der Mann, der unter allen Umständen verheiratet sein muß – ja, unter etlichen Umständen könnte ich es nicht ertragen, verheiratet zu sein –, und eine meiner Bedingungen zur Erhaltung jedweder Beziehung überhaupt, besonders aber einer ehelichen, wäre, daß die involvierten Parteien in der Lage sind, einander ernst zu nehmen. Wenn ich Rennie dann und wann eine Lektion erteile oder ihr sage, die und die Behauptung von ihr sei absolut bekloppt, oder ihr sogar eine knalle, dann deswegen, weil ich sie achte, und für mich heißt das, ihr nicht alles x-beliebige durchgehen zu lassen. Etwas durchgehen zu lassen mag christlich sein, aber für mich würde das immer bedeuten, denjenigen nicht ernst zu nehmen, dem ich was durchgehen lasse. Das ist der einzige Einwand, den ich dagegen habe, daß du Rennie verarschst: nicht, weil es ihre Gefühle verletzen könnte, sondern weil es besagt, daß du Fünfe gerade sein läßt, weil sie eine Frau ist oder wegen irgendeines anderen Blödsinns.«

»Siehst du diese Pflicht zum Einander-Ernstnehmen jetzt nicht für ein Absolutum an?« fragte ich. »Du scheinst dich und Rennie *unter allen Umständen* ernst nehmen zu wollen.«

Diese Beobachtung machte Joe Freude, und zu meinem Verdruß stellte ich fest, daß ich unerklärlich glücklich war, etwas gesagt zu haben, das er für geistvoll erachtete.

»Gut gezielt«, grinste er und setzte zu einer Standpauke an. »Die übliche Kritik von Leuten wie mir lautet, irgendwo am Ende der Reihe sei das letztendliche *Ziel,* welches der ganzen Kette ihren relativen Wert verleiht, und dieses letztendliche Ziel sei auf rationalem Wege nicht zu rechtfertigen, wenn es nicht irgendwelche absoluten Werte gebe. Diese Endzwecke können ganz unpersönlich sein, wie ›Das Wohl des Staates‹, oder auch persönlich, wie etwa, seine Frau ernst zu nehmen. Für beide Fälle gilt, daß, will man diese Endziele überhaupt verteidigen, man sie, glaube ich, subjektiv nennen muß. Aber man könnte sie niemals auf *logische* Weise verteidigen, sie lägen in der Natur psychologischer Gegebenheiten, wären mithin für jeden Menschen verschieden. Die vier Dinge, die mich nicht beeindrucken können«, fügte er hinzu, »sind Einheit, Harmonie, Ewigkeit und Universalität. Für meine Moralvorstellung ist das Höchste dessen, was ein Mann je erreichen kann, von seiner Warte aus im Recht zu sein; es gibt keinen allgemein verbindlichen Grund, warum er sich auch noch bemühen sollte, sich dafür zu verteidigen, geschweige denn zu erwarten, irgendein anderer werde das akzeptieren, sondern das einzige, was er tun kann ist, gemäß dieser Maxime zu handeln, denn weiter gibt es nichts. Er hat Konflikte mit Menschen oder Institutionen zu gewärtigen, die von *ihrer* Warte aus ebenfalls im Recht sind, deren Blickwinkel aber von seinem verschieden sind.

Nehmen wir mal an, es entspräche meinem Wesen, total eifersüchtig auf Rennie zu sein«, fuhr er fort. »Nun ist das zwar zufällig überhaupt nicht der Fall, aber angenommen, es wäre wahr, daß aufgrund meiner psychischen Beschaffenheit eheliche Treue eine jener *Gegebenheiten* wäre, das subjektive Äquivalent eines Absolutum, eine der Bedingungen, die mit jeder Faser der ethischen Lehrsätze, die ich für mich selbst aufstellen könnte, verbunden wären. Angenommen ferner, Rennie beginge hinter meinem Rükken Ehebruch. Aus meiner Perspektive hätte die Beziehung dann ihre *raison d'être* verloren, und ich würde wahrscheinlich ausziehen, wenn ich nicht sogar sie oder mich selbst erschösse. Doch aus der Perspektive des Staates zum Beispiel wäre ich weiterhin verpflichtet, sie zu unterstützen, weil man nicht eine Gesellschaft haben kann, in der die Menschen bei Familienverhältnissen wie diesen einfach das Haus verlassen. Von deren Warte aus müßte ich gezwungen werden, Unterhaltsgeld zu zahlen, und hätte keinen Anlaß, mich zu beklagen, daß ihr Blickwinkel nicht derselbe ist wie meiner: das wäre unmöglich. Gleicherweise wäre der Staat berechtigt, mich für meine Schüsse aufzuhängen oder einzusperren, ebenso wie ich berechtigt wäre, sie zu erschießen – verstehst du? Oder die katholische Kirche wäre, wenn ich offiziell katholisch wäre, von ihrer Warte aus ebenso berechtigt, mir eine geweihte Ruhestätte zu verweigern, wie ich berechtigt wäre, Selbstmord zu begehen, wenn die eheliche Beziehung eine jener *Gegebenheiten* für mein ganzes Leben gewesen wäre. Ich wäre ein Narr, wollte ich von der Welt erwarten, meine Handlungen einfach nur deshalb zu entschuldigen, weil ich sie deutlich erklären kann.

Das ist einer der Gründe, warum ich mich für nichts entschuldige«, sagte Joe abschließend. »Und zwar deswegen nicht, weil ich kein Recht habe, zu erwarten, daß du oder irgendwer sonst etwas von dem akzeptiert, was ich tue oder sage – auch wenn ich immer *erklären* kann, was ich tue oder sage. Sich zu entschuldigen hat keinen Sinn, weil nichts in letzter Instanz verteidigt werden kann. Aber ein Mann kann kohärent agieren; kann handeln in einer Weise, die er, wenn er will, erklären kann. Das ist für mich wichtig. Weißt du, im ersten Monat unserer Ehe pflegte sich Rennie bei Freunden, die zu Besuch vorbeikamen, groß und breit dafür zu entschuldigen, daß wir nicht viele Möbel im Hause hatten. Sie wußte sehr wohl, daß wir gar nicht mehr Möbel haben wollten, auch wenn wir's uns hätten leisten können, aber ständig entschuldigte sie sich bei andern Leuten dafür, daß sie nicht deren Blickwinkel habe. Eines Tages tat sie's ausgiebiger als gewöhnlich, und sobald sich die anderen verzogen hatten, knallte ich ihr eine aufs Maul. Schlug sie glatt k.o. Als sie wieder zu sich kam, erklärte ich ihr ganz sorgfältig, warum ich sie geschlagen hatte. Sie heulte und entschuldigte sich bei mir dafür, daß sie sich bei den anderen Leuten entschuldigt hatte. Da verpaßte ich ihr noch eine.«

In Joes Stimme war, als er das sagte, weder Prahlerei noch ein Zeichen des Bedauerns.

»Scheiße, Jake, je ausgetüftelter deine Moral wird, desto kräftiger mußt du dich über Wasser halten. Und wenn du objektiven Werten Adieu sagst, mußt du wirklich den Bizeps spielen lassen und die Augen offen halten, weil du ganz auf dich gestellt bist. Das verlangt *Energie:* nicht nur persönliche Energie, sondern kulturelle Energie, oder du bist verloren. Energie: Das ist es, was den Unterschied ausmacht zwischen amerikanischem Pragmatismus und französischem Existentialismus – wo zum Teufel sonst, außer in Amerika, könnte man einen fröhlichen Nihilismus finden, Herrgottnochmal? Ich nehme an, es war saugrob, Rennie eine zu verpassen, aber ich sah diesen Augenblick als eine Art Krisis an. Na wie auch immer – danach hörte sie auf, sich zu entschuldigen.«

»Ah«, sagte ich.

Nun mag es gut sein, daß Joe eine so lange zusammenhängende Rede, wie die hier eben, nicht auf einen Schlag hielt; gewiß wahr ist, daß dies im Verlauf des Abends das Wichtigste war, was zur Sprache kam, und der Bequemlichkeit halber gebe ich es hier in Form eines einzigen ununterbrochenen Palavers wieder, um einerseits zu zeigen, was diesen Mann vor allem beschäftigte, wie auch, um meinem Porträt von ihm selbst einen oder zwei Pinselstriche hinzuzufügen. Ich hörte mir alles in Ruhe an; obgleich ich es gewohnt war, eine gewisse Anzahl dieser Meinungen zu Zeiten selber zu äußern (eher aus Hoffnung denn aus Überzeugung), fielen mir, während er sprach, zu allem, was er sagte, Gegenargumente ein. Allein, ich bin mir keineswegs gewiß, daß er meine Einwände nicht hätte widerlegen können – ich wage sogar zu behaupten, ich selber wäre sehr wohl dazu imstande gewesen; stets wenn mir eine wirklich intelligente und luzide vorgetragene Position entgegengehalten wurde, war ich ebenso abgeneigt, ihr mehr als eine theoretisch-spekulative Zustimmung zuzubilligen, wie ich unfähig war, meinerseits eine vernünftigere Position anzubieten. In solchen Situationen griff ich häufig zu dem, was in der Psychologie als »ungezielte Technik« bekannt ist: Ich sagte lediglich »Oh?« oder »Ah«, und gab ansonsten dem Kaiser, was des Kaisers ist.

Aber ich war an der Geschichte von Rennies erster Begegnungmit der Morgan-Philosophie interessiert, wie auch an der unwiderstehlichen Rhetorik, die Joe eingesetzt hatte, um ihr zu beweisen, was es in Wahrheit mit Entschuldigungen auf sich habe. Das zeigte klar, daß für Mr. Morgan Philosophie kein Spiel war; daß er seine Schlußfolgerungen bis zur letzten Konsequenz *lebte;* und Rennie wurde für mich nun zu einer etwas interessanteren Gestalt. Ja, ich würde sagen, es war zweifellos jene kleine besondere Episode, die den Ausschlag dafür gab, daß ich mich dem Vorschlag fügte, den Joe später machte, nachdem Rennie auf dem Rasen zu uns gestoßen war.

»Reitest du gern?« hatte Rennie beiläufig gefragt.

»Bin noch nie in meinem Leben geritten, Rennie.«

»Aber das macht wirklich Spaß! Du mußt es irgendwann mal mit mir probieren.«

Ich zog die Brauen in die Höhe. »Ja, ich glaub, das wäre fürs erste besser als mit einem Pferd.«

Rennie kicherte, wippte mit dem Kopf hin und her, und

Joe lachte laut, aber nicht begeistert, glaub ich. Dann sah ich, wie sich seine gerunzelte Stirn plötzlich aufhellte.

»He, das ist 'ne Idee« rief er Rennie zu. »Bring Jake das Reiten bei!« Er wandte sich mir zu. »Rennies Eltern haben Reitpferde auf ihrer Farm, gleich die Straße runter, aber ich selbst hab keine Gelegenheit zum Reiten, und Rennie haßt es, alleine zu reiten. Ich bin fast den ganzen Tag mit Lektüre für meine Dissertation beschäftigt, bis die Schule wieder anfängt. Laß dir doch von Rennie das Reiten beibringen! Dann hätte sie 'ne Chance, öfter mal rauszukommen, und ihr beide könntet euch dann bei der Gelegenheit ein bißchen ausquatschen.«

Ich war peinlich berührt von Joes gezwungener Begeisterung über sein Projekt wie auch davon, daß er so geschmacklos war, anzudeuten, es würde Rennie gut tun, mit mir zu reden. Perverserweise machte es mir Freude, auch Rennie leicht zusammenzucken zu sehen: Offensichtlich war sie von ihrem Mann noch nicht so gut gedrillt, daß ihr seine Unbefangenheit nicht von Zeit zu Zeit peinlich war, wußte sie ihr Unbehagen vor Joe auch sorgsam zu verbergen.

»Was hältst du davon?« fragte er sie knapp.

»Ich finde, es ist eine tolle Idee, wenn Jake Lust hat zu lernen«, sagte Rennie beflissen.

»Und *du*?« fragte mich Joe.

Ich zuckte mit den Achseln. »Ist mir egal.«

»Also, wenn es dir egal ist und Rennie und ich finden, daß es eine gute Idee ist, dann ist ja alles bestens«, lachte Joe. »Wirklich, ob du nun Reiten lernen willst oder nicht, die Sache ist gelaufen, es sei denn, du willst es ausschlagen, so wie bei dieser Dinner-Geschichte!«

Wir alle glucksten, und das Thema wurde fallengelassen, während mir Joe fröhlich auseinandersetzte, meine Erklärung am Telefon (daß ich zum Abendessen kommen würde, ob ich Lust dazu hätte oder nicht) sei eigentlich unverständlich gewesen.

»Rennie hätte's dir gesagt, wenn du sie nicht dadurch nervös gemacht hättest, daß du sie auf den Arm nahmst«, lächelte er; »der einzige beweiskräftige Index für die Wünsche eines Mannes sind seine Taten; oder wenn du in der Vergangenheit sprichst: Was ein Mensch tat, ist das, was er tun wollte.«

»Was?«

»Verstehst du nicht?« fragte Rennie, und Joe lehnte sich in seinem Sessel zurück und entspannte sich. »Gemeint ist, daß du einander widersprechende Wünsche haben könntest – sagen wir, den Wunsch, nicht bei uns zu Abend zu essen, und den Wunsch, uns nicht vor den Kopf zu stoßen. Aber wenn du zu guter Letzt doch zum Dinner kommst, dann nur deshalb, weil der zweite Wunsch stärker war als der erste: Unter gleichen Voraussetzungen würdest du nicht bei uns essen wollen, aber zwei Voraussetzungen sind sich niemals gleich, und so wolltest du de facto lieber bei uns essen als uns beleidigen. Also ißt du bei uns – das ist es, was du *letztendlich* tun wolltest. Du hättest nicht sagen sollen, du wirst bei uns essen, ob du willst oder nicht; du hättest sagen sollen, du wirst bei uns essen, wenn das Wünsche in dir befriedigt, die stärker sind als dein Wunsch, *nicht* bei uns zu essen.«

»Das ist wie die Kombination von + 100 mit − 99«, sagte Joe. »Das Resultat ist nur knapp Plus, Plus aber durch und durch. Ein weiterer Beweis dafür, daß es für jemanden töricht ist, sich für etwas, was er getan hat, mit der Behauptung zu entschuldigen, er habe es eigentlich nicht tun wollen: Was er am Ende tun *wollte,* war das, was er tat. Wenn man Geschichte liest, ist es wichtig, das im Hinterköpfchen zu haben.«

Ich beobachtete, wie Rennie sich beim Hinweis aufs Thema »Entschuldigen« leicht verfärbte.

»Mmm«, erwiderte ich Joe vage.

V Rennies unbeholfene Kraft war etwas, das mich faszinierte

RENNIES UNBEHOLFENE KRAFT WAR ETWAS, DAS MICH FASZINIERTE während der Wochen, die jenem Menü aus Shrimps, Reis, Bier und Werten folgten, das mir die Morgans vorgesetzt hatten. Diese Unbeholfenheit äußerte sich in der Aktion wie in der Artikulation – Rennie torkelte und platzte mit ihren Sachen heraus – und ich war neugierig, zu erfahren, ob das, was dahinter stand, Albernheit oder anmutlose Stärke war.

Wenigstens war dies meine innere Haltung, als wir mit meinen Reitstunden begannen. Ich fühlte insofern eine gewisse Unterlegenheit, als ich in mir den Prüfer und in ihr das Thema sah, aber hochmütig war ich nicht, und in meiner Neugier lag eine gewisse Sympathie. Ein Glück, daß ich diese Überlegenheit besonderer Art verspürte, denn es half mir während meiner ersten Reitstunden, die ich anderenfalls nur sehr schwer durchgestanden hätte. Es war nicht die Arbeit, die ich haßte, sondern die Peinlichkeit des Erlernens neuer Dinge, die Lächerlichkeit des Anfängers, und ich kann mir nicht vorstellen, daß ich reiten gelernt hätte (denn ich hatte nur ein sehr vages Interesse am Reiten), ohne jene besondere Neugier und jenes besondere Überlegenheitsgefühl, die meinen Stolz retteten.

Rennie war eine ausgezeichnete Reiterin und eine höchst kompetente Lehrerin. Wir ritten zumeist in den Morgenstunden, ganz in der Frühe, gelegentlich auch nach dem Mittagessen, und wir ritten jeden Tag, wenn es nicht gerade sehr stark regnete. Morgens um halb acht oder acht Uhr, bisweilen früher, fuhr ich zu den Morgans hinaus und frühstückte mit ihnen; dann begann Joe mit seinem Tagespensum an Lesen und Exzerpieren, und Rennie, die Jungen und ich fuhren die vier Meilen zur Farm ihrer Eltern hinaus. Mrs. MacMahon, ihre Mutter, nahm die Kinder unter ihre Fittiche, und Rennie und ich gingen reiten. Ihr Pferd war ein lebhafter, fünfjähriger, falbfarbener, fünfzehn Handbreit hoher Hengst (so ihre Beschreibung) namens Tom Brown, und meins eine siebenjährige kastanienbraune Stute mit einer weißen Blesse auf der Stirn, sechzehn Handbreit hoch, namens Susie, die Rennie wie auch ihr Vater als sanft bezeichneten, mochte sie für mich auch immer noch reichlich lebhaft sein. Rennies Vater hielt die zwei Pferde zu seinem Privatvergnügen, hatte aber selten so recht Gelegenheit, sich mit ihnen abzugeben, und war daher von Joes Projekt sehr angetan. Das erste, was er zu Rennie sagte, als er uns in unseren Reitkostümen daherstapfen sah (Rennie hatte darauf bestanden, daß ich mir wollene Reithosen und Reitstiefel zulegte), war: »Nanu, ich sehe, Ren, Joe hat dir einen Begleiter rekrutiert!«

»Dad, das ist Jake Horner«, sagte Rennie knapp. »Ich bring ihm jetzt das Reiten bei.« Ihr war nicht entgangen, daß die Äußerung ihres Vaters mir etwas gesagt hatte, das zu wissen ich nicht sonderlich geneigt war – daß Joes Projekt ihm nicht spontan in den Sinn gekommen, sondern wohl überlegt war – dieses Bewußtsein ließ sie linkisch werden. Sie entfernte sich schnurstracks zur Koppel, wo die beiden Pferde grasten, und überließ ihren Vater und mich wechselseitigem Händeschütteln und Komplimente machen, so gut uns das gelang.

Ich brauchte, was meinen Unterricht angeht, wohl kaum ins Detail zu gehen: Das ist uninteressant und hat mit meinem Eindruck von Rennie wenig zu tun. Das einzige, was ich über Pferde gewußt hatte, war, daß man sie von der »nahen« bzw. linken Seite her erklimmen müsse, und sogar dies bißchen Hippologie erwies sich mir als nicht so bezweifelbar wahr, wie ich geglaubt hatte. Ich ward eingeweiht in die Mysterien von Zaum und Kandare, Halfter und Trense, gezügelter und gestreckter Gangart, Hilfskniffen und Lenkgriffen. Ich machte all die Fehler, die Anfänger machen – suchte Halt an den Zügeln, klammerte mich mit den Beinen fest, hing krumm im Sattel – und korrigierte sie nach und nach. Daß ich vor meinem Tier zunächst große Angst hatte, ist nicht der Rede wert, da ich meine Furcht unter keinen Umständen Rennie gezeigt hätte.

Sie selbst war eine »harte« Reiterin – machte von Druckmitteln reichlich Gebrauch und hielt den ausgelassenen Tom Brown so lammfromm wie ein Schoßhündchen –, aber die meisten ihrer abrupten Anweisungen, die sie mir gab, zielten darauf ab, ich solle von ihnen nur sparsam Gebrauch machen.

»Hör auf, dich ihr in die Wamme zu bohren«, platzte sie heraus, als wir einhertrabten. »Wenn du sie antreiben willst, nimm die Hacken, und wenn du sie bremsen willst, die Hände.«

Stunde um Stunde übte ich Reiten im Schritt, im Trab und in leichtem Galopp (beide Gäule hatten drei Gänge), ohne Sattel und freihändig. Ich lernte ein Pferd zu lenken, das keine Lust hat zu folgen; lernte, wie man voraussehen und verhindern kann, daß es scheut, bockt und durchgeht; lernte, es zu satteln, zu zäumen und zu striegeln.

Susie, meine Mähre, neigte dazu, nach mir zu beißen, wenn ich ihr den Gurt fester zog.

»Gib ihr kräftig eins auf die Nase«, befahl Rennie, »und leg ihr das nächstemal deinen Arm steif ausgestreckt auf den Hals, dann wird sie ihren Kopf nicht drehen.«

Tom Brown, ihr Klepper, hatte eine Vorliebe dafür, sich

gleich aus dem Stall heraus zwei- oder dreimal hoch aufzubäumen. Als er das wieder einmal tat, war ich zu Tode erschrocken beim Anblick, wie Rennie sich, so weit die Zügel reichten, zurücklehnte, bis Tom tatsächlich das Gleichgewicht verlor und wiehernd und um sich schlagend hintenüber fiel. Gelenkig sprang Rennie aus dem Sattel und aus dem Weg, eine Sekunde bevor elfhundert Pfund Pferd zu Boden schlugen: Und noch ehe Tom wieder auf war, schnappte sie sich seine Zügel und hatte ihn binnen weniger Sekunden, dank sanften Zuredens, beruhigt.

»Das wird er sich merken«, grinste sie.

Aber »selber Schuld« sagte sie zu mir, als Susie einmal denselben Trick versuchte. »Sie weiß, daß du ein Anfänger bist. Nicht nötig, mit ihr so umzuspringen; sie wird sich schon benehmen, wenn du gelernt hast, sie ein wenig härter zu reiten.« Dem Himmel sei Dank für diesen Tip, denn hätte mir Rennie jenen Salto empfohlen, wäre ich auch so stolz gewesen, ihn auszuprobieren. Ich war leicht zu erschrecken; ja, ich war in der Regel äußerst furchtsam, aber meine Eitelkeit war gewöhnlich stärker als diese Tatsache.

Nun, jedenfalls wurde ich ein leidlich geübter Reitersmann und lernte sogar, mir's auf dem Rücken der Pferde gemütlich sein zu lassen; ein Enthusiast aber wurde ich nie. Der Sport war angenehm, aber der Plage des Lernens nicht wert. Rennie und ich beritten im Laufe des August eine ganze Menge Landschaft; normalerweise ritten wir anderthalb Stunden lang aus, stiegen zu einer fünfzehn- oder zwanzigminütigen Pause ab und ritten dann heim. Wenn wir mit dem Entsatteln, Striegeln und Füttern der Tiere fertig waren, war es früher Nachmittag; wir holten die Jungen ab, ritten mit dem Auto nach Wicomico zurück und aßen mit Joe ein spätes Mittagessen, bei dem er, mit geröteten Augen vom Lesen, Rennie und mich nach meinem Vorankommen ausfragte.

Aber das Thema, um das es jetzt geht, ist Rennies unbeholfene Kraft. Hoch zu Pferde, wo es für einen in jeder Minute traditionelle und sogar sinnvolle Körperhaltungsregeln gibt, war es ein Vergnügen, ihren kräftigen, ziemlich massiven Leib beim Schrittgang in perfekter Kontrolle im Sattel sitzen oder sich zum Trab recken zu sehen, aufrecht und locker, die Wangen im Winde gerötet, die braunen Augen blitzend, das kurzgeschorene blonde Haar in der Sonne glänzend. In solchen Momenten nahm sie etwas von einer strengen Schönheit an. Aber in Situationen, wo keine Regeln galten, konnte sie mit ihrem Körper nicht umgehen. Beim Gehen torkelte sie ständig drauflos. Stand sie einmal still, wußte sie nie, was sie mit den Armen machen sollte, und man konnte dann fast sicher sein, daß sie ihr ganzes Gewicht auf ein Bein verlagerte und das andere linkisch zur Seite storchte. Bei unseren kurzen Ruhepausen, wenn wir gewöhnlich auf dem Boden saßen und Zigaretten rauchten, war sie einfach stillos und bar jeder Anmut: Sie lümmelte sich hin oder zappelte herum. Ich denke, es war ihr eigenes Wissen um diese Unfähigkeit, ihren Körper zu handhaben, das sie bewog, sich bei unseren Ausritten freimütiger und zutraulicher zu geben, als sie es sonst getan hätte, denn unter normalen Umständen waren beide Morgans eher zurückhaltende Naturen, und Rennie neigte sogar dazu, schweigsam zu sein, wenn Joe bei uns war. Doch an diesen Augustmorgen besprachen wir eine ganze Menge – in dieser Hinsicht, wenn nicht noch in anderer, hatte Joes Programm Erfolg –, und häufig zeigte Rennies Konversation eine analoge unbeholfene Kraft.

Einer unserer häufigsten Ritte führte uns an ein kleines Flüßchen in einem Gehölz aus Loblolly-Kiefern, etwa neun Meilen von der Farm entfernt. An heißen Tagen konnten dort die Pferde saufen, und oft trugen wir, wenn uns der Weg dorthin lenkte, Badeanzüge unter unseren Reitkleidern und schwammen kurz, wofür wir uns, ganz schicklich, hinten im Gehölz umkleideten. Das war recht angenehm: Das Bächlein war schön sauber und völlig abgelegen, von Kiefern überschattet, die den Boden zudem mit einem weichen Teppich aus glattem, braunem Nadelwerk bedeckten. Einmal bemerkte ich, zu Rennie gewandt, es sei doch ein Jammer, daß Joe nicht mit uns gemeinsam dieses Fleckchen Erde genießen könne.

»Albernes Zeug, was du da quatschst«, sagte sie ein wenig aufgebracht.

»Wie alle Höflichkeit albern ist«, lächelte ich. »Ich verspüre mit ihm höfliches Mitleid, weil er sich so durch die Bücher büffelt, während wir durch die Gegend galoppieren und herumplantschen.«

»Sag ihm das lieber nicht; er kann Mitleid nicht ausstehen.«

»Das ist ein alberner Zug an ihm, nicht?« sagte ich milde. »Joe ist verdammt komisch.«

»Was meinst du damit, Jake?« Wir ruhten uns gerade nach einer Schwimmrunde aus; dabei lag ich bequem rücklings ausgestreckt unter einem Baum am Wasser, kaute auf einer grünen Fichtennadel herum und zwinkerte zu Susie und Tom Brown hinüber, die in der Nähe angebunden waren. Rennie hatte sich wie ein Sack Weizen an denselben Baum gelümmelt und war am Rauchen, doch nun setzte sie sich auf und starrte mich mit verstörten Augen an. »Wie kannst du nur Joe ausgerechnet dämlich nennen?«

»Meinst du: Wie kann ausgerechnet ich Joe dämlich nennen, oder: Wie kann ich ausgerechnet Joe dämlich nennen?«

»Du weißt schon, was ich meine: Wie kannst du Joe dämlich nennen? Großer Gott!«

»Oh«, lachte ich, »was könnte wohl dämlicher sein, als sich über Höflichkeit aufzuregen? Wenn er mir wirklich leid täte, ginge das nur mich was an, nicht ihn; wenn ich bloß so sagte, er tut mir leid, um höflich zu sein, gäb's erst recht keinen Grund, sich drum zu scheren, da ich dann ja nur leeres Getön von mir gäbe.«

»Aber diese Art Getön ist ja wohl absurd, oder?«

»Sicher. Wo habt ihr beide, du und Joe, nur die Ansicht her, daß etwas nur deswegen, weil es absurd ist, über Bord gekippt werden sollte? Das ist doch zu dämlich für dich. Schließlich: Was könnte dämlicher sein als dieser ganze Anspruch, kohärent leben zu wollen?«

Nun weiß ich sehr wohl, was Joe auf diese Bemerkungen geantwortet hätte: Ich gebe als erster zu, daß sie unverständlich sind. Aber meine Absicht war nicht, zu überzeugen, sondern Rennie zu beobachten. Sie war entgeistert.

»Das ist nicht dein Ernst, Jake! Meinst du das im Ernst?«

»Und, mein Gott, was könnte denn dämlicher sein als seine Idee, daß zwei Menschen auf diese Weise zusammen unter einem Dach leben sollten!«

Rennie stand auf. Ihr Gesichtsausdruck, nehme ich an, glich dem der Athener an jenem Morgen, als sie entdeckten, daß Alkibiades alle marmornen Gottheiten der Stadt ihrer Männlichkeit beraubt hatte. Ihr fehlten die Worte.

»Setz dich doch«, sagte ich, über ihre Bestürzung lachend. »Rennie, der Punkt ist der, daß jedermanns Position dämlich sein kann, wenn du sie dafür zu halten beliebst, und zwar um so dämlicher, je konsequenter. Aus Joes Blickwinkel ist sie natürlich nicht dämlich: Wenn man seine letztendlichen Absichten in Betracht zieht, was immer die sein mögen. Aber offen gesagt: Ich bin entsetzt darüber, daß er von allen anderen erwartet, unbedingt seiner Meinung zu sein.«

»Tut er ja gar nicht!« schrie Rennie. »Darum geht es doch!«

»Warum hat er dir dann einmal, besser gesagt, zweimal wegen einer Entschuldigung eine geballert? Nur zur Übung? Warum würdest du's nicht wagen, ihm zu sagen, daß er dir leid tut, sogar wenn das der Fall wäre?«

Ich fragte das alles ohne echte Gehässigkeit, ich wollte Rennie nur necken, aber sie brach zu meiner Überraschung in Tränen aus.

»Brr, hey«, sagte ich sanft. »Tut mir schrecklich leid, Rennie, daß ich deine Gefühle verletzt habe.« Ich griff nach ihrem Arm, aber sie zuckte zurück, als hätte auch ich sie geschlagen.

»Hoppla, tut mir leid, ich sagte, tut mir leid.«

»Jake, laß das sein!« heulte sie, und ich stellte fest, daß das augenzwinkernde Kopfgeschüttel dazu diente, gleichermaßen Schmerz wie Ausgelassenheit auszudrücken, und das tat es denn auch mit ziemlicher Wirksamkeit. Als sie sich wieder in der Hand hatte, sagte sie: »Du denkst bestimmt, unsere Ehe ist ’n bißchen beknackt, hm?«

»Das Bescheuertste, was ich je gesehen habe«, gab ich heiter zu. »Aber zum Teufel, das soll keine Kritik sein.«

»Aber du denkst wohl, ich sei ’ne komplette Null, stimmt’s?«

Aha. Irgend etwas in mir reagierte ganz stark auf diese nicht sonderlich bewegende Frage Rennies.

»Ich weiß nicht, Rennie. Was denkst *du* denn?«

Die Antwort, zu der Rennie nun ansetzte, entpuppte sich in ihrem weiteren Verlauf als die Geschichte ihrer Verbindung mit Joe. Ihr Gesicht, ohnehin schon ziemlich plump, war vom Heulen nun rot und gedunsen, und in einer kritischeren Gemütsverfassung hätte ich es gerade dann unerfreulich gefunden, sie anzuschauen, aber es traf sich, daß ich von ihrem Zusammenbruch wirklich beeindruckt war, und die merkwürdige Sympathie, die ich seit der Zeit empfunden hatte, da ich zum erstenmal von ihrem Knock-out gehört hatte – eine Sympathie, die mit abstraktem Mitleid für Frauen wenig zu tun hatte –, wirkte nun noch stärker in mir. Auch diese Sympathie beobachtete ich selbstdistanziert und mit einem gewissen Amüsement von einem anderen Teil meines Selbst aus, desselben Teiles, der registrierte, daß ich von Rennies tränenüberströmter, verstörter Miene nicht unangenehm berührt war. Hier nun folgt die Geschichte, die sie mir erzählte, redigiert und komprimiert:

»Weißt du, vom Tag meiner Geburt an, bis ich Joe kennenlernte, lebte ich total im Tran«, sagte sie. »Ich war beliebt und das alles, aber ich schwöre, es war, als hätte ich die ganze Schul- und Collegezeit durchgepennt. Ich war an nichts richtig interessiert, hab über nichts nachgedacht, hab sogar nie sonderlich Lust gehabt, irgend etwas zu tun – nicht einmal besonders amüsiert hab ich mich. Ich träumte nur einfach dahin wie ein großer Klumpen Schlaf. Wenn ich überhaupt mal über mich nachdachte, dann – schätz ich – zehrte ich von dem in mir verborgenen Potential, denn unzufrieden mit mir war ich eigentlich nie.«

»Klingt herrlich«, erwiderte ich unaufrichtig, denn eigentlich klang es banal. Es interessierte mich nur, weil es gut zu dem abgeschirrten Tier paßte, das ich bisweilen in Rennie zu erspähen geglaubt hatte.

»Das solltest du nicht sagen«, sagte Rennie dumpf. »Es war nichts – weder herrlich noch sonstwas. Als ich vom College abging, fuhr ich nach New York, um dort zu arbeiten, halt nur deswegen, weil meine Zimmerkameradin da 'n Job hatte und wollte, daß ich mitkäme, und dort war es, wo ich Joe kennenlernte – er machte gerade seinen Magister an der Columbia University. Wir trafen uns 'ne Zeitlang, ziemlich en passant: Ich war nicht sehr an ihm interessiert, und ich glaub auch nicht, daß er sich viel aus mir machte. Dann, eines Abends, grinste er mich an und sagte, er wolle mit mir nicht mehr ausgehen. Ich fragte, warum nicht, und er sagte: ›Denk nicht, daß ich dich jetzt unter Druck setze; ich seh nur keinen Sinn mehr darin.‹ Ich sagte: ›Ist es deswegen, weil ich nicht mit dir schlafe?‹ und er sagte: ›Wenn's *das* wäre, hätte ich mir von vornherein ein Puertoricaner-Girl genommen, statt meine Zeit mit dir zu verplempern!‹«

»Eine gute Antwort«, bemerkte ich.

»Er sagte, er fühle einfach kein Bedürfnis nach Umgang mit Frauen an sich: Umgang bedeutete für ihn: wirklich allseitiger Austausch auf gleichem Niveau, und Sex bedeutete Sex, ich böte ihm weder das eine noch das andere. Ehrlich, du mußt mir abnehmen, daß er mich nicht nur mit Gerede abspeiste. Er meinte es wirklich so. Er sagte, er glaube, eigentlich könne ich wundervoll sein, aber so wie ich sei, sei ich verdammt oberflächlich, und er rechne nicht damit, daß ich mich bloß um seinetwillen ändern werde. Er könne mir zum Ausgleich seinerseits nichts bieten, was den Wertvorstellungen entspräche, die ich damals hatte, und er habe an mir, so wie ich sei, kein Interesse und damit punktum.«

»Hast du dich ihm dann an den Hals geworfen?«

»Nein. Ich war verletzt, und ich sagte ihm, er selber sei ja auch nicht gerade das Gelbe vom Ei.«

»Gut!«

»Du bist belämmert, daß du das sagst, Jake.«

»Ich zieh's zurück.«

»Siehst du nicht, daß du eben jetzt all das tust, was Joe nie tun würde? Diese unsinnigen, halb spöttischen Bemerkungen. Joe zuckte bei dem, was ich sagte, einfach mit den Achseln und dampfte ab, ließ mich auf der Bank sitzen – Höflichkeit war dem piepegal.«

»Auf der Bank?«

»Ich vergaß zu erzählen. An dem Abend, als das alles passierte, ließen meine Zimmerkameradin und ich aus irgendeinem Grund 'ne Fete steigen, und alle unsere New Yorker Freunde waren gekommen – ganz gewöhnliche Leute. Wir waren am Trinken und am Rumalbern und so: Ich kann mich nicht mal mehr erinnern, was wir taten, weil ich immer noch in meinem Tran war. Als der Abend etwa halb rum war, hatte Joe gesagt, er wolle sich ein bißchen die Beine vertreten, und ich hatte keine große Lust gehabt, die Party im Stich zu lassen, aber irgendwie bin ich dann doch mitgegangen. Wir gingen 'ne Weile im Riverside-Park umher, und als wir uns auf die Bank setzten, dachte ich, er finge jetzt mit Knutschereien an. Darauf war er eigentlich nie besonders scharf gewesen, und ich war etwas überrascht. Aber statt dessen rückte er mit dieser anderen Geschichte raus und zischte dann ab. Da wurde mir zum erstenmal klar, was für 'ne komplette Niete ich war.

Ich ging zur Party zurück und trank mir einen an, wie ich nur konnte, und je beduselter ich wurde, um so schrecklicher kamen mir alle unsere Gäste vor. Ich entdeckte, daß ich nie zuvor wirklich zugehört hatte, was die Leute sagten, und nun, da ich sie zum erstenmal hörte, war's unglaublich! Alles, was sie sagten, war albern. Meine Zimmergenossin war die schlimmste von allen – ich hatte gedacht, sie wär ein ziemlich helles Köpfchen, aber nun, da ich ihr zuhörte, redete sie nichts als Unsinn. Ich dachte, ich sterbe, wenn ich noch ein Wort von ihrem Gelaber höre.

Zuletzt, als ich ziemlich betrunken und mir alles egal war, versuchte mich meine Zimmerkameradin dazu zu kriegen, mir einen Typ fürs Bett zu angeln. Alle anderen waren schon weg, bis auf zwei Kerle – der Freund von meiner Zimmergefährtin und dieser andere Bursche –, und die hatten's sich in den Kopf gesetzt, mit uns zu schlafen. Meine Zimmergenossin wollte, wenn ich auch wollte, und, weißt du, ich war von ihr nicht wegen dem angewidert, was sie tun wollte, sondern weil sie zu doof war, irgend etwas *klar* zu tun. Aber Joe hatte mich dahin gebracht, daß ich mich, nachdem er mir die Augen geöffnet hatte, so fürchterlich und so nutzlos fühlte, daß mir scheißegal war, was mit mir passierte; ich nahm an, er sei endgültig gegangen, ein für allemal.

Es war zum Schießen komisch, Jake. Ich war noch Jungfrau, aber das hatte mir nie was bedeutet, weder so noch so. Dieser Typ war kein schlechter Kerl, nur ein schmächtiger, fade aussehender Knabe, der irgendwo in einem Büro arbeitete, und mit dem ganzen Fusel intus betatschte und befummelte er mich wie ein echter He-Man. Als ich beschloß, es wär mir völlig egal, was mit mir geschah, packte ich ihn mit beiden Händen an den Haaren und rieb unsere Nasen aneinander. Ich war größer als er, und da fiel er auch schon von der Couch!

Meine Zimmergenossin und ihr Freund waren bereits im Schlafraum, und so half ich dem Burschen einfach mitten im Wohnzimmer aus seiner Hose. Hatte der 'ne Todesangst vor mir! Er wollte das Licht ausmachen und Musik anmachen und mich im Dunkeln ausziehen und 'ne halbe Stunde mit Knutschen vertrödeln, bevor er anfing, und dies noch und jenes noch – aber ich nannte ihn einen Schwulen und zerrte ihn einfach auf den Teppich und biß ihn, bis das Blut kam. Weißt du, was er machte? Er lag einfach nur da und brüllte wie am Spieß!«

»Herrgott, ich mach ihm keinen Vorwurf!« sagte ich.

»Na ja, ich wußte, wenn er nicht schnell in Aktion tritt, würde es zu spät sein, denn inzwischen haßte ich mich von Sekunde zu Sekunde mehr. Aber der arme Knabe kippte ohnmächtig auf den Fußboden. Ich dachte, es wäre lustig, mich auf ihn, so wie er da lag, rittlings draufzusetzen und ihm künstliche Beatmung zu geben...«

»Mein Gott!«

»Ich war ja stockbesoffen, vergiß das nicht. Nun, jedenfalls schaffte ich es irgendwie nicht und mußte zu alledem auch noch über ihm kotzen.«

Ich schüttelte den Kopf.

»Dann war ich so angeekelt, daß ich aus dem Haus und zu Joes Zimmer rüber ging – ich wohnte an der 110. und er an der 113. Straße, gleich am Broadway. Was *er* dann mit mir machte, nach diesem anderen Typ, war mir scheißegal.«

»Ich frag dich erst gar nicht, was er machte.«

»Was er machte, war: einen Blick auf mich werfen und mich unter die Dusche stecken, samt Kleidern und allem; vergiß nicht, daß ich mich total vollgekotzt hatte. Er drehte das kalte Wasser an und ließ mich da hocken, während er 'ne Suppe und Tomatensaft machte, und dann zog er mir einen Schlafanzug und einen Bademantel über, und dann aß ich die Suppe. Das war alles. In dieser Nacht schlief ich sogar bei ihm...«

»He, Rennie, du brauchst mir das nicht alles zu erzählen.«

Rennie sah mich überrascht an.

»Nee, ich meine, *schlief*. Er hat mich nicht genommen, aber er hätte auch nie die ganze Nacht nur der Schicklichkeit halber auf einem Stuhl verbracht. Willst du das nicht hören?«

»Klar will ich, wenn du's mir erzählen willst.«

»Ich *will's* dir erzählen. Ich hab das noch nie jemandem erzählt, und Joe und ich haben nicht einmal ein Wort darüber geredet, aber es hat mir ja auch nie zuvor jemand zu verstehen gegeben, daß unsere Ehe vielleicht ein wenig albern ist, und ich glaube, es ist für mich wichtig, dir davon zu erzählen. Ich glaub auch nicht, daß ich je schon mal darüber nachgedacht habe, bis du angefangen hast, uns zu verarschen.«

»Ich bewundere Joes Zurückhaltung«, sagte ich, unangenehm berührt.

»Jake, er ist nun mal in mancher Hinsicht noch ein Pfadfinderjunge, glaub ich, aber er hatte auch noch einen zweiten Grund. Als ich wieder nüchtern war, sagte er mir, er hätte meine Lage ausnutzen können, als ich so hilflos war, aber so ausgehungert sei er nun auch wieder nicht. Er sagte, er würde gern mit mir schlafen, aber nicht bloß um des Schlafens willen – alles, was wir gemeinsam machten, müßten wir auf der gleichen Ebene tun, soll heißen, auf gleiche Weise, zum gleichen Zweck, wobei keiner dem anderen was durchgehen lassen dürfe –, sonst sei er einfach nicht an ihm interessiert. Er sagte mir aber, er hätte gern eine mehr oder weniger permanente Beziehung.

›Meinst du: Mich heiraten?‹ sagte ich. Er sagte: ›Ist mir verdammt einerlei, Rennie. Ich würde deswegen lieber heiraten, weil ich diesen ganzen Mist nicht ausstehen kann, den die meisten Liebhaber-Geliebten-Verhältnisse mit sich bringen, aber du würdest begreifen müssen, was ich unter einem mehr oder weniger dauerhaften Arrangement verstehe.‹ Was er darunter verstand, war, daß wir so lange zusammenblieben, wie jeder von uns alles am anderen würde achten können, absolut alles, und an dieser Achtung zu arbeiten, würde unser oberstes Anliegen sein. Er war nicht sehr interessiert daran, bloß eine Hausfrau oder eine Geliebte zu haben, aber an dieser anderen Sache war ihm enorm viel gelegen.

Weißt du, was wir taten? Zwei Tage und zwei Nächte lang quatschten wir fast ununterbrochen darüber, und die ganze Zeit über wollte er mich weder anfassen noch zulassen, daß ich ihn berührte. Ich ging nicht zur Arbeit, und er ging nicht ins Seminar, weil wir beide wußten: dies hier war wichtiger als alles, was wir jemals sonst getan hatten. Er versuchte, mir seine ganze Weltanschauung auseinanderzusetzen, und stellte mir mehr Fragen über mich, als mir je zuvor gestellt worden waren. ›Die Welt ist voll von Tonnen und Abertonnen Bockmist und ohne jeden Sinn‹, sagte er. ›Nur ein paar Dinge könnten je für mich von Wert sein, und das hier ist eins davon.‹ Wir kamen überein, daß wir unsere Vorstellungen zu jedem einzelnen Thema, wie unscheinbar oder offenkundig trivial es auch sein mochte, absolut unpersönlich vergleichen und so scharf wie möglich unter die Lupe nehmen würden, zumindest während der ersten paar Jahre, und er warnte mich, daß, ehe ich nicht die Gewohnheit angenommen hätte, stets ganz deutlich zu artikulieren – ja, bis ich gelernt hätte, *wie* man deutlich artikuliert –, die meisten der vernünftiger klingenden Vorstellungen aus *seinem* Munde kommen würden. Wir wollten versuchen, an meine Vorstellungen erst mal nicht mehr zu denken... Er wollte, daß ich wieder zur Schule ginge und eine Menge Dinge lernte, nicht weil er meinte, Bildung sei so überaus wichtig, sondern weil das nun einmal seine Domäne war und wir uns, wenn ich davon weiterhin unbeleckt bliebe, zunehmend auseinanderentwickeln würden. So etwas wie Fachsimpelei sollte es nicht mehr geben, auch nicht mehr so etwas wie *meine* Interessen und *seine* Interessen. Was der eine von uns ernst nahm, sollten beide ernst zu nehmen imstande sein, und ganz oben auf der Liste stand unsere Beziehung, noch vor jeder anderen Karriere oder Ambition oder sonst was. Er sagte mir, er erwarte von mir, daß ich dieselben strengen Anforderungen an mich und an ihn stellte, die er an sich selbst wie an mich richten würde, und daß diese Anforderungen stets gleichzubleiben hätten.«

»Mein Gott!«

»Verstehst du, was er meinte? Joe hatte keine Freunde, weil er von einem Freund in geringerem Maße etwas Ähnliches erwarten würde – er würde von ihm verlangen, daß er ständig scharf und klar dächte. Also mußte ich meine letzten paar Freunde zum alten Eisen werfen, weil man ihnen allerlei durchgehen lassen mußte; man konnte sie nicht so ernst nehmen wie all das andere. Nicht nur über meine Eltern mußte ich meine Ansichten total revidieren, sondern auch über meine ganze Kindheit. Ich hatte geglaubt, es sei eine ziemlich ideale Kindheit gewesen, aber jetzt kam sie mir nur noch wie Watte vor. Alle Meinungen, die ich je besessen hatte, warf ich nun zum Fenster hinaus, weil ich sie nicht verteidigen konnte. Ich glaube, ich löschte mich selbst total aus, Jake, bis nichts mehr übrig blieb, damit ich neu anfangen konnte. Und, weißt du, die Sache ist die, ich glaube nicht, daß ich je dahin kommen werde, wo Joe mich haben will – ich werde immer unsicher sein, und er wird immer fähig sein, seine Standpunkte besser klarzulegen als ich –, aber mehr als das, was ich schon geleistet habe, ist nicht drin. Wie Joe sagt: ›Mehr ist eben nicht drin.‹«

Ich schüttelte den Kopf. »Klingt trostlos, Rennie.«

»Aber nein!« protestierte sie. »Joe ist wundervoll; ich würde nicht zurückgehen, auch wenn ich könnte. Vergiß nicht, es war meine freie Entscheidung, so zu handeln: Ich könnte jederzeit abhauen, und er würde dann die Kinder und mich unterstützen.«

Mir aber kam es so vor, als hätte sie das Ganze so »gewählt«, wie ich meine Position im Fortschritts- und Beratungszimmer gewählt hatte.

»Joe ist bemerkenswert«, stimmte ich zu. »Wenn du auf so was scharf bist.«

»Jake, er ist wundervoll!« wiederholte Rennie. »Ich hab noch nie jemand gesehen, der es mit Joe aufnehmen könnte, ich schwör's dir! Sein Denken verläuft pfeilgerade, manchmal glaub ich, nichts, worüber Joe sich Gedanken machen könnte, wäre je seines klaren Geistes würdig. Das mag dir lächerlich erscheinen, Jake, aber ich denke von Joe so, wie ich von Gott denke. Auch wenn er mal einen Fehler macht, sind seine Gründe dafür klarer und schärfer als die irgendeines andern. Lach nicht drüber.«

»Er ist intolerant«, gab ich zu bedenken.

»Gott auch! Aber du weißt, *warum* Joe intolerant ist: Intolerant ist er nur gegenüber der Stupidität von Leuten, an denen ihm etwas liegt! Jake, ich bin jetzt besser dran als je zuvor; davor war ich ein Nichts. Was hab ich schon verloren?«

Ich grinste. »Ich nehme an, ich sollte mal was über deine Individualität sagen. In Momenten wie diesen pflegt man nämlich auch von Individualität zu sprechen.«

»Darüber haben Joe und ich schon diskutiert, Jake.

Mein Gott, ich bitte dich, beschuldige ihn bloß nicht der Naivität! Er sagt, eines der schwersten und wesentlichsten Dinge sei es, sich aller denkbaren Alternativen zu seiner Position bewußt zu sein.«

»Wie kam er darauf?«

»Als erstes, mal angenommen, jedermanns Persönlichkeit sei *wirklich* einzigartig. Folgt daraus, daß, weil etwas einzigartig ist, es auch von Wert ist? Nun sagst du, lieber eine echte Rennie MacMahon als eine Joe-Morgan-Imitation, aber das ist nicht unbedingt einleuchtend, Jake; überhaupt nicht. Das ist bloß Romantik. Ich wäre lieber ein lausiger Joe Morgan als eine erstklassige McMahon. Zum Teufel mit dem Dünkel. Dieses Getue um die einzigartige Persönlichkeit ist doch nur ein weiteres Nicht-Absolutum.«

»Um dir aus deinem Evangelium zu zitieren, Rennie«, sagte ich: »Daraus, daß ein Ding kein Absolutum ist, folgt noch lange nicht, daß es keinen Wert hat.«

»Hör auf, Jake!« Rennie geriet schon wieder aus dem Gleichgewicht.

»Warum? Du könntest genausogut die Ansicht vertreten, daß, auch wenn Rennie McMahon ohne Wert wäre, sie eben so und nicht anders ist. Laß mich dir eine Frage stellen, Rennie: Warum, glaubst du, ist Joe an mir so interessiert? Er muß doch wissen, daß ich mit keinem seiner programmatischen Modelle übereinstimme. Ich lasse bei allen Menschen Fünfe gerade sein, vor allem bei mir selber. Gott, wieviel Nachsicht übe ich mit Joe! Und auch er macht übrigens manchmal Zugeständnisse. Warum war er so erpicht darauf, mich mit dir ins Gespräch zu bringen? Wußte er denn nicht, daß ich dir sagen würde, daß ich glaube, diese ganze Geschichte sei entweder urkomisch oder erschreckend, je nach meiner Stimmungslage?«

»Jake, du hast nicht gesehen, wie stark Joe ist, glaub ich. Das ist das Tollste von allem: seine Stärke. Er ist so stark, daß er mich nicht mehr würde haben wollen, wenn mich jemand überzeugen könnte, daß ich einen Fehler gemacht hätte.«

»Ich seh nicht viel Stärke in diesem mit Vorbedacht geplanten Auf-dem-Rücken-der-Pferde-liegt-das-Glück-der-Erde. Jeder, der's nicht besser wüßte, würde denken, er wollte mich mit dir verkuppeln.«

Rennie zuckte nicht mit der Wimper. »Er ist so stark, daß er sich's leisten kann, auch mal schwach auszusehen, Jake. So stark wie Joe ist keiner.«

»Groß-Adlerauge, o. k.«, sagte ich belustigt.

»Sogar das«, sagte Rennie; »er ist so stark, daß er sich's sogar leisten kann, manchmal eine Karikatur seiner eigenen Stärke zu sein und sich nicht drum zu kümmern. Nicht viele Menschen sind so stark.«

»Dann bin ich vermutlich wohl ein Advocatus diaboli? Ich wär ein verdammt guter.«

Rennie schien jetzt verlegen. »Ich weiß nicht. Ich schätze, das wird dich beleidigen, Jake. Ich weiß ehrlich nicht, warum Joe so viel von dir hält. Er ist vorher nie an Leuten interessiert gewesen – wir haben nie Freunde gehabt, wollten auch keine –, aber nach deinem Einstellungsgespräch sagte er, er wäre an dir interessiert, und nach euren ersten paar Wortwechseln war er richtig aufgeregt. Was er mir sagte, war, daß es mir guttun würde, jemanden von außergewöhnlicher Intelligenz kennenzulernen, der vollkommen verschieden sei von ihm selbst, aber es muß noch mehr dahintergesteckt haben als nur das.«

»Ich bin geschmeichelt«, sagte ich, und zu meinem leichten Ärger war ich es tatsächlich. »Du glaubst, es muß noch was anderes dahinterstecken, weil du an mir nichts Außergewöhnliches entdecken kannst?«

»Ach, vergiß das! Nein, was mich manchmal erschreckt, ist, daß du dich in vielerlei Hinsicht von Joe *nicht* so gänzlich unterscheidest: Eigentlich bist du so wie er. Ich hab von dir manchmal sogar schon dieselben Sätze gehört. Du operierst von einer ganzen Menge gleicher Prämissen aus.« Im Verlaufe ihres Erzählens war Rennie zusehends nervöser geworden. Nun schauderte ihr. »Jake, ich hab was gegen dich!«

Das beruhigte mich: Mein eigenes Unbehagen schwand bei dieser Erklärung, und, wie von einem Zauberstab berührt, schlug meine Stimmung um. Jetzt war ich ein starker, ruhiger, ein wenig sinistrer Jacob Horner, nicht mehr der witzelnde Clown, der dem früheren Teil von Rennies Geschichte gelauscht hatte. Ich lächelte Rennie zu.

»Ich wollte, Joe wäre nicht auf diese Idee gekommen«, sagte sie. »Sie gefällt mir überhaupt nicht. Ich möchte nicht unfair zu dir sein Jake, aber ich glaube, vor einem Monat, als wir uns noch nicht kannten, war ich viel glücklicher.«

»Sag's Joe.«

Das augenzwinkernde Schütteln ihres Kopfes, doch nicht vor Ausgelassenheit.

»Joe denkt, ich bin weiter, als ich wirklich bin«, sagte sie kurzangebunden. »Ich fühl' mich schon schuldig, weil ich dir so viel erzähle. Das war Schwäche; fast so, als hätte ich ihn hintergangen.«

»Ich werde ihm erzählen, daß wir darüber gesprochen haben«, sagte ich.

Rennie atmete schwach und schüttelte den Kopf.

»Das ist es doch, verstehst du? Ich kann dir nicht sagen: Sag's ihm nicht, aber wenn du's tätest, wär ich verloren. Das könnte ich nie wieder gutmachen.«

Soviel konnte ich mühelos sehen: Diese offenen Geständnisse waren nur einem kleinen Rest von Rennie MacMahon zu verdanken.

»Du mußt doch gemerkt haben, daß mache Leute denken würden, der ganze Morgan-Plan sei nur ein ausgemachter Jux.«

»Natürlich hab ich das gemerkt. Aber das wären dann eben bloß ›manche Leute‹. Was mir Angst macht, ist, daß jemand sämtliche Prämissen Joes – unsere Prämissen – gutheißen und verstehen und wieder gutheißen – und *dann* doch über uns lachen könnte.«

»Womöglich ist's ja gerade das, was Joe wollte.«

»Kann sein, aber wenn ja, dann hat er mich überschätzt! Das halt' ich nicht durch. Er könnte es durchhalten, und es würde ihn nicht kümmern – erinnerst du dich, als er über die körperliche Effizienz der Kinder gesprochen und du vorgeschlagen hast, sie könnten sich gegenseitig die Nachthemden zuknöpfen? Das ist es, was ich meinte, als ich sagte, er sei stark genug, eine Karikatur seiner selbst zu sein – all die Dinge an ihm, über die du dich lustig gemacht hast. Als du das vorschlugst, bin ich erschrocken, wirklich erschrocken. Ich wußte nicht, was er tun würde. Gott, Jake, er kann so gewalttätig sein! Aber er hat nur gelacht und die Kinder tun lassen, was du gesagt hast.«

»Es ist ihm gelungen, dich völlig zu verängstigen, Rennie. Kommt das von jenem Mal, da er dir eine in die Fresse gehauen hat?«

Immer, wenn ich daran rührte, fing Rennie an zu weinen. Dieser Schlag hatte sie härter getroffen, als Gott sich vorzustellen vermochte.

»Ich bin nicht so stark, Jake!« schluchzte sie; »es ist meine Schuld, aber ich bin nicht stark genug für ihn.«

Sprach ich: »Wie ich höre, ist Gott Junggeselle.«

Gleich Joes früherer Abhandlung über Werte ward mir dieser Bericht über die häuslichen Probleme der Morgans nicht in einer so handlichen Portion in den Schoß gelegt, wie ich sie hier präsentiert habe. Was nun geschah, war, daß unsere täglichen Ausritte, nachdem das alles seinen Anfang genommen, ihren Charakter änderten. Nunmehr ritten wir im allgemeinen schweigend und mit ergötzlicher

Zielstrebigkeit direkt zu dem kleinen Flüßchen in dem Kiefernhain zu unserem Gespräch und brachten dort nicht weniger als eine Stunde zu, statt zwanzig Minuten. Hier muß wohl erwähnt werden, daß Rennie nie beim Reiten selber über die Angelegenheit sprach: Ja, es war nur mit einem schlecht verhohlenen Mangel an Begeisterung, daß sie jeden Morgen Tom Brown erklomm. Doch immer war unser Ziel das Wäldchen – zweifellos wären die Pferde auch ohne unser Zutun dorthin getrottet, aber ich gebe gerne zu, daß mehr als einmal Susie und ich die Initiative ergriffen, diesen Weg einzuschlagen.

Wieder daheim bei den Morgans, ging bei Rennie total die Klappe runter, es sei denn, Joe fragte sie direkt über unseren Vormittag aus. Das tat er oft, und wenn es nottat, belog ihn Rennie schamlos über den Inhalt unserer Gespräche. Schamlos und unbeholfen: Es war nicht schön anzusehen. Joe lauschte aufmerksam und in der Regel unverbindlich und lächelte bisweilen. Vielleicht wußte er, daß sie log, obwohl es ziemlich schwer für einen ist, der die Wahrheit für sich gepachtet hat, ihre Camouflage wirksam zu durchschauen. Aber falls er es wußte, schien es ihn nicht zu beunruhigen. Er war in der Tat sehr stark.

Er und ich kamen inzwischen immer besser miteinander aus. Er diskutierte mit mir ausführlich über Politik, Geschichte, Musik, Integrität, Logik – über alles; wir spielten zusammen Tennis und Rommé, und ich korrigierte ihm zwei oder drei unrichtig getrennte Infinitive im Manuskript seiner Dissertation – eine kauzige, brillante Studie über die heilsame Rolle von Unschuld und Energie in der politischen und ökonomischen Geschichte Amerikas. Meine Haltung gegenüber Joe, Rennie und dem ganzen restlichen Universum wechselte so häufig wie Laokoons Lächeln: An manchen Tagen war ich ein hundertfünfzigprozentiger Linksdemokrat, an anderen wiederum flößte mir schon der bloße Gedanke, irgend etwas zu reformieren, Grauen ein;

an manchen Tagen war ich ein Asket, an anderen ein zweiter Rabelais; an manchen super-rational, an anderen antirational. Jedesmal verteidigte ich mich vehement (außer an meinen unkommunikativen Tagen), und Joe lachte und zerpflückte mich unbarmherzig. Welch angenehme Weise, die Nachmittage totzuschlagen, dachte ich, doch Rennie wurde, während der August voranschritt, zunehmend mürrischer. Im Kiefernwälchen zitterte sie, rationalisierte, erzählte – und weinte.

Sie saß in der Falle.

Was mich angeht, so war ich noch unentschlossen, ob das, was ich von ihrer ungewöhnlichen Selbstauslöschung erfahren hatte, große Schwäche oder außergewöhnliche Stärke bewies; es gibt kein Mittel, solche Dinge zu taxieren, wenn sie so konsequent durchgeführt werden. Aber alles in allem, wenn auch mit Unterbrechungen, fand ich Rennie nun attraktiver, und der beobachtende Teil meiner selbst glaubte, daß er den Teil, der Anziehung empfand, nun ganz gut verstand (viele, viele andere »Teile« waren auf die eine oder andere Weise total unbeeindruckt): Ich denke, Rennies Anziehungskraft bestand für mich vor allem darin, daß sie als einzige von allen Frauen, die ich kannte, wenn nicht von allen Menschen überhaupt, tief in ihr Innerstes geschaut und dort – *nichts* gefunden hatte. In so einem Fall wird jede Frage nach der Integrität bedeutungslos.

Am 31. August 1953 schien sich ihre Grundhaltung geändert zu haben. Es hatte bis zum frühen Nachmittag geregnet, und so ritten wir erst nach dem Abendessen aus, während Joe auf einer Versammlung seiner Pfadfinder war. An diesem Abend hielt sie Tom Brown zu einem Schrittempo an – ritt ihn nahezu ängstlich besorgt, ohne Kraft noch Stil, und schnatterte beim Reiten müßig über nichts. Aber im Kiefernhain war sie still.

»Ist alles o.k., Jake.« Sie lächelte, nicht warmherzig.

»Was ist o.k.?«

»Tut mir immer noch leid, daß mir der Mund übergegangen ist, aber das ist jetzt vorbei.«

»Oh?«

»Weißt du, ich hatte eine Zeitlang fast Angst vor dir. Manchmal kam's mir so vor, als könnte ich mir eigentlich nicht sagen, Joe sei stärker als du. Immer, wenn seine Argumente auf dem besten Wege waren, dich festzunageln, warst du gar nicht mehr da, und schlimmer noch, sogar wenn er eine Position von dir zerstört hatte, schien es mir, als hätte er nicht eigentlich *dich* berührt – in keinem deiner Standpunkte war viel von dir selbst enthalten.«

»Du wirst immer scharfsinniger«, lachte ich.

»Siehst du! Das ist es ja gerade«, sagte sie, sofort einhakend. »Jedesmal, wenn Joe deine Argumente platzen ließ, hast du immer nur gelacht. Dann, erst vor kurzem, begann ich mich zu fragen ›Wenn seine Meinungen nicht *er* sind, was ist *er* dann überhaupt‹?«

»Schlechte Grammatik.«

Rennie überhörte mich. »Weißt du, was ich inzwischen glaube, Jake? Ich glaube, du existierst gar nicht. Es gibt zu viele Jakes. Das ist mehr als nur Masken, die du aufsetzt und abnimmst – Masken haben wir alle. Aber du bist so völlig anders, jedesmal. Du hebst dich selbst auf. Du bist eher wie jemand in einem Traum. Du bist nicht stark, und du bist nicht schwach. Du bist ein Nichts.«

Ich hielt es für angemessen, nichts zu sagen.

»Zwei Sachen sind passiert, Jake«, sagte Rennie kühl. »Die eine ist: Ich bin ziemlich sicher, daß ich wieder schwanger bin – meine Periode läßt schon eine Woche auf sich warten, und ich bin doch sonst immer regelmäßig daran. Die andere Sache ist die: Ich habe beschlossen, daß ich nicht mehr über dich nachzudenken oder mich überhaupt mit dir zu befassen brauche, weil du nicht existierst. Darin besteht Joes wahre Überlegenheit.

Irgendwann in der letzten Woche«, fuhr sie fort, »ich weiß nicht mehr, war es am Tag oder in der Nacht, träumte ich, daß sich Joe während der letzten Wochen mit dem Teufel angefreundet hätte und es sehr genoß, mit ihm zu debattieren und Tennis zu spielen, um seine eigene Stärke zu erproben. Lach nicht.«

»Ich lach ja gar nicht.«

»Ich dachte, Joe hätte den Teufel eingeladen, um auch mich auf die Probe zu stellen – vielleicht kam's daher, weil du damals den *Advocatus diaboli* erwähnt hast. Aber dieser Teufel machte mir Angst, weil ich noch nicht so stark war, und was für Joe nur ein Spiel war, war für mich ein schreckliches Ringen«. Hier stockte Rennie kurz. »Dann, als Joe sah, was gespielt wurde, sagte er mir, der Teufel sei nicht real, und er hätte den Teufel aus seiner eigenen Kraft heraufbeschworen, wohl so wie Gott. Dann schwängerte er mich wieder, um mir klar zu machen, *er* sei der einzige, der real sei, und ich brauche keine Angst zu haben, und dann ...«

(Rennie hatte zu dieser hübschen Phantasie ruhig angesetzt, wurde aber während des Erzählens immer mehr von ihren Gefühlen überwältigt – es war etwas, das sie sich offenbar mit Sorgfalt zurechtgelegt hatte, als lindernden Balsam für ihre Lügerei –, bis ihre wohl erst kürzlich errungene Selbstbeherrschung am Ende dahin war und sie in heftiges Schluchzen ausbrach.)

»... und so würde ich wachsen und genauso stark sein wie er und stärker noch als einer, der nicht mal real ist!«

Aber das war sie mitnichten. Ich strich ihr übers Haar. Sie schnatterte mit den Zähnen.

»O Gott, ich wollte, Joe wär hier!« weinte sie.

»Du weißt doch, was er sagen würde, Rennie: Weinen ist eines der Dinge, die an der Sache vorbeigehen; du weichst dem Problem nur aus. Diese Geschichte mit dem Teufel ist zu billig. Dadurch befreist du dich von mir unter Vorspiegelung falscher Tatsachen.«

»Du bist nicht *real,* wie Joe real ist. Er ist heute ganz und gar derselbe, der er gestern war. Er ist genuin! Das ist der Unterschied.«

Sie saß nun auf dem Boden, den Kopf auf ihren Knien, und immer noch strich ich ihr übers Haar.

»Aber ich bin es nicht«, sagte ich.

»Allerdings nicht!«

»Und wie steht's mit *dir?*«

Zur Antwort wippte sie kurz mit dem Kopf hin und her. »Weiß nicht. Joe ist stark genug, um auf mich aufzupassen, schätz ich. Ist mir egal.«

Das war absurd, und wir beide wußten, daß es absurd war. Ich beschränkte mich darauf, ihr übers Haar zu streichen, was sie zusammenzucken ließ. So saßen wir vielleicht fünf Minuten da, ohne ein Wort zu sagen. Dann stand Rennie auf.

»Ich hoffe bei Gott, du weißt, was du uns antust, Jake«, sagte sie.

Ich gab keine Antwort.

»Joe ist real genug, um mit dir fertig zu werden«, sagte sie. »Er ist real genug für uns beide.«

»Nichts plus Eins ist Eins«, sagte ich zustimmend.

Jetzt preßte Rennie die Lippen zusammen und rieb sich nervös den Bauch. »Stimmt«, sagte sie.

Aber eine überaus kuriose Sache begab sich kurz danach. Wir brachten die Pferde zurück in den Stall und fuhren heim, wobei keiner von uns ein unnötiges Wort verlor. Es war, als hätten sich zahllose Dinge in ein zartes Gleichgewicht eingependelt – der rapide Einfall der Abenddämmerung an einem gänzlich unbewölkten Sommerhimmel mit der sie begleitenden geräuschlosen Hast, als würde der Planet selbst in die Tiefe stürzen, trug zweifellos dazu bei – und man fühlte sich angehalten zu schweigen, denn ein einziges Wort hätte womöglich den Kosmos aus seiner

Balance gekippt. Es war schon dunkel, als wir vor der Wohnung der Morgans parkten, und ich begleitete Rennie über den breiten Rasen.

»Joe ist zu Hause«, sagte ich, da ich hinter den geschlossenen Markisen des Wohnzimmers ein Licht erspähte. Ich hörte Rennie neben mir schniefen und merkte, daß sie noch ein bißchen geweint hatte.

»Wir sollten lieber noch 'ne Minute warten, ehe du reingehst, meinst du nicht?«

Rennie gab keine Antwort, blieb aber stehen, und so hielten wir kurz vor der Haustür ruhig inne. Ich hatte keinen Wunsch, sie zu berühren. Ich wippte müßig auf meinen Hacken hin und her und sang *Pepsi-Cola ist echt Klasse* vor mich hin. Ich registrierte, daß die Jalousie, wiewohl geschlossen, nicht zur Gänze heruntergelassen war: aus einem zwei Zentimeter hohen Spalt in der ganzen Breite des Fenstersimses strömte ein Streifen Licht quer über das Gras.

»Wollen wir lauschen?« wisperte ich Rennie spontan ins Ohr. »Komm, das ist toll! Die Tiere in ihrem natürlichen Habitat betrachten.«

Rennie sah schockiert drein. »Wozu?«

»Du meinst, du belauschst nie Leute, wenn sie allein sind? Das ist herrlich! Los, sei ein Spion! Das ist das Unfairste, was du einem Menschen antun kannst.«

»Du kotzt mich an, Jake!« zischte Rennie. »Er liest gerade. Du kennst Joe überhaupt nicht, oder?«

»Na und?«

»*Reale* Menschen sind nicht anders, wenn sie allein sind. Keine Masken. Was du von ihnen siehst, ist authentisch.«

»Ach, Quatsch. Niemand ist authentisch. Komm, wir gucken.«

»Nein.«

»Ich ja.« Auf Zehenspitzen trippelte ich zum Fenster

hinüber, beugte mich nieder und spähte ins Wohnzimmer. Sogleich winkte ich Rennie heran.

»Was ist?« wisperte sie.

»Komm her!« Ein Spitzel soll spitzeln: ich bespitzelte eben.

Zögernd kam sie zum Fenster herüber und lugte verstohlen hinein.

Es ist in der Tat eine der größten Ungerechtigkeiten, einen Menschen zu beobachten, der sich allein wähnt. Joe Morgan, von seinem Pfadfindertreffen zurück, hatte sich offensichtlich vorgenommen, etwas zu lesen, denn da lagen Bücher aufgeschlagen auf dem Schreibtisch und auf dem Fußboden neben dem Bücherregal. Doch Joe las nicht. Er stand exakt in der Mitte des kahlen Raumes, im vollen Wichs, und exekutierte smart militärische Kommandos. Augen - *Links!* Uniform -: *FerdichzumAppell!* Fähnlein -: *Stillstandn!* GanzeeParadee -: *Halt!* Er salutierte zackig, mit aufgeblasenen Backen und ausgestreckter Zunge, und marschierte dann los, um im Zimmer herumzukarriolen – wirbelnd, pirouettierend, bückend, hüpfend, tretend. Gebannt sah ich zu, von seiner Vorstellung hingerissen, denn ich kann nicht behaupten, daß ich ihn auch in meinen befremdlichsten Augenblicken (und ein Junggeselle hat solche Momente!) übertroffen hätte. Rennie zitterte vom Scheitel bis zur Sohle.

Ah! Joe kam gerade an einem kleinen Wandspiegel vorbei und fing seinen eigenen Blick auf. Wie? Was? Ahoi da! Er trat näher, verneigte sich vor sich selbst und schob sein Gesicht bis auf fünf Zentimeter an das Glas heran. Mister Morgan, hä? Wiegehswiestehs, Mister Morgan. Blah bluu Blah. *Oo-o-o-o* blabbel slwarp. Er schnitt sich selbst absurde Grimassen, schrägschielte die Augenwinkel hoch, schieffratzelte mit dem Mund herum, ballbubblblies gummi-globisch die Backen auf. Mischer Morjel. Njoing njäng njampie. Vglibbel vglobbel vglapp. Vligg*ybluu!* Schlöcklig-schlöcklig, Schör.

Er stupste sich die Brille auf die Nase zurück. Hatte er ein Geräusch gehört? Nein. Er ging zum Schreibtisch und nahm offenbar – er hatte uns den Rücken zugekehrt – seine Lektüre wieder auf. Dann war die Show wohl vorbei. Äh, einen Moment noch –: ja. Er drehte sich etwas herum, und wir konnten sehen: die Zunge entschlossen in einen Mundwinkel geklemmt, war Joe am Onanieren und bohrte gleichzeitig in seiner Nase. Ich glaube, er summte auch noch eine spritzige Melodie im Rhythmus seiner Handarbeit.

Rennie schloß die Augen und preßte die Stirn gegen das Fenstersims. Ich stand neben ihr, außerhalb des Lichtscheins aus dem hell erleuchteten Wohnzimmer, und strich ihr wieder und wieder übers Haar und sprach ihr sanft die wort- und grammatiklose Sprache ins Ohr, die sie mich gelehrt hatte, um die Pferde zu besänftigen.

VI Im September war es wieder Zeit, den Doktor aufzusuchen

Im September war es wieder Zeit, den Doktor aufzusuchen: Eines Morgens, in der ersten Woche des Monats, fuhr ich zur Reaktivierungsfarm hinaus. Da das Wetter schön war, saßen etliche der anderen Patienten des Doktors, ziemlich bejahrte Männer und Frauen, in ihren Rollstühlen oder in den uralten Korbsesseln entlang der Veranda und genossen die frische Luft. Wie üblich, begrüßten sie mich mit leicht argwöhnischem Blick; Besucher aller Art, zumal solche meines Alters, waren selten auf der Farm und wurden nicht eben herzlich willkommen geheißen. Ihrer steinernen Blicke nicht achtend, trat ich ein, um Mrs. Dockey, der Empfangsschwester, meine Aufwartung zu machen. Ich traf sie im Gespräch mit dem Doktor höchstpersönlich an.

»Tag, Horner«, strahlte der Doktor.

»Guten Morgen, Sir. Guten Morgen, Mrs. Dockey.«

Diese große, maskuline Frau nickte – wie es ihre Art war – kurz, ohne ein Wort zu sagen, und der Arzt bedeutete mir, ich solle seiner im Fortschritts- und Beratungszimmer harren, das zusammen mit dem Speiseraum, der Küche, dem Empfangszimmer, dem Badezimmer und dem Behandlungszimmer das Parterregeschoß des alten Fachwerkhauses bildete. Im Obergeschoß waren die Trennwände zwischen den einstigen Schlafzimmern entfernt worden, um zwei Schlafsäle zu bilden, einen für die Männer und einen für die Frauen. Der Doktor hatte sein eigenes kleines Schlafgemach gleichfalls im Obergeschoß, und dort gab es auch noch zwei Badezimmer. Wo Mrs. Dockey schlief, oder ob sie überhaupt auf der Farm schlief, entzog sich damals meiner Kenntnis. Sie war eine höchst unkommunikative Frau.

Meine erste Begegnung mit dem Doktor war rein zufällig gewesen – ein glücklicher Zufall –, nämlich am Morgen des 17. März 1951, in dem, was als die Große Bahnhofshalle der Pennsylvania-Railway-Station von Baltimore gilt. Es war gerade der Tag nach meinem achtundzwanzigsten Geburtstag, und da saß ich nun, meinen Koffer neben mir, auf einer der Bänke im Bahnhof. Und war in einem ungewöhnlichen Zustand: ich konnte mich nicht bewegen. Am Tag zuvor hatte ich meine Bude in dem Wohnheim, das der Universität gehörte, abgemeldet. Ich hatte dort seit September vergangenen Jahres gehaust, als ich mich, halben Herzens nur, als Student im Oberseminar immatrikuliert und auf den Magistergrad hin zu arbeiten begonnen hatte, den ich laut Plan im folgenden Juni zum Abschluß bringen sollte.

Doch am 16. März, meinem Geburtstag, als ich meine mündliche Prüfung hinter mir, meine Magisterarbeit aber noch nicht mal begonnen hatte, packte ich den Koffer und verließ das Zimmer, um einfach irgendwohin zu fahren. Da ich gelernt habe, nicht allzuviel Interesse an Beweggründe und Biographien zu verschwenden, schreibe ich diesen Impuls schlicht und ergreifend dem Geburtstagstrübsinn zu, einem Phänomen, das genug Menschen hinlänglich vertraut ist, als daß ich es groß und breit erläutern müßte. Ich will mal sagen, der Geburtstagstrübsinn hatte mir ins Gedächtnis gerufen, daß ich keinen mich selbst überzeugenden Anlaß hatte, noch eine Sekunde länger irgendwas von dem Kram zu machen, an dem ich zufällig eben jetzt herumbosselte, nun, da die Uhr am 16. März 1951 Sieben schlug. Ich hatte dreißig Dollar und ein bißchen Kleingeld in der Tasche; als mein Koffer voll war, rief ich ein Taxi, fuhr zum Pennsylvania-Bahnhof und reihte mich in die Schlange am Fahrkartenschalter.

»Ja?« sagte der Kartenverkäufer, als ich dran war.

»Äh – das wird sich in Ihren Ohren theatralisch anhören«, sagte ich etwas verlegen, »aber ich hab' dreißig Dollar oder so, um ins Blaue zu fahren. Würde es Ihnen was ausmachen, mir ein paar Orte zu nennen, die ich mit, na, zwanzig Dollar hin und zurück erreichen könnte?«

Der Mann zeigte kein Erstaunen auf meine Frage hin. Er warf mir einen verstehenden, wenn auch nicht gerade freundlichen Blick zu und zog irgendeine Art Fahrtkostentabelle zu Rate.

»Sie können nach Cincinnati/Ohio fahren«, erklärte er. »Sie können nach Crestline/Ohio fahren. Und, mal gucken, hier: – Sie können nach Dayton/Ohio. Oder nach Lima/Ohio. Is 'n nettes Städtchen. Da um Lima/Ohio rum hab ich 'n paar aus der Verwandtschaft meiner Frau hocken. Wollen Sie da hin?«

»Cincinnati/Ohio«, wiederholte ich, nicht eben überzeugt. »Crestline/Ohio; Dayton/Ohio; und Lima/Ohio. Vielen Dank. Ich werd's mir durch den Kopf gehen lassen und komm dann wieder.«

Also trat ich vom Kartenschalter zurück und setzte mich auf eine Bank in der Bahnhofshalle, um es mir durch den Kopf gehen zu lassen. Und dort geschah es, daß mir – so wie einem Auto das Benzin ausgeht – schlicht die Antriebskräfte ausgingen. Es gab keinen Grund, nach Cincinnati/Ohio zu fahren. Es gab keinen Grund, nach Crestline/Ohio zu fahren. Oder nach Dayton/Ohio; oder nach Lima/Ohio. Es gab auch keinen Grund, zurück ins Wohnheim oder überhaupt irgendwohin zu fahren. Es gab schlechthin keinen Grund, irgend etwas zu tun. Meine Augen waren – wie Winckelmann fälschlich von den Augen griechischer Statuen behauptete –: blind, in die Ewigkeit starrend, auf die letzten Dinge gerichtet, und wenn das der Fall ist, gibt es keinen Grund, irgend etwas zu tun – und wäre es auch nur, die Richtung seines Blicks zu verändern. Was womöglich der Grund ist, warum sich die Statuen nicht bewegen. Es ist jenes schleichende Gebrechen namens *Kosmopsis* – der kosmische Blick – was mich trübsinnig machte. Hat man es erst mal, ist man so in Starre gebannt wie der Ochsenfrosch, wenn ihm das Licht des Jägers voll in die Augen sticht – nur, daß es bei der Kosmopsis keinen Hunger gibt und keinen flinken Zeiger, der den Augenblick absteckt – da ist nur noch das Licht.

Kurzsichtige Geschöpfe rannten überall um mich herum rein und raus, durch Türen, die zu den Gleisen hinabführten; Züge kamen an und fuhren ab. Frauen, Kinder, Geschäftsleute, Soldaten und Gepäckträger mit ihren roten Kappen hasteten durch die Halle zu nächstgelegenen Zielen, ich aber saß unbeweglich auf der Bank. Nach einer Weile gingen mir Cincinnati, Crestline, Dayton und Lima aus dem Sinn und machten jenem TV-Testbild meines Bewußtseins Platz – *Pepsicola ist echt Klasse* –, das in stummer Orakelhaftigkeit ausgerufen wurde. Doch auch dies versickerte in der Leere, und nichts erschien an seiner Stelle.

Wenn du wie ein Stadtstreicher aussiehst, ist es schwierig, im Bahnhof eine Bank die ganze Nacht durch besetzt zu halten, sogar in einem so quirligen Terminal, aber bist du halbwegs gut gekleidet, hast einen Koffer neben dir stehen und sitzt aufrecht da, werden dich Polizisten und Bahnbeamte nicht behelligen. Ich saß noch auf derselben Stelle, in derselben Stellung, als am nächsten Morgen schon die Sonne an die geschwärzten Stationsfenster schlug, und fast vermute ich, ich wäre so noch unendlich lange sitzen geblieben, hätte nicht ungefähr um neun Uhr ein kleiner, adretter Kerl in den Fünfzigern vor mir haltgemacht und mir unverblümt in die Augen gestarrt. Er hatte eine Glatze, schwarze Augen und sah würdig aus: ein Farbiger, der einen ergrauenden Schnurrbart trug und dazu passend einen Tweed-Anzug von schnittigem Sitz. Die Tatsache, daß ich unter seinem Blick noch nicht mal die Pupillen meiner Augen bewegte, ist bezeichnend für meinen Zustand, denn gewöhnlich finde ich es so gut wie unmöglich, dem Blick eines Fremden standzuhalten.

»Saßen Sie so nicht schon letzte Nacht hier?« fragte er mich scharf. Ich gab keine Antwort. Er trat auf mich zu, neigte sein Gesicht zu meinem herab und bewegte etwa zwei Zoll vor meinen Augen einen erhobenen Finger hin und her. Doch meine Augen folgten seinem Finger nicht. Er trat zurück und betrachtete mich kritisch, dann, plötzlich, schnalzte er einmal mit den Fingern fast auf meine Nasenspitze. Ich zwinkerte unfreiwillig, obgleich mein Kopf nicht zurückzuckte.

»Aha«, sagte er und betrachtete mich erneut. »Passiert Ihnen das oft, junger Mann?«

Vielleicht infolge der naßforschen Selbstsicherheit seiner Stimme wallte das *Nein* in mir auf wie ein Rülpser. Und mir wurde bewußt, daß ich, sobald ich meine Zunge absichtlich im Zaume hielt (dabei gab es letzten Endes gar keinen Grund, seine Frage überhaupt zu beantworten), von diesem Moment an nur künstlich verlängerte, was echte körperliche Immobilität gewesen war. Sich für gar nichts zu entscheiden, ist unvorstellbar: was ich vorher getan hatte, war schlicht, mich fürs Nicht-Handeln zu entscheiden, da ich ja in Ruhestellung gewesen war, als sich die Situation ergab. Jetzt indessen war es schwieriger – »schon mehr eine Sache des freien Willens« – den Mund zu halten, als etwas herauszukrächzen, das meinen Mund füllte, und so sagte ich nach einem Moment »Nein«.

Damit war die Trance natürlich gebrochen. Ich war verlegen und erhob mich schnell und mit steifen Gliedern von der Bank, um wegzugehen.

»Wohin gehen Sie?« fragte mein Vernehmer mit einem Lächeln.

»Was?« Ich warf ihm einen unfreundlichen Blick zu. »Och – ich nehm 'nen Bus nach Hause, schätz ich. Wiedersehn.«

»Warten Sie.« Seine Stimme war sanft, aber ganz und gar befehlend. Ich blieb stehen. »Wollen Sie einen Kaffee mit mir trinken? Ich bin Arzt; es würde mich interessieren, Ihren Fall mit Ihnen zu diskutieren.«

»Ich bin kein Fall«, sagte ich unbeholfen. »Ich – ich saß bloß so da, eine Minute oder so.«

»Nein. Ich sah Sie schon letzte Nacht hier sitzen, als ich aus New York ankam«, sagte der Doktor. »Sie saßen genau in derselben Stellung. Sie *waren* paralysiert, stimmt's?«

Ich lachte kurz. »Na ja, wenn Sie's so nennen wollen, aber mir fehlt nichts; ich weiß nicht, was über mich kam.«

»Natürlich wissen Sie's nicht. Aber *ich* weiß. Mein Spezialgebiet sind die vielfältigen Arten physischer Immobilität. Ein Glück für Sie, daß ich heute hier vorbeikam.«

»Ach, Sie verstehen nicht...«

»Hab ich Sie da herausgeholt oder nicht?« sagte er vergnügt. »Hier.« Er zog ein 50-Cent-Stück aus der Tasche und händigte es mir aus – ich nahm es entgegen, ehe ich begriff, was er getan hatte. »Ich darf in diese Cafeteria dort drüben nicht rein. Holen Sie uns zwei Becher Kaffee, und dann setzen wir uns 'n Minütchen hin und entscheiden, was zu tun ist.«

»Nein, hören Sie, ich...«

»Warum nicht?« lachte er. »Los, gehen Sie schon. Ich warte hier.«

Je nun – warum nicht?

»Ich hab mein eigenes Geld«, protestierte ich lahm und wollte ihm sein 50-Cent-Stück wiedergeben, aber er winkte ab und zündete sich eine Zigarre an.

»Nun mal ein bißchen flott«, befahl er ruhig, um seine

Zigarre herum. »Los, Tempo, sonst bleiben Sie womöglich wieder stecken. Denken Sie an nichts anderes, als den Kaffee zu holen, um den ich Sie gebeten habe.«

»Geht klar.« Ich machte kehrt und schritt mit Würde der Cafeteria, gleich außerhalb der Wartehalle, entgegen.

»Ein bißchen flotter!« lachte der Doktor hinter mir her. Ich errötete und beschleunigte intensiv meine Schritte.

Während ich nach dem Kaffee anstand, versuchte ich, jene Neugier über meine Invalidität und meinen Erretter zu empfinden, die in diesem Falle eigentlich angebracht schien, aber ich war zu schwach an Geist und Körper, um mich über irgend etwas zu wundern. Damit will ich nicht zu verstehen geben, mein Zustand sei etwa unangenehm gewesen – er war in seinem fortgeschrittenen Stadium gänzlich narkotisch und an seinem Beginn sogar ein klein wenig angenehm –, aber er war so ermüdend, wie ein überlanger Schlaf ermüdend ist, und man hatte dieselbe Abneigung, ihn abzuschütteln, die man dagegen hat, endlich aufzustehen, wenn man bis in die Puppen geschlafen hat. Ja, wie mich der Doktor gewarnt hatte (es war in diesem Moment, daß ich, des Namens meines Wohltäters unkundig, begann, ihn insgeheim einfach mit einem großen D zu titulieren): Es wäre ein Leichtes gewesen, an der Kaffeetheke in Immobilität zurückzuschlittern; ich fühlte schon, wie mein Geist anfing, zur Reglosigkeit zu erstarren, und nur das herrische »Dreißig Cents, bitte« des Kassierers brachte mich wieder zum Handeln – zum Glück, denn der Doktor hätte, um mir beizustehen, die »Nur-für-Weiße«-Cafeteria nicht betreten dürfen. Ich zahlte an der Kasse und trug die Pappbecher mit dem Kaffee zur Bank zurück.

»Gut«, sagte der Doktor. »Setzen Sie sich.«

Ich zögerte. Dabei stand ich ihm direkt gegenüber.

»Hierher!« lachte er. »Auf diese Seite! Sie sind ja wie der Esel zwischen den zwei Heubündeln!«

Ich setzte mich, wie mir geheißen, und wir schlürften

unseren Kaffee. Ich rechnete eigentlich damit, Fragen über mich gestellt zu bekommen, aber der Doktor ignorierte mich.

»Vielen Dank für den Kaffee«, sagte ich unsicher. Er blickte mich für einen Moment ungerührt an, als wäre ich ein bis jetzt stummer Papagei, der plötzlich mit ein paar sinnlosen Brocken herausgeplatzt war, und wandte seine Aufmerksamkeit dann wieder der Menschenmenge im Bahnhof zu.

»Ich muß noch ein oder zwei Anrufe erledigen, bevor wir den Bus nehmen«, verkündete er, ohne mich anzusehen. »Wird nicht lange dauern. Wollte nur gucken, ob Sie noch hier sind, bevor ich die Stadt verlasse.«

»Was meinen Sie mit ›den Bus nehmen‹?«

»Sie werden mit zur Farm rüberkommen – meiner Reaktivierungsfarm drüben bei Wicomico – für einen Tag oder so, zur Beobachtung«, erläuterte er cool. »Sie haben doch sonst nichts vor, oder?«

»Nun, ich müßte zur Universität zurück, schätze ich. Ich bin doch Student.«

»Oho«, gluckste er. »Das vergessen wir jetzt mal für 'ne Weile. Sie können in ein paar Tagen zurückkommen, wenn Sie wollen.«

»Erlauben Sie mal... wissen Sie... also ehrlich... ich glaube, Sie müssen eine ganz falsche Vorstellung haben von dem, was vor einer Weile mit mir los war. Ich bin kein Paralytiker. Das ist doch alles hirnrissig, echt! Ich erklär's Ihnen, wenn Sie's hören wollen.«

»Nein, bitte machen Sie keine Umstände. Ich will Sie ja nicht vor den Kopf stoßen, aber was Sie für wichtig halten, ist wahrscheinlich sogar völlig irrelevant. Bin nie besonders neugierig auf die Geschichte meiner Patienten. Hör' sie mir lieber erst gar nicht an, ja, das bringt nur alles durcheinander. Spielt ohnehin keine große Rolle, was die Ursache ist, stimmt's?« grinste er. »In der Hinsicht ist meine Farm wie ein Nonnenkloster – ich mache mir nie darüber Gedanken, warum meine Patienten zu mir kommen. Gründe oder Ursachen können Sie vergessen; ich bin kein Psychoanalytiker.«

»Aber das ist es doch, was ich meine, Sir«, erklärte ich unter verlegenem Lachen. »Da ist nichts, was mit mir körperlich nicht in Ordnung wäre.«

»Außer, daß Sie sich nicht bewegen konnten«, sagte der Doktor. »Wie heißen Sie?«

»Jacob Horner. Ich bin Student im Oberseminar an der Johns-Hop...«

»Ä-ä«, warnte er. »Keine Biographie, Jacob Horner.« Er trank seinen Kaffee zu Ende und stand auf. »Kommen Sie jetzt, wir nehmen uns 'ne Taxe. Vergessen Sie Ihren Koffer nicht.«

»Oh – warten Sie mal!«

»Ja?«

Ich suchte krampfhaft nach einem passenden Protest; das Ganze war absurd.

»Also – das ist doch absurd.«

»So?«

Ich zögerte, blinzelte, leckte mir die Lippen.

»Überlegen Sie, überlegen Sie!« sagte der Doktor schroff.

Mein Verstand rotierte rasend wie ein wildgewordener Automotor im Leerlauf. Es gab keine Antwort.

»Äh... ich... sind Sie sicher, daß alles seine Richtigkeit hat?« Ich hatte keine Ahnung, was meine Frage bedeuten sollte.

Der Doktor gab einen kurzen, höhnischen Laut von sich (eine Art »Pff!«) und wandte sich ab. Ich schüttelte den Kopf – mir im selben Augenblick bewußt werdend, daß ich mein eigenes Handeln mit Befremden beobachtete – und nahm dann meinen Koffer auf und zockelte hinter ihm drein, zur Reihe der Taxis am Bordstein hinaus.

So begann meine *Alliance* mit dem Doktor. Er ließ zuerst vor einem Etablissement an der North Howard Street halten, wo er zwei Rollstühle, drei Paar Krücken und gewisse andere Gerätschaften für die Farm beorderte, und dann vor einem pharmazeutischen Vorratslager an der South Paca Street, wo er ebenfalls eine Art Bestellung aufgab. Dann gingen wir zum W.B.&A.-Bus-Terminal Ekke Howard-/Redwood-Street und nahmen den Red-Star-Bus zur Ostküste. Des Doktors Mercury Station-Car war vor Wicomicos Busbahnhof abgestellt; er fuhr zu der kleinen Siedlung Vineland, etwa drei Meilen südlich von Wicomico, bog in eine Nebenstraße ab und fuhr schließlich einen langen, gewundenen, schotterbestreuten Feldweg zur Reaktivierungsfarm hinan, einem alten, aber frisch gestrichenen, weißen, mit Schalbrettern verkleideten Haus inmitten einer Eichengruppe auf der Kuppe eines Hügels, der eine Aussicht über irgendein kleines Flüßchen gewährte. Die Patienten auf der Veranda, senile Männer und Frauen, hießen den Doktor mit quengeligem Enthusiasmus willkommen, und er erwiderte ihren Gruß. Mich beäugten sie mit unverhohlenem Argwohn, wenn nicht feindselig, aber der Doktor gab zu meinem Hiersein keine Erklärung ab – was das betraf, wäre es mir übrigens selbst sehr schwergefallen, es zu erläutern.

Im Innern des Hauses wurde ich der muskulösen Mrs. Dockey vorgestellt und dann ins Fortschritts- und Beratungszimmer zu meinem ersten Gespräch gebracht. Etwa zehn Minuten lang wartete ich allein in diesem sauberen Raum, der zwar kahl war, aber nicht eigentlich nach Klinik aussah – halt nur ein leerer weißer Raum in einem Farmhaus –, und dann trat der Doktor ein und nahm ganz dicht vor mir Platz. Er hatte sich eine weiße, nach Arzt aussehende Jacke angezogen und trat nun ganz offiziell und kompetent auf.

»Ich will Ihnen rasch ein paar Dinge klarmachen, Jacob«, sagte er, wobei er sich, Hände auf den Knien vorbeugte und zwischen seinen Sätzen die Zigarre im Munde hin- und herrollte. »Die Farm ist, wie Ihnen unschwer entgehen wird, für die Behandlung von Paralytikern bestimmt. Die meisten meiner Patienten sind alte Leute, aber daraus dürfen Sie nicht schließen, dies sei ein Altersheim. Das ist es nicht! Vielleicht ist Ihnen, als wir raufgefahren sind, aufgefallen, daß meine Patienten mich gernhaben. In der Vergangenheit hat es sich mehrmals ergeben, daß ich es für ratsam hielt, die Lokalität der Farm zu wechseln. Einmal lag sie vor den Toren von Troja/New York; ein andermal bei Fond du Lac/Wisconsin; wieder ein andermal bei Biloxi/Mississippi. Und anderswo sind wir auch noch gewesen. Fast alle Patienten, die ich zur Zeit auf der Farm habe, sind schon mindestens seit Fond du Lac bei mir, und sollte ich morgen nach Helena/Montana oder zum Arsch der Welt weiterziehen müssen, würden die meisten mit mir kommen, und das nicht deswegen, weil sie nirgendwo sonst ein Unterkommen fänden. Aber denken Sie nicht, ich empfände für sie die gleiche Zuneigung. Sie sind einfach bloß mehr oder weniger interessante Immobilitäts-Problemfälle, für die Therapien zu entwickeln ich befriedigend finde. Das verrate ich Ihnen, aber nicht meinen anderen Patienten, da Ihr Problem so beschaffen ist, daß diese Information keinen Schaden bei Ihnen anrichten kann. Und was das betrifft: Sie haben keine Mittel, zu erfahren, ob irgend etwas, das ich gesagt habe oder sagen werde, die Wahrheit oder nur Teil meiner allgemeinen Therapie für Sie ist. Sie können ja nicht mal sagen, ob Ihr Zweifel an dieser Geschichte ein ehrlich begründeter Zweifel oder nur Teil Ihrer Behandlung ist: Zugang zur Wahrheit, Jacob, sogar der Glaube, es gebe so etwas, ist an sich selbst entweder therapeutisch oder antitherapeutisch, das hängt vom Problem ab. Die Realität Ihres Problems als solche ist das einzige, dessen Sie gewiß sein können.«

»Jawoll, Sir.«

»Warum sagen Sie das?« fragte der Doktor.

»Sage ich was?«

»›Jawoll, Sir.‹ Warum sagen Sie ›Jawoll, Sir‹?«

»Ach – ich wollte nur bestätigen, was Sie gerade gesagt haben.«

»Die Wahrheit dessen bestätigen, was ich gesagt habe, oder lediglich die Tatsache, daß ich gesagt habe?«

»Nun...« Ich zögerte, wurde nervös. »Ich weiß nicht, Sir.«

»Sie wissen nicht, ob Sie sagen, Sie bestätigten die Wahrheit meiner Sätze (die Sie de facto nicht bestätigt haben), oder ob Sie sagen, Sie bestätigten schlicht und einfach nur, daß ich irgend etwas sagte, mit dem Risiko, mich mit der Implikation, daß Sie weder dem einen noch dem anderen zustimmen, vor den Kopf zu stoßen. Eh?«

»Oh, ich bin zum Teil damit einverstanden«, versicherte ich ihm.

»Mit welchen Teilen davon sind Sie einverstanden? Welchen Behauptungen?«

»Ich weiß nicht – Ich schätze...« Hastig durchsuchte ich mein Gedächtnis, um mich wenigstens an eine Sache zu erinnern, die er gesagt hatte. Eine Minute lang sah er mir kalten Blickes zu, wie ich mich mühte, und fuhr dann fort, als hätte die Unterbrechung nicht stattgefunden.

»Agapotherapie – Devotionstherapie – ist oft bei älteren Patienten angezeigt«, sagte er. »Eins der Dinge, die sich auf die Wiederherstellung ihrer Mobilität günstig auswirken, ist Devotion: Hingabe an irgendeine Person, einen Arzt oder sonst irgendeinen Seelenverwalter. Das bewahrt sie davor, ihre Affekte willkürlich zu verzetteln. Aus diesem Grund würde ich eventuell auch die Farm an einen anderen Ort verlegen, auch wenn alle übrigen Umstände dagegen sprächen. Es tut ihnen gut, den Entschluß, mir zu folgen, fassen zu können.

Agapotherapie ist nur eine kleine unter vielen Therapien – konsekutiven oder simultanen –, die an den Patienten erprobt werden. Von allen Patienten haben nicht zwei den gleichen Therapieplan, weil niemals zwei Personen auf gleiche Art gelähmt sind. Die Verfasser medizinischer Lehrbücher«, fügte er mit einiger Verachtung hinzu, »können – wie alle andern auch – nur dadurch zum Allgemeinen gelangen, daß sie das Besondere zur Genüge ignorieren. Die reden von Paralysis und der Behandlung von Paralytikern, als ob einer erst das Lehrbuch läse und dann die Regeln befolgte, um richtig paralysiert zu werden. So etwas wie *die* Paralysis gibt es nicht, Jacob. Hic et nunc gibt es nur den paralysierten Jacob Horner. Und ich *behandele* keine Paralysen: sondern verordne Therapien; um Lieschen Müller oder Jacob Horner wieder auf die Beine zu kriegen, wie halt der Fall jeweils liegt. Das ist der Grund, warum ich nicht auf Sie höre, wenn Sie sagen, Sie seien nicht paralysiert wie die Leute draußen auf der Veranda. Nicht Ihre Paralyse behandele ich, sondern *Sie* als Paralysierten. Bitte sagen Sie nicht ›Jawoll, Sir‹.«

Man kann dem Impuls zur Bestätigung nur sehr schwer widerstehen, aber ich zwang mich, still zu sitzen und nicht einmal zu nicken.

»Da gibt's mehreres, was mit Ihnen nicht in Ordnung ist, glaube ich. Ich sage Ihnen auf den Kopf zu, daß Sie nicht wissen, wie groß die Sitzkapazität des Cleveland-Municipal-Stadions ist, stimmt's?«

»Was?«

Der Doktor lächelte nicht. »Sie wollen sagen, meine Frage sei absurd, und dabei haben Sie keine Grundlage, auf der Sie beurteilen könnten, ob sie es ist oder nicht – Sie haben mich offenkundig gehört und verstanden. Wahrscheinlich wollen Sie nur meinen Verstehensprozeß hinauszögern, bis ich begreife, daß Sie *wirklich* nicht die Sitzkapazität des Cleveland-Municipal-Stadions kennen, da Ihre

Eitelkeit ja gekränkt wäre, wenn die Frage *nicht* absurd wäre – aber wohl auch dann, wenn sie's *doch* wäre. Es macht keinen Unterschied, ob sie es ist oder nicht, Jacob Horner: dies ist eine Frage, die Ihnen Ihr Arzt gestellt hat. Also. Gibt es einen entscheidenden Grund, warum das Cleveland-Stadion nicht siebenundfünfzigtausendvierhundertachtundachtzig Menschen Platz bieten sollte?«

»Nicht, daß ich wüßte«, grinste ich.

»Tun Sie nicht so, als ob Sie amüsiert wären. Natürlich gibt es keinen. Gibt es irgendeinen Grund, warum es nicht achtundachtzigtausendvierhundertfünfundsiebzig Menschen Platz bieten sollte?«

»Nein, Sir.«

»In der Tat nicht. Denn soweit die Reine Vernunft gefragt ist, könnte die Sitzkapazität fast alles betragen. Logik wird Ihnen auf meine Frage nie eine Antwort geben. Einzig empirisches Wissen wird Sie beantworten: Es gibt schlechterdings nicht den geringsten Grund, warum das Cleveland-Stadion exakt siebenundsiebzigtausendsiebenhundert Menschen Platz bietet, aber so ist es nun mal. Letzten Endes gibt es keinen Grund, warum Italien nicht die Form eines Würstchens statt eines Stiefels haben sollte, aber zufällig ist das nun einmal nicht der Fall. *Die Welt ist alles, was der Fall ist,* und was der Fall ist, ist keine Sache der Logik. Wenn Sie bloß nicht wissen, wie viele Menschen im Cleveland-Municipal-Stadion sitzen können, haben Sie keinen wirklichen Grund, der einen Zahl die andere vorzuziehen, vorausgesetzt, Sie haben überhaupt die Wahl – begreifen Sie? Aber wenn Sie in der Welt Bescheid wissen, können Sie vielleicht sagen ›siebenundsiebzigtausendsiebenhundert‹, einfach so. Das ist keine Frage der Wahl.«

»Gut«, sagte ich, »aber man hätte dann immer noch die Wahl, ob man die Frage beantwortet oder nicht, oder ob man sie, selbst wenn man die richtige Antwort wüßte, korrekt beantwortet, oder?«

Des Doktors ruhig-starrer Blick verriet mir, meine Frage müsse, obgleich sie mir relativ vernünftig erschien, etwas dümmlich gewesen sein.

»Eins der Dinge, die Sie werden tun müssen«, sagte er trocken, »ist, ein Exemplar des *Welt-Almanachs* für 1951 zu erstehen und es peinlich genau durchzuackern. Das ist als eine Disziplin gedacht, der Sie sich, vielleicht für eine ganze Reihe von Jahren, unbedingt unterwerfen müssen. Informationstherapie ist eine von etlichen Therapien, mit denen wir sofort zu beginnen haben.«

Ich schüttelte den Kopf und gluckste gutmütig. »Lernen alle Ihre Patienten den *Welt-Almanach* auswendig, Herr Doktor?«

Ich hätte ebensogut den Mund halten können.

»Mrs. Dockey wird Ihnen Ihr Bett zeigen«, sagte der Doktor und erhob sich, um zu gehen. »Ich werde in Kürze wieder mit Ihnen sprechen.« An der Tür blieb er stehen und fügte hinzu: »Einer oder vielleicht zwei von den älteren Männern könnten nachts womöglich versuchen, bei Ihnen im Schlafsaal oben zudringlich zu werden. Sie sind auf Sexualtherapie gesetzt, und ich halte es in ihren Fällen für nützlich und angemessen, ihnen eher homosexuelle als heterosexuelle Affären nahezulegen. Ich denke jedoch, Sie sollten ihre Avancen nicht beachten, es sei denn, Sie sind an dergleichen Dinge gewöhnt. Sie sollten, wenigstens für eine Weile, Ihr Leben weiterhin so unkompliziert wie möglich gestalten. Geben Sie ihnen einen Korb, aber behutsam, und sie werden sich zurückziehen, um aneinander ihr Genüge zu finden.«

Mir blieb nicht viel zu sagen übrig. Nach einer Weile wies mir Mrs. Dockey im Männer-Schlafsaal mein Bett zu. Meinen Zimmergenossen wurde ich nicht vorgestellt; ich stellte mich auch nicht selber vor. Ja (obwohl ich sie inzwischen besser kennengelernt habe), während der drei Tage, die ich auf der Farm blieb, wechselten wir miteinander nicht ein Dutzend Worte, von homosexuellen Avancen ganz zu schweigen. Als ich abreiste, waren sie alle gleichermaßen froh, mich verschwinden zu sehen.

Jeden Tag hielt der Doktor mit mir zwei oder drei einstündige Sitzungen ab. Er fragte mich praktisch nichts, was mich selbst betroffen hätte; die Gespräche bestanden zumeist aus flammenden Tiraden wider die ärztliche Standeszunft wegen ihrer Borniertheit in Sachen Paralyse, und aus Unterstellungen, mein Zustand sei das Resultat eines defekten Charakters und mangelhafter Intelligenz.

»Sie behaupten, in etlichen Situationen entscheidungsunfähig zu sein«, sagte er einmal. »Nun, ich behaupte, diese Unfähigkeit ist einzig theoretisch Situationen inhärent, in denen es keinen Entscheidungsträger gibt. Gibt es aber einen spezifischen Entscheidungsträger, ist jenes undenkbar. Also liegt, da sich in Ihrem Fall tatsächlich eine Unfähigkeit manifestierte, der Fehler nicht in der Situation, sondern in der Tatsache, daß es keinen Entscheidenden respektive Wählenden gab. Wählen heißt Dasein: so sehr, daß nicht wählen, nicht existieren heißt. Folglich muß alles, was wir tun, auf Wahl und Aktion gerichtet sein. Ob diese Aktion vernünftiger oder weniger vernünftig als Untätigkeit ist, spielt keine Rolle; der Punkt, auf den es ankommt, ist, daß sie ihr Gegenteil ist.«

»Aber warum sollte ihr dann einer den Vorzug geben?« fragte ich.

»Es gibt keinen Grund, warum sie jemand bevorzugen sollte«, sagte er, »und ebenso keinen Grund, warum jemand es *nicht* tun sollte. Patient ist man schlicht deswegen, weil man sich einen Zustand aussucht, in den einen einzig und allein die Therapie versetzen kann, nicht weil irgendein Zustand eo ipso besser wäre als ein anderer. Alle meine Therapien werden eine Zeitlang darauf gerichtet sein, Sie Ihrer Existenz bewußt werden zu lassen. Es ist unwesentlich, ob Sie konstruktiv oder gar konsequent handeln, solange Sie nur handeln. Es spielt in dem Fall auch keine Rolle, ob Sie einen vorzüglichen Charakter haben oder nicht, solange Sie nur glauben, Sie hätten einen.«

»Dann verstehe ich nicht, warum Sie überhaupt irgend jemanden behandeln wollen, Doktor«, sagte ich.

»Das ist meine Sache, nicht Ihre.«

Und so weiter. Ich ward, direkt oder indirekt, aller Dinge von intellektueller Unredlichkeit und Eitelkeit bis zur Nichtexistenz bezichtigt. Protestierte ich, dann erklärte der Doktor, meine Proteste seien ein Indiz für meinen Glauben an die Wahrheit seiner Aussagen. Hörte ich lediglich mürrisch zu, dann äußerte er, meine Verdrießlichkeit sei ein Indiz für meinen Glauben an die Wahrheit seiner Aussagen.

»Also gut«, sagte ich endlich, die Waffen streckend. »Alles, was Sie sagen, ist wahr. Alles daran ist die Wahrheit.«

Der Doktor lauschte ungerührt. »Sie wissen nicht, was Sie da schwätzen«, sagte er. »Etwas wie Wahrheit, so wie Sie sie verstehen, gibt es nicht.«

Diese offensichtlich sinnlosen Gespräche stellten nicht die einzige meiner Aktivitäten auf der Farm dar. Vor jeder Mahlzeit waren die anderen Patienten und ich angehalten, unter der Leitung Mrs. Dockeys diverse Leibesübungen zu exerzieren. Für die älteren Patienten waren diese gewöhnlich ganz einfach – vielleicht bloß ein Nicken des Kopfes und ein Beugen der Arme –, wiewohl einige der alten Leutchen wirklich erstaunliche Bravourstückchen vorführen konnten: ein Gentleman in seinen Siebzigern war ein exzellenter Seilklettermaxe, und zwei ältere Damen schlugen flinke Purzelbäume. Allen verordnete Mrs. Dockey jeweils unterschiedliche Tätigkeiten: meine eigene spezielle Verordnung war, stets und ständig eine Art sichtbare Bewegung beizubehalten. So mußte ich zum Beispiel bei den Mahlzeiten, wo kompliziertere Bewegungen mir das

Essen allzu erschwert hätten, zumindest mit einem Finger wackeln oder mit dem Fuß auf den Boden klopfen. Und man ersuchte mich, die ganze Nacht hindurch in meinem Bett von einer Seite zur anderen zu schaukeln: keine unvernünftige Bitte, da ich, wie es sich traf, das aus Gewohnheit ohnehin zu tun pflegte, sogar im Schlaf – eine Angewohnheit, die ich aus meiner Kindheit herübergerettet hatte.

»Bewegung! Bewegung!« sagte dann der Doktor fast exaltiert. »Sie müssen sich der Bewegung immerfort *bewußt* sein!«

Es gab spezielle Diäten und für viele Patienten spezielle Medikamente. Ich hörte von Ernährungstherapie, Medizinischer Therapie, Chirurgischer Therapie, Dynamik-Therapie, Informationstherapie, Konversationstherapie, Sexualtherapie, Devotionstherapie, Okkupations- und Präokkupationstherapie, Tugend- und Laster-Therapie, Theotherapie und Atheotherapie – und später von Mythotherapie, Philosophischer Therapie, Skriptotherapie und vielen, vielen anderen Therapien, die von den Patienten in vielfältigen Kombinationen und Abfolgen praktiziert wurden. Für den Doktor ist alles entweder therapeutisch, antitherapeutisch oder nicht der Rede wert. Er ist eine Art Superpragmatiker.

Am Schluß meiner letzten Sitzung – es war beschlossene Sache, daß ich versuchsweise nach Baltimore zurückkehren sollte, um zu schauen, ob und wie bald meine Immobilität womöglich wiederkäme – gab mir der Doktor zum Abschied noch einige Anweisungen.

»Es wäre in Ihrem spezifischen Fall nicht gut, an Gott zu glauben«, sagte er. »Religion wird Sie nur abhängig machen. Aber bis wir für Sie etwas erarbeitet haben, wäre es besser, wenn Sie sich irgendeiner Philosophie verschreiben würden. Warum lesen Sie nicht Sartre und werden Existentialist? Das wird Sie auf Trab halten, bis wir was Passenderes für Sie auftreiben. Studieren Sie den *Welt-Almanach:* das soll für eine Weile Ihr Brevier sein. Suchen Sie sich einen Tagesjob, am besten eine Arbeit in einer Fabrik, aber nicht so simpel, daß Sie bei der Arbeit noch imstande wären, zusammenhängend zu denken. Hübsch wäre etwas, mit mehreren unmittelbar aufeinanderfolgenden Arbeitsphasen. Gehen Sie abends aus dem Haus; spielen Sie Karten mit Leuten. Einen Fernseher zu erwerben, empfehle ich jetzt noch nicht. Wenn Sie außer dem *Almanach* noch was anderes lesen, dann lesen Sie nur Schauspiele – keine Romane oder Sachbücher. Treiben Sie Sport. Machen Sie lange Spaziergänge, aber immer zu einem im vorhinein bestimmten Ziel, und wenn Sie dort angekommen sind, wandern Sie schnurstracks wieder nach Hause, stante pede. Und ziehen Sie aus Ihrem jetzigen Quartier aus; die Umgebung ist ungesund für Sie. Heiraten Sie nicht, gehen Sie auch keine Liebesverhältnisse ein: wenn Sie nicht genug Mumm haben, sich Prostituierte zu mieten, dann halten Sie sich provisorisch an Selbstbefriedigung. Und vor allem – handeln Sie impulsiv: lassen Sie sich nicht zwischen Alternativen festkeilen, sonst sind Sie verloren. So stark sind Sie nicht. Wenn sich zwei Alternativen räumlich gegenüberstehen, wählen Sie die zur Linken; tauchen sie in zeitlicher Abfolge auf, wählen Sie die erstere. Trifft keiner der beiden Fälle zu, dann wählen Sie die Alternative, deren Name mit dem zunächstkommenden Buchstaben im Alphabet anfängt. Dies sind die Regeln ›Sinistralität‹, ›Antezedenz‹ und ›Alphabetische Priorität‹ – es gibt noch mehr, und sie sind willkürlich, aber nützlich. Bye.«

»Auf Wiedersehen, Doktor«, sagte ich ein wenig atemlos und im Begriff zu gehen.

»Wenn Sie wieder einen Anfall haben, setzen Sie sich so schnell wie möglich mit mir in Verbindung. Wenn nichts passiert, kommen Sie in drei Monaten wieder. Meine Dienste werden Sie zehn Dollar pro Visite kosten – für die heutige Visite wird nichts berechnet. Ich habe ein begrenztes Interesse an Ihrem Fall, Jacob. Und an dem Vakuum, das Sie statt eines Selbst haben: das *ist* Ihr Fall. Denken Sie daran, bleiben Sie immer in Bewegung. Seien Sie *engagé*. Nehmen Sie teil!«

Etwas verwirrt haute ich ab und nahm den Bus nach Baltimore zurück. Dort, dem Dunstkreis der Farm entronnen, würde es für mich leichter sein, mir darüber klar zu werden, was ich von dem Doktor, der Reaktivierungsfarm, der endlosen Therapien-Liste und meiner eigenen Haltung halten sollte. Eins schien ziemlich klar: Der Doktor arbeitete entweder außerhalb oder dicht am Rande der Legalität. Sexualtherapie, um nur das eine zu nennen, konnte wohl schwerlich von der Amerikanischen Ärztekammer gebilligt worden sein. Zweifellos war das der Grund für die häufige Umsiedlung der Farm. Auf der Hand lag auch, daß er ein Spinner war – wenn auch vielleicht kein unfähiger –, und man fragte sich, ob er überhaupt irgendeine Art Approbation hatte, um die Heilkunst praktizieren zu dürfen. Weil ich – seine Rationalisierungen mal beiseite – so eindeutig anders als seine übrigen Patienten war, hatte er, so konnte ich nur vermuten, irgendein besonderes Interesse an meinem Fall: vielleicht war er ein frustrierter Psychoanalytiker. Schlimmstenfalls war er eine Kombination aus Quacksalber und Prophet – eine Mixtur aus Father Divine, Sister Kenny und Bernarr MacFadden (sie alle ganz tüchtige Leutchen) mit einem Schuß Gesundbeter und einer Prise Lehnstuhl-Freud, der ein halblegales Sanatorium für senile Exzentriker unterhielt; und doch konnte man seinen Pragmatismus nicht so mir nichts dir nichts abtun, und seine Einsichten trafen gelegentlich den Kern der Sache. Tatsächlich war ich nicht in der Lage, über ihn oder die Farm oder seine Therapien irgendein definitives Urteil abzugeben.

Ein höchst außerordentlicher Doktor. Obgleich ich mir

weiterhin einredete, bloß bei einer Posse mitzuspielen, zog ich tatsächlich um, zur East Chase Street runter; besorgte mir einen Job als Monteur am Fließband der Chevrolet-Fabrik draußen am Broening-Highway, wo ich einen luftdruckgetriebenen Schraubenschlüssel bediente, der an der linken Seite von Chevrolet-Chassis Blattfedern verbolzte, und trat der U.A.W.-Gewerkschaft bei. Ich las Sartre, hatte aber Schwierigkeiten zu entscheiden, wie ich ihn in spezifischen Situationen anwenden sollte. (Wie half einem der Existentialismus bei der Entscheidung, ob man seinen Lunch zur Arbeit mitbringen oder in der Werkskantine erstehen sollte? Zur Philosophie hatte ich keinen Draht.) Ich spielte Poker mit meinen Monteurskollegen, machte Spaziergänge von der Chase Street runter zum Hafen und wieder zurück und wohnte Filmen des gehobenen Unterhaltungsgenres bei. Vom Temperament her hatte ich ohnedies schon seit langem ziemlich viel von einem Atheisten an mir, und das Frauenverbot war eine leichte Bürde, denn in der Regel war ich nicht eben ein Sexomane. Sinistralität, Antezedenz und Alphabetische Priorität applizierte ich gewissenhaft (obgleich es mir in einigen Fällen schwerfiel, zu entscheiden, welcher jener Tricks der Situation am besten entspräche). Und die nächsten zwei Jahre über fuhr ich jedes Quartal zur Reaktivierungsfarm hinaus, um mir Rat zu holen. Es wäre ein müßiges Unterfangen, wollte ich weiter drauflos spekulieren, warum ich mich dieser kuriosen Allianz verschrieben hatte, die eigentlich eher beleidigend für mich war – ich vermute, jemand, der an Gründen interessiert ist, wird bis jetzt in diesem Bericht dafür schon reichlich Material gefunden haben.

Ich war also dabei stehengeblieben, wie ich im September 1953 im Fortschritts- und Beratungszimmer saß und auf den Doktor wartete. Meine Stimmung an jenem Morgen war eher ungewöhnlich; in der Regel bin ich von dem Moment an, da ich die Farm betrete, so gut wie »wetterlos«, und ich stelle mir vor, daß Wetterlosigkeit fürs Einholen ärztlichen Rates die ideale Bedingung ist, doch an diesem Morgen – obwohl ich mich völlig ohne Emotionen fühlte – war ich nicht ohne Wetter. Aus dem einen oder anderen Grund fühlte ich mich nüchtern, klar und kompetent – eher energisch und kein bißchen geduckt. In meteorologischen Begriffen: Mein Wetter war *sec Supérieur.*

»Wie geht's Ihnen jetzt so, Horner?« fragte der Doktor leutselig, als er das Zimmer betrat.

»Ausgezeichnet, Doktor«, gab ich flott zur Antwort. »Und Ihnen?«

Der Doktor nahm Platz, spreizte die Knie und betrachtete mich kritisch, ohne meine Frage einer Antwort zu würdigen.

»Haben Sie schon mit dem Unterrichten begonnen?«

»Nö. Nächste Woche erst. Zwei Kurse Grammatik und zwei in Stilistik.«

»So, so.« Er rollte die Zigarre im Munde umher. Er forschte in meinen Zügen, nicht in dem, was ich sagte. »Stilistik sollten Sie nicht unterrichten.«

»*Alles* kann man nun mal nicht haben«, sagte ich heiter, streckte meine Beine unter seinem Stuhl aus und verschränkte die Hände im Nacken. »Entweder das oder gar nichts – also hab ich's genommen.« Der Doktor beobachtete die Haltung meiner Beine und Arme.

»Wie heißt denn dieser Bursche mit dem übertriebenen Selbstvertrauen, mit dem Sie sich angefreundet haben?« fragte er. »Ist das einer von den anderen Lehrern? Ist seiner selbst ja schrecklich sicher!«

Ich wurde rot: es kam mir in den Sinn, daß ich tatsächlich Joe Morgan nachahmte. »Wieso behaupten Sie, daß ich jemanden nachahme?«

»Tu ich doch gar nicht«, lächelte der Doktor. »Ich fragte

lediglich, wer der Kraftprotz sei, mit dem Sie offensichtlich Freundschaft geschlossen haben.«

»Geht Sie nichts an, Sir.«

»O du liebe Zeit. Na gut. Zu schade, daß Sie nicht stets so reagieren können – denn dann könnten Sie ja in Zukunft ohne meine Dienste auskommen! Aber dafür sind Sie noch nicht stabil genug, Jacob. Abgesehen davon, wenn Sie in seiner Begleitung wären, könnten Sie doch nicht so wie er agieren, oder? Wie dem auch sei – ich bin entzückt zu sehen, daß Sie eine Rolle übernehmen. Offensichtlich tun Sie das, um mir die Stirn zu bieten: ein Charakter wie der Ihres Freundes würde sich nie gestatten, sich von so einem Spinner mit seiner Garnitur undurchschaubarer Therapien beleidigen zu lassen, oder?«

»Stimmt, Doktor«, sagte ich, doch war mein Feuer unter seiner Analyse bereits zu großen Teilen erloschen.

»Dies beweist mir, daß Sie nun reif sind für die Mythotherapie, die Sie ja ohnehin schon zu praktizieren scheinen, ohne es zu wissen, auch im therapeutischen Sinne. Das Beste ist aber, daß Sie sich ihrer Handlungen bewußt sind, damit Sie wegen schierer Unwissenheit nicht zusammenbrechen. Vor einiger Zeit riet ich Ihnen, Existentialist zu werden. Haben Sie Sartre gelesen?«

»Ein paar Sachen. Offen gesagt, zum Existentialisten hab ich's noch nicht gebracht.«

»Nicht? Na, egal vorerst. Mythotherapie beruht auf zwei Voraussetzungen: daß die Existenz des Menschen noch vor seinem Wesen rangiert, falls der eine oder andere der beiden Begriffe überhaupt etwas bezeichnet; und daß ein Mann so frei ist, sein eigenes Wesen nicht nur zu wählen, sondern auch, wenn er will, zu wechseln. Dies beides sind gute existentialistische Prämissen, und ob sie nun wahr oder falsch sind, braucht uns nicht zu kümmern – sie sind in unserem Falle *nützlich.*«

Er fuhr fort, die Mythotherapie zu erläutern.

»Im Leben«, sagte er, »gibt es im wesentlichen keine Haupt- oder Nebenfiguren. Insoweit ist jegliche Fiktion und Biographie und fast alle Geschichtsschreibung Lüge. Jedermann ist der Held seiner eigenen Lebensgeschichte. Der *Hamlet* könnte aus Polonius' Blickwinkel erzählt werden und dann heißen: *Die Tragödie von Polonius, Oberkämmerer Dänemarks.* Ihm wäre – das wage ich hier zu behaupten – nie eingefallen, er könne in irgendeiner Hinsicht nur eine Nebenperson sein. Oder mal angenommen, Sie wären Zeremonienmeister auf einer Hochzeit. Aus der Perspektive des Bräutigams wäre *er* die Hauptfigur; die anderen spielten Nebenrollen, sogar die Braut. Aus Ihrer Perspektive wiederum wäre die Hochzeit nur eine kleine Episode in der sehr interessanten Geschichte *Ihres* Lebens, und Braut wie Bräutigam wären Nebenpersonen. Was Sie getan haben, ist: Sie haben sich entschieden, *die Rolle* einer Nebenfigur zu *spielen:* es kann angenehm für Sie sein, *so zu tun,* als wären Sie weniger wichtig als Sie – wie Sie wissen – sind, so wie es Odysseus tut, wenn er sich als Schweinehirt verkleidet. Und jedes Mitglied der Hochzeitsgesellschaft betrachtet sich selbst als Hauptfigur, die sich dazu herabläßt, dem Spektakel beizuwohnen. Also ist in diesem Sinne Fiktion absolut keine Lüge, sondern eine wahrhaftige Repräsentation jener Verzerrung, zu der jedermann sein Leben zurechtbiegt.

Also sind wir nicht nur die Helden unserer jeweils eigenen Lebensgeschichte – wir sind auch diejenigen, die die Geschichte konzipieren und anderen Menschen jeweils das Wesen einer Nebenfigur geben. Aber da ja in der Regel niemandes Lebensgeschichte jemals nur *eine* Geschichte mit einem zusammenhängenden Plot ist, konzipieren wir die Art Held, die wir sind, immer wieder neu, und konsequenterweise auch just die Art Nebenrollen, die die anderen spielen sollen. Das ist generell gültig. Wenn jemand tagein, tagaus nahezu ein und denselben Charakter entfaltet, von morgens bis abends, dann deswegen, weil er entweder – wie ein Schauspieler, der nur *eine* Rolle spielen kann – keine Einbildungskraft hat, oder weil er eine so allumfassende Einbildungskraft hat, daß er jede einzelne Situation seines Lebens als Episode eines großen Universal-Plots ansieht und die Situationen so hinbiegen kann, daß der gleiche Typ Held mit ihnen allen zu Rande kommen kann. Das aber ist höchst ungewöhnlich.

Diese Art Rollenverteilung ist mythenbildend, und wenn sie, bewußt oder unbewußt, zu dem Zweck geschehen ist, Ihr Ego zu erhöhen oder zu schützen – und wahrscheinlich ist sie schon immer zu diesem Zweck eingesetzt worden – dann wird sie zur Mythotherapie. Der springende Punkt ist folgender: eine Immobilität wie die, die Sie seinerzeit im Penn-Bahnhof durchmachten, ist nur bei einem Menschen möglich, der aus dem einen oder anderen Grund aufgehört hat, an Mythotherapie teilzunehmen. Damals, auf der Bank, waren Sie weder Haupt- noch Nebenperson, sondern überhaupt keine Person. Da dies einmal geschehen ist, muß ich Ihnen jetzt etwas erklären, was jedem anderen sonst auf ganz natürlichem Wege zufällt. Das ist, als brächte man einem Paralytiker wieder das Gehen bei.

Also, viele Krisen im Leben der Menschen ereignen sich deshalb, weil die Heldenrolle, die sie für eine Situation oder eine Reihe von Situationen angenommen haben, nicht länger auf eine neu auftretende Situation zugeschnitten ist, oder was im Effekt auf dasselbe hinausläuft – weil sie nicht die Einbildungskraft haben, die neue Situation so hinzubiegen, daß sie sich ihrer alten Rolle anpaßt. Das passiert zum Beispiel Eltern, wenn ihre Kinder älter werden, und Liebenden, wenn einer von ihnen beginnt, den anderen nicht mehr zu mögen. Wird die neue Situation so übermächtig, daß sie nicht länger ignoriert werden kann, und wenn sie keine Maske finden können, um dieser Situation gerecht zu werden, dann werden sie unter Umständen schizophren –:

eine Maske der letzten Zuflucht – oder schlicht zerrüttet. Alle Fragen nach der Integrität schließen diese Erwägung mit ein, denn eines Menschen Integrität besteht darin, dem Drehbuch die Treue zu halten, das er für sich selbst verfaßt hat.

Wie gesagt, Sie sind zu labil, um stets nur eine einzige Rolle zu spielen – Sie sind auch zu phantasielos –; also wären für Sie diese Krisen besser dadurch zu bewältigen, daß Sie die Drehbücher wechseln, so oft es not tut. Das sollte Ihnen auf natürlichem Wege zufallen; wichtig für Sie ist, daß Sie sich bewußt sind, was Sie gerade machen, damit man Sie nicht ohne Drehbuch erwischt oder mit dem falschen Drehbuch in einer gegebenen Situation. Sie taten zum Beispiel für einen Anfänger recht gut daran, vor einer Weile hier so zuversichtlich und fast schon arrogant hereinzuspazieren und mir die Rolle eines Quacksalbers auf den Leib zu schneidern. Aber Sie müssen imstande sein, sofort zu wechseln, wenn es mir auf irgendeine Weise gelingt, die Maske, mit der Sie hereinspaziert sind, unhaltbar zu machen. Vielleicht könnten Sie – ich schlage jetzt nur so aus dem Stegreif eine Möglichkeit vor – dahingehend umdenken, daß Sie mich für ›den klugen alten Mentor‹ ansehen, also sagen wir eine Art machiavellistischen Nestor, und sich selber als ›den naiven, aber vielversprechenden jungen Protégé‹, einen jungen Alexander, der eines Tages all diese Lehren in die Tat umsetzen und seinen Meister weit in den Schatten stellen wird. Dämmert Ihnen, was ich meine? Oder – das ist widerwärtig, könnte aber als letzte Zuflucht genutzt werden – ›der im stillen empörte junge Mann‹, der die Delirien eines senilen Spinners erträgt, dieses Haus aber, von ihnen nicht besudelt, verlassen wird. Ich nenne diese Rolle ›widerwärtig‹, weil, würden Sie sie je spielen, Sie sich damit selbst vieler Dinge berauben würden, die Sie noch nicht gelernt haben.

Es ist extrem wichtig, daß Sie lernen, diese Masken aus

ganzem, vollem Herzen anzunehmen. Glauben Sie nicht, daß sich hinter ihnen irgend etwas verbirgt: *Ego* bedeutet *Ich* und *Ich* bedeutet *Ego* und dieses Ego ist Maske per definitionem. Wo keine Maske ist – so bei Ihnen, auf der Bank –, da ist auch kein Ich. Wenn Sie manchmal das Gefühl haben, Ihre Maske sei aufrichtig – unmögliches Wort! –, dann nur deswegen, weil eine Ihrer Masken mit einer anderen sich nicht verträgt. Zwei Masken zugleich dürfen Sie nicht aufsetzen. Das gibt Anlaß zu Konflikten, und ein Konflikt zwischen Masken kann ebenso zur Immobilität führen wie ihr totales Nichtvorhandensein. Je dramatischer Sie Ihre Situation zuspitzen und Ihre eigene Rolle und die Rollen aller anderer abstecken können, desto sicherer werden Sie sein. Es ist für die Mythotherapie bei Paralytikern unerheblich, ob ihre Rolle eine Haupt- oder Nebenrolle ist, solange sie nur klar konzipiert ist, aber es liegt in der Natur der Dinge, daß sie für gewöhnlich eine Hauptrolle ist. Nun sagen Sie mal was.«

Ich brachte kein Wort heraus.

»Sagen Sie was!« befahl der Doktor. »Bewegung! Spielen Sie eine Rolle!«

Ich mühte mich nach Kräften, mir eine Rolle einfallen zu lassen, aber es gelang mir nicht.

»Hol Sie der...!« schrie der Doktor. Er stieß seinen Stuhl zurück und stürzte sich auf mich, warf mich zu Boden und hämmerte mit den Fäusten auf mich ein.

»Hey!« brüllte ich, total erschreckt von seiner Attacke. »Aufhören! Verdammt!« Ich rang mit ihm, und da ich sowohl größer als auch stärker war als er, hatte ich ihn bald abgeschüttelt. Keuchend vor Anstrengung standen wir uns, Auge in Auge, lauernd gegenüber.

»Passen Sie bloß auf!« sagte ich kriegerisch. »Ich wette, ich könnte Ihnen 'ne Masse Ärger bescheren, wenn Sie's drauf anlegen!«

»Irgendwas nicht in Ordnung?« fragte Mrs. Dockey, die

ihren Kopf zur Tür hereinsteckte. Das hätte mir noch gefehlt, mich mit ihr einzulassen.

»Nein, im Augenblick nicht«, lächelte der Doktor, wobei er sich die Knie seiner weißen Hose abbürstete. »Eine kleine Boxtherapie für Jacob Horner. Keine Sorge.« Sie schloß die Tür.

»Sollen wir unser Gespräch fortsetzen?« fragte er mich mit zwinkernden Augen. »Sie sprachen gerade in mannhafter Weise davon, Ärger zu machen.«

Aber ich war nicht länger in der Laune, den ganzen lächerlichen Zirkus mitzumachen. Für dieses Quartal hatte ich die Nase gestrichen voll von dem alten Irren.

»Oder vielleicht haben Sie für heute genug von Dem Alten Spinner, hä?«

»Was würde denn der Sheriff in Wicomico von dieser Farm halten?« murrte ich ungut. »Nehmen wir mal an, die Polizei würde hier herausgeschickt, um diese Sexualtherapie gründlich zu untersuchen?«

Der Doktor ließ sich von meinen Drohungen nicht aus der Fassung bringen.

»Haben Sie vor, sie mir auf den Hals zu schicken?« fragte er freundlich.

»Halten Sie mich dessen nicht für fähig?«

»Keine Ahnung«, sagte er immer noch unerschüttert.

»Wollen Sie, daß ich es tue?«

Diese Frage brachte ihn aus irgendeinem Grund aus dem Gleichgewicht: er sah mich scharf an.

»Nein, natürlich nicht«, sagte er ohne Zögern. »Ich bin sicher, Sie sind ziemlich fähig, das zu tun. Bedaure, daß meine Taktik, Sie zu mobilisieren, Sie so wütend gemacht hat. Ich tat's mit der besten Absicht. Sie waren nämlich wirklich wieder paralysiert, wissen Sie.«

»So ein Quatsch!« schnaubte ich höhnisch. »Sie und Ihre Paralyse!«

»Für heute *reicht's,* Horner!« sagte der Doktor. Auch er

war jetzt wütend. »Raus jetzt! Ich hoffe, Sie werden paralysiert, während Sie gerade mit hundert Stundenkilometern Ihrem trauten Heim zurasen!« Er hob die Stimme. »Raus hier, Sie verdammter Kretin!«

Sein offenbar ungeheuchelter Ärger ließ den meinen augenblicks dahinschwinden, der nach dem ersten Moment natürlich nur eine romanhafte Maske gewesen war.

»Tut mir leid, Doktor«, sagte ich. »Ich will auch nie wieder so die Nerven verlieren.«

Wir tauschten ein Lächeln aus.

»Warum nicht?« lachte er. »In bestimmten Situationen ist es therapeutisch und auch angenehm, die Nerven zu verlieren.« Er steckte sich aufs neue die Zigarre an, die ihm bei der Rauferei auf den Boden gefallen war. »Zwei interessante Dinge haben die vergangenen paar Minuten gezeigt, Jacob Horner. Vor Ihrem nächsten Besuch kann ich Ihnen dazu noch nichts sagen. Für heute auf Wiedersehen. Vergessen Sie nicht, bei Mrs. Dockey zu bezahlen.«

Hinaus schritt er, so cool wie er sein konnte, und hinaus schritt ich, ein paar Augenblicke später: ein-wenig-mitgenommen-doch-meiner-Kraft-gewiß.

VII Der Tanz um den Sex: Und hätte man sonst keinen anderen Grund, Freud beizupflichten

Der Tanz um den Sex: und hätte man sonst keinen anderen Grund, Freud beizupflichten, was könnte wohl bezaubernder sein als zu glauben, daß das ganze Vaudeville der Welt, der ganze wirre Zirkus der Geschichte weiter nichts sei als ein kunstvoller Paarungstanz? Daß Diktatoren Juden einäschern und Geschäftsleute republikanisch wählen, daß Steuermänner Schiffe lenken und Damen Bridge spielen, daß Mädchen Grammatik und Knaben Maschinenbau studieren, geschehe alles auf Geheiß des Absoluten Genitals? Wenn einen die synthetisierende Stimmung überkommt, was könnte dann beruhigender sein als zu behaupten, daß dieser eine schlichte Drang der Menschheit – armseliger kleiner Koitus – allein den Anstoß gibt zu Städten wie Klöstern, Paragraphen wie Poemen, Wettrennen wie Schlachttaktiken, Metaphysik wie Hydrokultur, Gewerkschaften wie Universitäten? Wer hätte nicht sein Vergnügen daran, einem extragalaktischen Touristen zu erzählen: »Auf unserem Planeten, mein Herr, kopulieren Mann und Weib. Mehr noch, sie genießen das Kopulieren. Aber aus verschiedenen Gründen können sie nicht wann immer, wo immer und mit wem immer sie gerne möchten. Daher all diese Unruhe, die Sie hier beobachten. Daher die Welt!«? Ein therapeutischer Gedanke!

Meine Lehrstunden begannen am siebten September, einem unglaublich blauen Tag, so frisch wie die weißen gestärkten Blusen der Studentinnen, die hintereinander mein Klassenzimmer betraten und nervös ihre Plätze einnahmen. Wie ich da um Punkt acht – Anzug frisch gebügelt, Kinn sauber geschabt – hinter dem Pult stand, fühlte ich meine Nüstern beben wie die eines Zuchthengstes, bei dem prall-strammen Sex, den sie darboten: erhitzt und rosa geschrubbt, kichernd und feucht; ich spürte ein Ziehen in den Schenkeln, und ich gähnte gierig. Auch die Jungen, dünn und grün, milchhäutig und spannkräftig, erschauerten und streckten sich bei der bloßen Nähe junger Brüste und Hinterbacken, so fest wie frische Birnen. In einem Klassenzimmer, am ersten Tag eines neuen Semesters, ist die Luft von Sex so elektrisch aufgeladen wie von Ozon nach einem Sommersturm, und alle spürten es, wenn es auch nicht alle beim Namen nennen konnten: die süßen munteren Dinger zappelten in ihren Bänken und zogen sich die Röckchen über die grübchengemuldeten weißen Knie herab; die federnd-elastischen jungen Männer spannten ihre Muskeln und ließen sie erschlaffen und fuhren sich flüchtig über den Bürstenschnitt; ich verschränkte die Arme und preßte die Schenkel zusammen, lehnte mich gegen die Tischplatte und ließ ihre Kante wie eine beruhigende Hand getrost wider meinen Hosenlatz drücken. Die blaue Morgenfrühe ist eine erotische Zeit, der Beginn des Schulsemesters eine erotische Saison; da bleibt wenig mehr, als an solch einem Tag Vater Freud seine Honneurs zu machen.

Wir prüften einander mit abschätzenden Blicken. Was ich mit professoraler Lakonie sagte, war: »Ich heiße Jacob Horner; mein Lehrerbüro ist Zimmer 27, um die Ecke. An der Tür hängt eine Liste mit meinen Sprechstundenzeiten.« Ich setzte Texte fest und beschrieb den Kurs; das war alles, und das reichte. Meine Pose gelehrter Kompetenz, ihr Gebaren emsiger Aufmerksamkeit (sie notierten sich meinen Namen und die Zimmernummer mit derart gerunzelten Stirnen, als hätte ich den Schlüssel zum Mysterium verkündet) waren so offenkundig geheuchelt, wir alle waren uns so sehr im klaren darüber, Schule zu spielen, daß der Versuch, mit dem Unterricht zu beginnen, lächerlich gewesen wäre. Warum wohl wölbte einer, der mit einer solchen Batterie von Busen & Backen konfrontiert wurde, unwillkürlich die Hände; der Drang, das rituelle Spiel sausen zu lassen und diese feinen Girls auf der Stelle zu bespringen, war einfach schrecklich. Die nationale Bestürzung, wenn an irgendeinem Septembermorgen jeder junge College-Dozent im Lande es sich von der Seele schrie: »Zum Teufel mit diesem Quatsch, Männer: Los, laßt sie uns vernaschen!« – trostvolle Spekulation!

»Das ist alles für heute. Kaufen Sie sich die Bücher, und beim nächsten Mal fangen wir gleich an mit einem Rechtschreibungstest, zu diagnostischen Zwecken.«

Und ob! Einhundert Buchstabierwörter, rasend schnell diktiert, reichten aus, ihre Köpfe geduckt zu halten, und ich, hoch aufgepflanzt auf meinem Tisch, konnte nach Herzenslust jede weibliche Rundung im Raum diagnostizieren (gepriesen seien Amerikas Grundschulen, wo kleine Mädchen lernen, ganz aufrecht zu sitzen!). Dann vielleicht, nachdem ich mich satt geäugelt hatte, könnte ich vielleicht mit dem Stoff des Kurses weitermachen. Denn so, wie sich einer erst an sein Mobiliar gewöhnt haben muß, ehe er sich in seinem Zimmer ruhig niedersetzen kann, um zu lesen, mußte erst diese Fülle an Mädchen-Ausstattung assimiliert werden, ehe man seine Aufmerksamkeit den nüchternen Regeln der englischen Grammatik zuwenden konnte.

Viermal wiederholte ich die rituellen Erklärungen – morgens um acht und um neun und nachmittags um zwei und drei. Zwischen den zwei Sitzungen lungerte ich, mich in meiner Position suhlend, mit einer prachtvollen Erektion im Lehrerzimmer herum und nahm mit den Augen des Besitzers die Parade der jungen Dinger ab, die an meiner

Tür vorbeidefilierten. Ich hatte absolut nichts anderes zu tun, als indolente Tagträume von unbeschränkter Verfügungsgewalt zu spinnen – eine Neronische, Caligularische Autorität von der Art, die ein ganzer Saal voll Unterstufen-Girls, heiß und hingebungsvoll, heraufbeschwört – lüstern schielende professorale Träume!

Gegen vier, als mein erster Arbeitstag zur Neige ging, hatte ich mich dem Tanz so hingegeben, daß ich nun buchstäblich Schmerzen hatte. Ich pfefferte meine leere Aktentasche ins Auto und fuhr quer durch die Stadt geradewegs zur Oberschule, um Miß Peggy Rankin ausfindig zu machen; nach einiger Fragerei im Sekretariat des Direktors holte ich sie ein, gerade als sie aus dem Lehrerzimmer trat.

»Los, komm!« sagte ich dringlich. »Ich muß mal mit dir reden!«

Sie erkannte mich, errötete und rang nach Worten des Protests.

»Los!« grinste ich. »Ich kann dir hier nicht sagen, wie wichtig es ist!« Ich packte sie am Arm und eskortierte sie geschwind nach draußen.

»Was ist los, Jake? Wohin gehen wir?«

»Wohin du willst«, sagte ich, indem ich ihr die Wagentür aufhielt.

»Jake, um Gotteswillen, willst du mich wieder bloß aufreißen?« fragte sie ungläubig.

»Was meinst du mit *bloß?* Da ist nichts ›Bloßes‹ dran, Mädchen.«

»Ach nein!? Ist ja phantastisch! Was glaubst du denn eigentlich, wer ich bin, um Himmelswillen?«

Ich drückte aufs Gaspedal. »Soll'n wir zu dir fahren oder zu mir?«

»Zu mir!« sagte sie wütend. »Und zwar so fix wie möglich! Ich hab noch nie in meinem Leben so ein Monster gesehen wie dich! Du bist schlicht und einfach ein *Monster!«*

»Ich bin nicht schlicht und einfach ein Monster, Peggy: ich bin *auch* ein Monster.«

»Du bist ein unglaublicher Flegel! Das beschreibt dich genau: du bist ein kompletter Flegel. Du bist so mit dir selbst beschäftigt, daß du für keinen sonst auf Erden auch nur einen Krümel Achtung übrig hast! Bieg hier links ein.«

Ich bog links ein.

»Da hinten das vierte Haus rechts. Ja.«

Ich stellte den Wagen ab.

»Jetzt sieh mich an, Jake. *Sieh* mich an!« schrie sie. »Merkst du nicht, daß ich genauso ein menschliches Wesen bin wie du? Wie, um alles in der Welt, konntest du mir nach dem letzten Mal so einfach in die Augen sehen? Ich wär schon schockiert gewesen, wenn du nur die Frechheit gehabt hättest, dich blicken zu lassen und dich bei mir zu entschuldigen, aber *das* hier –«

»Hör zu, Peggy«, sagte ich scharf. »Du sagst, ich achte dich nicht. Kommt das daher, daß ich keine Lust dazu hatte, dir in Ocean City den Hof zu machen oder mich hinterher zu entschuldigen, oder gestern anzurufen, um für heute ein Rendezvous zu verabreden?«

»Weswegen denn sonst! Was denkst'n *du,* was ich meine? Du hast nicht das kleinste bißchen normale Höflichkeit in dir; kannst dich nicht mal zivilisiert verhalten! Mir – mir fehlen die Worte. Du bist gar kein Mensch.«

»Ich werde dies nur einmal erklären«, sagte ich feierlich; »ich nahm an, du wärst reif genug, um's ohne Erklärung zu verstehen, halt so, wie diese Dinge verstanden werden sollten.«

»Worauf willst du denn nur hinaus?«

»Ich fürchte, ich habe dich überschätzt, Peggy«, erklärte ich. »Ich dachte, nachdem ich dir begegnet war, du seist womöglich wirklich die souveräne Frau, die du dem ersten Eindruck nach zu sein schienst. Aber, weißt du, es zeigt sich nun, daß du zu einhundert Prozent stinknormal bist.«

Sie war sprachlos.

»Begreifst du nicht«, lächelte ich, während mir die Hoden wehtaten, »daß ich an Sex wahrscheinlich weniger Interesse habe als jeder andere Mann, dem du je begegnet bist?«

»Oh mein *Gott!*«

»Es gefällt mir, na schön, so wie es mir gefallen würde, viel Geld zu haben, aber ich habe nicht die Absicht, um des einen oder anderen willen allen Quatsch mitzumachen.«

»Nicht mal gewöhnliche Achtung vor der Würde der Frau!«

»Das genau ist es«, sagte ich ungerührt: »Gewöhnliche Achtung, normale Höflichkeit, gewöhnliches Dies, normales Jenes. Rechne alles zusammen, und was für dich dabei herauskommt, ist eine gewöhnliche Beziehung, und das ist etwas, das ich nicht gebrauchen kann. Du scheinst nicht meine Sorte Mädchen zu sein, Peggy, und dabei hätt ich schwören können, du wärst es. Mein Mädchen-Typ will nicht gewöhnliche Achtung; der will *un*gewöhnliche Achtung, und das bedeutet eine Beziehung, in der keiner dem anderen die üblichen Zugeständnisse macht.«

»Ich glaube dir nicht«, sagte Peggy entgeistert und verstört.

»Damit sprichst du nur gegen dich selbst«, sagte ich gelassen. »Begreifst du nicht, daß dieses ganze Gefasel von Courtoisie und Ritterlichkeit – dieses ganze Schauspiel, das Männer für Frauen in Szene setzen – *Mißachtung* ist? Jede Lüge ist Mißachtung, und eine Beziehung, die auf diesem Nonsens beruht, ist Lüge. Ritterlichkeit ist eine Fiktion, von Männern ersonnen, die sich nicht die Mühe nehmen wollen, Frauen ernst zu nehmen. Sobald sich ein Mann und eine Frau darauf einlassen, hören sie auf, einander als individuelle menschliche Wesen zu betrachten, sie lassen sich eben gerade darauf ein, um künftig an ihren Partner keinen Gedanken mehr verschwenden zu müssen. Was natürlich äußerst nützlich ist, solange Sex das einzige ist, was man im Kopf hat. Nun, da's ohnehin zu spät ist, kann ich dir, Peggy, sagen, daß du die einzige Frau bist, die ich je zu achten versucht und, zu meinen eigenen Bedingungen, so ernst zu nehmen versucht hatte wie mich selbst. Keine Lügen, keine Mythen, keine Nachsicht, keine Heuchelei. Das ist die einzige Art Beziehung mit einer Frau, an der ich jemals, in der Vertikalen wie in der Horizontalen, auf die Dauer interessiert sein könnte.«

Peggy brach in nervöses Gelächter aus.

»Darüber darfst du nicht lachen, Peggy«, sagte ich ernst.

»O mein Gott!« lachte sie. »O mein *Gott!*«

Ich drehte mich um meine eigene Achse und zog ihr ganz sorgfältig eins über die Wange. Der Schlag schleuderte ihren Kopf hintenüber ans Fenster, und sofort begann sie zu weinen.

»Wie du siehst, nehm ich dich weiterhin ernst«, sagte ich.

»Oh!«

»Versuch doch zu verstehen, Peggy, ich bin gar nicht mal so ungeheuer *interessiert* daran, Frauen auf die Matte zu legen. Ich komm auch ohne klar. Aber ich kann's nicht leiden, wenn mir meine tiefsten Werte ins Gesicht geschleudert werden! Ich bin nicht einer, der kleine Mädchen verprügelt. Zum Teufel mit den Mädchen. Was ich haben will, ist ein weibliches Wesen, das ich so ernst nehmen kann wie mich selbst. Falls dich das nicht interessiert, dann verdrück dich, aber lach nicht über den einzigen Mann, der dich je in deinem ganzen Leben ernst genommen hat.«

»Jake, um Himmelswillen!« Peggy schluchzte, umfaßte meinen Schoß. Neue Tränen. »Wie schwer wir Frauen es haben!«

Ich tätschelte ihr den Kopf. »Unsere Gesellschaft bringt es fertig, Aufrichtigkeit wie die größte Heuchelei klingen zu lassen.«

»Jake?«

»Was?«

Da sie ihre Sommerbräune eingebüßt hatte, sahen ihre roten Augen noch röter aus als damals im Juli.

»Ich sterbe, wenn du sagst, es sei zu spät.«

Ich strich ihr das Haar glatt. »Ich hab dir eine geklebt, wie? Nichts ist wohl weniger ritterlich als das.«

»Gott sei Dank, daß du das tatest!« sie prüfte im Rückspiegel den Striemen auf ihrer Wange. »Ich wünschte, er möchte nie vergehen.«

»Weißt du, Peggy, ich wollte dich eigentlich nur nach Haus bringen«, lächelte ich, meinen letzten Trumpf ausspielend. »Wann kann ich dich sehen?«

Sie war richtig verdattert. »Jake?«

»Was?«

»Oh Jake – na *jetzt* doch! Jetzt gleich kommst du doch mit mir in meine Wohnung rauf!«

Ich salutierte im Geiste vor Joseph Morgan, *il mio maestro,* und dann noch vor Dr. Freud, dem Beschwörer dieses ganzen kosmischen Affentheaters: Und hinauf zu Miß Peggys Wohnung trippelten wir. Ein *pas de deux* – ein *entrechât* – und damit hatte sich's. Ich ging fort unter Verheißungen großer künftiger Dinge, die einzuhalten ich keine besonderen Absichten hatte.

Nachdem ER mir an diesem Nachmittag so ausgezeichnete Dienste geleistet hatte, war es ein ziemlicher Jammer, daß ich, bei Einbruch der Nacht und meinem ersten wirklich heimlichen Besuch bei Rennie, nicht länger in der Lage war, Joe Morgan oder irgendeine andere Art Tänzer zu sein. Ein Sexbolzen bin ich nie gewesen. Für mich waren die Intervalle zwischen Frauen in der Regel lang, und es machte mir normalerweise nicht viel aus, mal längere Zeit ohne Sexualverkehr auszukommen. Ein solcher Zustand erotischer Erregung, in dem ich mich fast diesen ganzen ersten Schultag über befunden hatte, war bei mir fast so selten wie ein manischer Anfall und beinahe ebenso leicht zu verscheuchen. Nach der einen einzigen Runde, für die ich taugte, war ich unerregbar wie ein Kastrierter. So hatte mich Rennie bestimmt nicht vorgefunden an jenem Abend unseres ersten Ehebruchs, kurz nachdem wir mit Joe *Peeping Tom* gespielt hatten – die schiere Energie aufzubringen, die es verlangt, der temperamentvolle Liebhaber zu sein, fällt mir schwer, ist mir aber nicht unmöglich –, aber so fühlte ich ich eben an dem Abend, als ich zu ihr ging. Ich war weder gelangweilt, noch ermüdet, noch bekümmert, noch erregt, noch munter, noch glücklich: sondern lediglich ein ruhiges, gesättigtes Lebewesen.

Der Beginn war ein Paradigma scheinbarer Unausweichlichkeit gewesen. Drei Tage nach unserem Lauschangriff fuhr Joe nach Washington, um in der Kongreßbibliothek zu arbeiten, und bat mich vor seiner Abreise, Rennie während seiner Abwesenheit Gesellschaft zu leisten – eine sehr »Morganeske« Bitte. Ich fuhr zu ihnen und brachte den Nachmittag damit zu, mit den Jungen zu spielen. Es war nicht unbedingt *nötig,* daß ich das tat, aber es konnte ja auch nichts schaden. Rennie lud mich, ganz ohne Hintergedanken, ein, zum Abendessen zu bleiben, und das tat ich, obgleich ich keinen besonderen Grund hatte, nicht wie gewöhnlich im Restaurant zu essen. Wir redeten wenig miteinander. Einmal sagte Rennie: »Ohne Joe fühl ich mich verloren«, aber mir fiel keine passende Antwort ein, und ich war mir zudem nicht sicher, was sie eigentlich mit ihrer Bemerkung beabsichtigte. Nach dem Essen volontierte ich in der Aufsicht über das Bad der Jungen, erzählte ihnen eine Gutenachtgeschichte und brachte sie dann ins

Bett. Ich hätte nun gehen können, aber daß ich blieb und mit Rennie den Abend über Bier trank, hatte bestimmt keine spezielle Bedeutung. Wir unterhielten uns unpersönlich und sporadisch – die meiste Zeit über wurde nichts gesagt, doch war Schweigen zwischen Rennie und mir weder ungewöhnlich noch unangenehm –, und ich kann mich, ehrlich gesagt, an unser Gespräch nicht mehr genau entsinnen, nur daran, daß Rennie erwähnte, müde zu sein, und mir dafür dankte, daß ich ihr mit den Kindern geholfen hatte.

Was ich hier besonders betonen will, ist, daß es im Grunde keine offenkundige Handlung, kein Wort oder keine Tat gab, die bei einem von uns eindeutig auf sexuelles Verlangen hätte schließen lassen. Ich gebe gern zu, daß ich Rennie an jenem Tag attraktiv fand. Ihr Verhalten zeugte von erschöpfter Kraft; den ganzen Nachmittag über waren ihre Bewegungen schwerfällig und bedächtig gewesen wie die eines Arbeiters, der zwei Schichten hinter sich hat. Am Abend saß sie meist reglos da, häufig mit den Augen blinzelnd, wobei sie sie meist eine volle halbe Minute lang geschlossen hielt, um sie dann schließlich wieder mit einem stoßseufzerhaften Atemzug weit aufzureißen und ins Leere vor sich hin zu starren. All dies bewunderte ich, aber eigentlich eher auf abstrakte Weise, und falls ich irgendein sexuelles Begehren spürte, war es ebenfalls mehr oder weniger abstrakt. Wir sprachen wenig über Joe und gar nicht über das, was wir durch das Wohnzimmerfenster gesehen hatten.

Dann, so etwa um halb zehn herum, sagte Rennie: »Ich geh jetzt unter die Dusche und dann ins Bett, Jake«, und ich sagte: »Okay.« Um zum Badezimmer zu gelangen, mußte sie eine kleine Diele durchqueren, die vom Wohnzimmer abging; um mein Jackett zu holen, mußte ich mich zu einer offenen Garderobe in ebenjener Diele begeben, und so ist es noch nicht weiter verwunderlich, daß wir uns von unseren Stühlen erhoben und gemeinsam dem Korridor zuschritten. Und wenn sie sich dort, an der Tür zum Badezimmer, auch für einen knappen Moment umdrehte, um mir in die Augen zu sehen – wer könnte da mit Gewißheit behaupten, daß uns da kein »Gute Nacht« auf der Zunge lag? Statt dessen ergab es sich, daß wir uns in die Arme sanken, noch ehe jeder seiner Wege ging – ich glaube aber, selbst eine Zeitlupenkamera hätte nicht gezeigt, wer sich zuerst bewegte –, und es ergab sich ferner (aber ich würde nicht sagen: *konsequenterweise*), daß unsere getrennten Wege in ein und dasselbe Bett mündeten. Hätten wir zu dieser Zeit bewußt an erste Schritte gedacht – und ich dachte da bestimmt nicht daran –, dann, bin ich sicher, hätten wir vorausgesetzt, daß die ersten Schritte, wer immer sie unternahm, schon getan waren. Ich erwähne das deshalb, weil die Menschen ihr Verhalten in bestimmten Situationen, die sie später zu bereuen haben, häufig auf diese Weise zu beurteilen suchen: es ist möglich, von morgens bis abends die Farben des Spektrums von Infrarot bis Ultraviolett zu bewegen, ohne jemals imstande zu sein, den Finger präzis auf den Punkt zu legen, wo eine qualitative Verschiebung stattfindet; keiner kann sagen: »Exakt *hier* ist es, wo die Dämmerung in Nacht übergeht«, oder Blau in Violett oder Unschuld in Schuld. So kann man ein gutes Stück Weges in eine Situation gelangen, ohne das Wort oder die Geste aufzuspüren, an die sich die ursprüngliche Verantwortlichkeit heften ließe – ein solches Stück Weges, daß man plötzlich gewahr wird: Der Wechsel hat schon stattgefunden, ist bereits Geschichte, und man läßt sich dahintreiben im Bewußtsein einer Unausweichlichkeit, eines »Zu-Spät«, an das man nicht wirklich glaubt, das in Frage zu stellen man aber aus dem einen oder anderen Grund für unpassend ansieht.

Ich könnte dieses Phänomen im vorliegenden Fall klar bis zu dem Punkt illustrieren – äh, bis zu dem Punkt, wo es so ziemlich eine vollendete Tatsache war, daß Joe Morgan seine Hörner trug; doch Feingefühl, zu dem ich oft neige, verbietet es mir. Wir verbrachten eine wortlose, turbulente Nacht zusammen, voll akrobatischen Wälzens und Sich-Biegens und Erschauerns und dergleichen, aufregend genug als Erfahrung, aber langweilig zu beschreiben; der Nachbarn wegen verließ ich vor Sonnenaufgang das Haus.

Es hat seinen Grund, daß ich über unseren Ehebruch nicht mehr verrate als das; die ganze Geschichte war für mich ohne Beutung. Ich hatte keine Ahnung, was Rennie sich dabei dachte – und keinen Wunsch, ihre charakteristische Verschlossenheit zu durchdringen – aber ich weiß, daß es in meinem Kopf leer ausgesehen hat. Es war nicht ein Fall von Wetterlosigkeit; meine Stimmung war primär eine von allgemeinem und sekundär eine von besonderem Verlangen, kombiniert mit einer dezidierten, aber nicht übermäßigen maskulinen Neugier; mit anderen Worten: An erster Stelle wollte ich kopulieren, an zweiter Stelle wollte ich mit Rennie kopulieren und zusätzlich nicht nur erfahren, »wie sie im Bett sei«, sondern auch, wie diese intime (ich meine nicht »sexuelle«) Beziehung beschaffen sein würde. Obschon ich häufig nicht besonders gesellig und schon gar nicht sehr umgänglich war, vermochte ich doch bisweilen eine gründliche Neugier für eine oder zwei Personen zugleich zu verspüren.

Das war alles. Außer diesen halbartikulierten Empfindungen bewegte mich nichts. Rennie, eine für meinen derzeitigen Geschmack eher zu athletische Bettpartnerin, befriedigte meine Wünsche mehr als genug, im allgemeinen gleichwie im besonderen, und auch meine Neugier war vorläufig befriedigt, und ich wußte auch, daß sie im Laufe der Zeit völlig zufriedengestellt sein würde. Meine Beteiligung an dem Akt vermag ich nicht willkürlich zu nennen, in dem Sinne, daß sie unmotiviert gewesen wäre – ich wußte schon, warum ich mitmachte –, würde sie aber spezifisch (wenn nicht allgemein) unvorbedacht nennen und ganz unreflektiert obendrein. Der Mann, der ihn vollzog, dachte dabei nicht seiner Lust voraus.

Am nächsten Tag nahm mich die Lektüre mehrerer Bände mit Theaterstücken in Beschlag, die ich mir auf Geheiß des Doktors aus der College-Bibliothek entliehen hatte, und so verschwendete ich an die Affäre keine weiteren Gedanken. Sie war bedeutungslos, unwichtig und, soweit es mich betraf, folgenlos. Ich las nicht oft, aber wenn es mich mal überkam, war ich unersättlich; während der nächsten vier Tage verließ ich kaum mein Zimmer, es sei denn, um zu essen, und las sieben Schauspiel-Anthologien – insgesamt etwa siebzig bis achtzig Stücke. Der Tag, nachdem ich den letzten Band beendet hatte, war der erste Tag des Schulsemesters, der Tag dieses Kapitels, und es war, glaube ich, ganz gewiß nicht meine fünf Tage zurückliegende erotische Betätigung mit Rennie, sondern die Befreiung von meiner schweren Kost nachempfundener Gefühle, die meine hocherotische Stimmung verursachte.

Am Abend, nach dem Essen, fühlte ich mich schildkrötenmäßig, ja sogar flechtenhaft, und – auf mich selbst zurückgeworfen – hatte ich, in angenehme Tätigkeit versunken, bis zur Schlafenszeit schaukelnd in meinem Stuhl gesessen. Diese Trägheit, die sowohl von Wetterlosigkeit wie von Immobilität à la Penn-Station unterschieden werden muß, ist mild euphorisch – mein Geist ist weder leer noch stillgelegt, sondern einfach losgelöst, und der müßige Lauf flüchtiger Gedanken, der ihn erfüllt, zieht dahin in Richtung auf eine Art alldurchdringendes, kosmisches *Bewußtsein,* fast spür- und hörbar, das ich nur mit den Worten »Ich fühle den Atem anderer Planeten« aus Schönbergs zweitem Streichquartett vergleichen kann oder, weniger esoterisch, aber etwa ebenso zutreffend, mit dem atmosphärischen Rauschen in einem Radioempfänger, wenn der Lautstärkeregler voll aufgedreht ist. Es ist ein Zustand, dem ich mich nach Belieben entziehen kann, für gewöhnlich aber zögere ich, dies zu tun. Es ergab sich, daß ihn, wie damals bei meinem manischen Anfall im Juli, ein Telefonanruf von Rennie zerstreute.

»Jake, es wäre besser, du kämst zu mir rüber«, sagte sie. »Ich muß dich sehen.«

»In Ordnung.« Ich empfand rein gar nichts bei diesem Gedanken: hinzufahren – oder nicht, nur diese bereits erwähnte, spezielle, keineswegs drängende Neugier. »Wann?«

»Jetzt. Joe ist auf seinem Pfadfindertreffen.«

»Geht klar.«

Ich nahm sogleich an, daß das, was in Aussicht stand, nur ein Aufpolieren jenes Hörnerkranzes sein werde, mit dem wir Joes Stirn bereits geziert hatten; als ich zu den Morgans hinausfuhr, versuchte ich halbherzig, mich über die Ironie zu freuen, daß mein Freund in diesem Moment auf einem Pfadfindertreffen weilte. Aber es klappte nicht. Ich war sogar etwas gereizt, verspürte nicht die geringste Begierde; fühlte mich gewöhnlich, konventionell; *wollte* mich konventionell fühlen; wollte nicht über mich nachdenken. Und das Resultat davon war vielleicht, daß mich zum allerersten Mal, seit ich den Morgans begegnet war, plötzliche, wundersame Schuldgefühle überkamen.

Und sogleich überfielen mich diese Gefühle mit einer solchen Gewalt, wie ein Schock, der mir die Sprache verschlug, mich schwindeln ließ am Steuer, mir den Schweiß auf Stirn und Handflächen trieb und leichte Übelkeit verursachte. Was um Himmelswillen tat ich da? Was in Dreiteufelsnamen hatte ich getan? Ich war entsetzt. Betrügt Jacob Horner den einzigen Mann, den er als seinen Freund ansehen darf, und macht er diesen Treuebruch nur noch schlimmer, indem er diesen Betrug verhehlt? Ich stand Qualen aus wie nie zuvor in meinem Leben. Schlimmer noch, meine Pein war zu einem erheblichen Teil meinem Ich nicht bewußt, das heißt, ich war mir nicht bewußt, daß ich jetzt Jacob Horner dabei beobachtete, wie er Qualen ausstand. Hätte ich es getan, ich glaube, ich hätte ein Antlitz gesehen, das dem Laokoons aufs Haar glich.

Die Last dieser plötzlich auf mich genommenen Schuld erdrückte mich fast. Ich wollte umkehren oder, besser noch, weiterfahren, nur raus aus Maryland, um nie zurückzukehren. Das war für mich ein neues Gefühl, und ich hatte weder die Kraft noch den Mut, oder zumindest die Komplexität, mich darüber zu wundern, was ich gewöhnlich bei meinen raren Augenblicken intensiven Fühlens tue. Aber ich brachte nicht die Courage zur Flucht auf. Ich parkte vor Rennies Haus und ging nach einer Weile hinein. Ich hatte keine Ahnung, was ich tun sollte: Jedenfalls war ich unfähig, das Delikt zu wiederholen.

Auf mein Läuten öffnete Rennie, bleich wie der Tod. Sobald sie mich erblickte, versuchte sie etwas zu sagen, würgte daran herum und brach in Tränen aus.

»Was ist los, Rennie?« Ich nahm sie bei den Schultern und hätte sie, nur um uns beide zu beruhigen, umarmt, aber sie riß sich los und warf sich in einen Sessel. Die Intensität ihrer Verstörtheit steigerte meine Übelkeit: Kalter Schweiß rann mir unter den Kleidern am Leib herunter; ich spürte, wie mir die Knie weich wurden, und war kurz davor, mich zu erbrechen.

»Das ist doch unglaublich, Rennie!« schrie ich. Sie sah zu mir auf, konnte aber nicht sprechen, und mir stürzten Tränen in die Augen. Ich mußte mich setzen.

»Gott, fühl ich mich *schwach!*« sagte ich. Die Ungeheuerlichkeit des Unrechts, das ich Joe angetan hatte, war fast zu schmerzvoll zu ertragen. Nie war er mir schöner oder stärker erschienen als in jenem Moment, da ich ihn mir auf dem Pfadfindertreffen vorstellte. »Was um alles in der Welt hab ich mir dabei *gedacht*? Wo zum Teufel bin ich *gewesen*?

Rennie schloß die Augen und schüttelte ihren Kopf hin und her. Nach einer kleinen Weile beruhigte sie sich etwas und wischte sich mit der Oberseite des Handgelenks die Augen.

»Jake, was werden wir jetzt tun?«

»Weiß er es schon?«

Sie schüttelte den Kopf, preßte dabei die Ballen ihrer Hand gegen die Stirn.

»Er hat schrecklich hart gearbeitet in Washington, um sich genug Material zu beschaffen, mit dem er eine Weile auskommen würde, und dann, als er nach Hause kam« – sie würgte an diesen Worten – »war er zu mir liebevoller, als er je gewesen ist. Ich hätte sterben können. Und als ich daran dachte – daß ich sein Kind trug, als es passierte...«

Ich brannte vor Scham.

»Weißt du, was ich tat? Ich ging heute morgen zu unserem Arzt und bat ihn um Ergotrat, um es abzutreiben. Er war schrecklich zu mir. Er kennt mich von klein auf, und er wurde wütend und sagte, ich sollte mich schämen.«

»O Gott.«

»Dann stellte sich heraus, daß ich ihn gar nicht brauchte. Heute nachmittag hat meine Menstruation eingesetzt. Ich war gar nicht schwanger; ich war nur spät dran.«

Sie erlitt wieder einen Zusammenbruch; offenbar machte die Tatsache, daß sie nicht schwanger war, alles nur noch schlimmer.

»Wirst du's Joe sagen?« fragte ich.

»Weiß nicht«, sagte sie dumpf. »Ich kann mir nicht vorstellen, es ihm *nie* zu erzählen. Gott, das wär wirklich das Letzte, was wir täten: etwas voreinander verheimlichen! Diese fünf Tage waren schrecklich, Jake. Ich mußte so tun, als wär ich die ganze Zeit über heiter und bester

Stimmung. Ich schwör dir, der einzige Grund, warum ich mich nicht umgebracht habe, ist, weil ich ihn so nur noch mehr betrügen würde.«

»Wie würde er es aufnehmen?«

»Weiß ich nicht! Das ist ja das Schreckliche daran! Ich kann mir vorstellen, daß er zu allem fähig ist: bloß lachen oder uns beide abknallen. Das Schlimmste ist, daß ich nicht weiß, *was* er tun würde, und das deshalb, weil es keinem von uns auch nur im Traum einfallen würde, dem andern so etwas wie das jetzt anzutun! Meinst du, ich soll's ihm erzählen?«

»Ich weiß nicht«, sagte ich, war aber so bestürzt über meine Schuld, daß allein dieser Gedanke mich mit Schrekken erfüllte.

»Du hast Angst vor ihm, stimmt's?« fragte Rennie.

Ein Glück, daß sie das fragte, denn obwohl nur leiser Spott in ihrer Stimme mitklang – in Wirklichkeit hatte auch sie Angst –, war er dennoch fundamental, vielleicht der fundamentalste Spott, mit dem ein menschliches Wesen ein anderes bedenken kann. Ich faßte mich sofort.

»Ich fürchte die Gewalt«, sagte ich. »Ich habe mich schon immer vor jeder Art von Gewalt gefürchtet, sogar vor gewaltsamen Emotionen. Aber du mußt verstehen, daß ich, wenn's um irgend etwas Wesentliches geht, vor Gewalt nicht *einen* Zentimeter weichen würde. Furcht ist nicht Feigheit. Wenn ich nicht möchte, daß du's Joe sagst, dann deswegen, weil ich vor möglicher Gewalt Angst habe, aber ich würde nie versuchen, dich davon abzubringen, es ihm zu erzählen. Gegen Angst kann man nichts tun, aber man kann wählen, ob man ein Feigling sein will oder nicht.«

Da hatte sie ganz schön recht; zumindest glaubte ich das damals. Gewöhnlich bin ich nicht feig, es sei denn, man überrumpelt mich. Aber ich fühlte mich schwach, erbärmlich schwach: schwach zunächst, weil ich mit Rennie geschlafen hatte; schwach, weil ich es nicht sofort Joe gebeichtet hatte; und schwach zu guter Letzt, weil ich solche Angst hatte, er könne es rausbekommen. Gewalt war nur eine Sache – aber ebenso intensiv war meine Angst vor seiner Enttäuschung mir gegenüber, seiner Mißbilligung meiner Person, seines Abscheus vor mir; ich fühlte mich schwach, weil ich vor all diesen Dingen Angst hatte, die mich gewöhnlich kaum berühren würden. Ich konnte für alles Rechenschaft ablegen, nur nicht für die ursprüngliche Schwäche, Joe gedankenlos betrogen zu haben, denn eine Schwäche zieht andere Schwächen nach sich, so wie eine Stärke weitere Stärken gebiert; aber für diesen einen ursprünglichen schwachen Moment gab es keinen Pardon. Mir war hundeelend.

Nach einer Weile sagte Rennie: »In ein paar Minuten wird Joe nach Haus kommen.«

Ich stand auf, um zu gehen.

»Rennie... Gott, es tut mir so leid. Tu, was du für das Beste hältst.«

Sie sah mich nicht an.

»Ich weiß nicht, was ich tun soll. Manchmal wach ich morgens auf und fühle mich wundervoll: er – wir schlafen immer umarmt...« Dieser Gedanke überwältigte sie für einen Augenblick. »Dann erinnere ich mich daran, wider meinen Willen, und dann möchte ich am liebsten sterben. Dann wollt ich, ich wäre nie erwacht. Ich kann kaum glauben, daß es passiert ist. Wahrscheinlich glaube ich es nicht einmal so richtig, daß es passiert ist. Es *hätte* nicht passieren *dürfen,* Jake: Ich hätte ihm nicht so wehtun dürfen.«

»Das glaub ich auch«, sagte ich. Beinahe hätte ich sie daran erinnert, wie sehr es ihn verletzen würde, wenn er es rausbekäme, verkniff es mir aber gerade noch rechtzeitig aus Angst, sie würde dann denken, ich wolle sie davon abbringen, es ihm zu erzählen. Und ich wollte auf keinen Fall, daß sie es ihm erzählte.

»Tu, was du nicht lassen kannst«, sagte ich. »Sei so stark, wie du kannst.«

Ich brach auf und fuhr zu meiner Bude zurück. Der Versuch, zu lesen oder zu schlafen, war zwecklos: da gab's kein Entschlüpfen in die Welt eines anderen oder sonst ein Entkommen vor meinem Ich, das mich an der Gurgel gepackt hielt. Alles, woran ich denken konnte, war Rennie, dort in dem Haus, mit Joe, vielleicht mit ihm im Bett; ich fragte mich, wie lange ihre Kraft seinen Umarmungen standhalten würde, seinem Schlafen mit ihr in seinen Armen, seiner neuerwachten Zärtlichkeit. Mein Herz war voll tiefen Mitleids mit Rennie, die ich, wie ich fühlte, in diese Lage hineinmanövriert hatte, und zugleich voller Angst, sie würde ihm erzählen, was wir getan hatten. Er mußte etwa zehn Minuten, nachdem ich gegangen war, zurückgekehrt sein – mir brach der Schweiß aus bei dem Gedanken, daß ich gerade noch rechtzeitig verschwunden war.

Da fiel mir ein, ich hätte bei all dieser tiefen Sympathie, Zärtlichkeit und allgemeinen Besorgtheit um Rennie auch bleiben können, um Joe direkt selbst ins Auge zu sehen und ihm alles zu erzählen. Jede Minute, die verstrich, fügte sich meinem Betrug hinzu, so daß es dann so aussah, als müsse ich mir eingestehen, daß ich tatsächlich ein Feigling war: ein Ehebrecher, ein Lügner, ein Verräter an seinen Freunden und ein Feigling. Und nun war wieder all mein Denken auf mich selbst gerichtet: ich beobachtete mich dabei, wie ich mich weigerte, anzuerkennen, daß neben meinem Bett ein Telefon stand, mit dem man Joe Morgan anrufen könnte; daß draußen vor der Tür ein Chevrolet parkte, mit dem man zu ihnen fahren könnte. Feigheit vermehrt sich offensichtlich so wuchernd wie Schwachheit. Die Willenskraft, die es verlangte, die winzige Bewegung zu machen, den Hörer abzunehmen, brachte ich nicht auf.

Mit meiner Selbst-Bewußtheit kehrte auch meine Neugier zurück. Ich legte die Hand auf das Telefon und studierte eine Zeitlang interessiert den errötenden, Unbehagen verspürenden Burschen, der dann doch nicht abhob.

VIII Solche Schuld, wie ich sie empfand, war nicht zu ertragen, auch nicht solche Selbstverachtung

SOLCHE SCHULD, WIE ICH SIE EMPFAND, WAR NICHT ZU ERTRAGEN, AUCH NICHT SOLCHE SELBSTVERACHTUNG. Sie durch Schlaf zu töten, kam nicht in Frage, da ich nicht schlafen konnte, es sei denn voller Unruhe. Keine interessante Aktivität oder überwältigende neue Stimmung trat auf den Plan, um die Sache aus meinem Bewußtsein zu vertreiben. Der Abscheu, den ich vor mir selbst empfand, vergällte mir die Verdauung, so daß mir das Essen wie Lehm im Magen lag; vergiftete meine Wahrnehmung, so daß Versuche, mich mit Kino oder Büchern zu zerstreuen, zur Qual wurden und den Professor zu spielen mir zur bitteren Farce geriet. Gleichsam zur Ergänzung meiner Stimmung regnete es die folgenden drei Tage lang: rannte man vom Unterrichtsgebäude zum Auto und vom Auto zum Unterrichtsgebäude, war man völlig durchnäßt; die Klassenzimmer mieften nach feuchten Klamotten, Kalkstaub und abgestandener Luft; die Schüler glotzten mißmutig zum Fenster hinaus. Meine eigene Stimme zu vernehmen, wie sie, gleich einem idiotischen Papagei, von Adverbien und Präpositionen plapperte, erregte in mir Übelkeit; keiner hörte mir zu. Mit mir allein, eingepfercht in meinem Zimmer, hätte ich die Wände hochlaufen können.

Ich glaube, eine Woche solchen Widerwillens gegen mich selbst hätte mich zum Suizid getrieben, und der Gedanke daran war mir fast stets gegenwärtig. Ich beneidete alles Tote: die fetten Regenwürmer, die zertreten auf den nassen Trottoirs lagen, die Tiere, deren gebratene Leichname ich zu den Mahlzeiten kaute, die Menschen, die in schlammigen Totenackern vermoderten – doch zur Selbstvernichtung standen mir keine Mittel zur Verfügung, die ich den Mut gehabt hätte anzuwenden.

Stendhal behauptete, er hätte seinen Selbstmord einmal nur deswegen hinausgeschoben, weil er sich gerade für die aktuelle politische Situation in Frankreich interessierte: er wollte sehen, was demnächst geschähe. Und, von Feigheit mal abgesehen, es war etwas Ähnliches, was meiner Hand Einhalt gebot – seit dem Abend meines letzten Gesprächs mit Rennie war Joe nicht mehr in der Schule gewesen. Shirley, Dr. Schotts Sekretärin, verkündete, Mr. Morgan sei krank, werde aber jeden Tag wieder zur Arbeit zurückerwartet. Die Ungewißheit, die seine Abwesenheit mit sich brachte, war eine Folter; konnte man sicher sein, daß er wirklich krank war, oder hatte ihm Rennie ihren Ehebruch gebeichtet? Was war der spezifische Zusammenhang zwischen ihrer Beichte und seiner Abwesenheit? Das Wichtigste vor allem: Wie würde er reagieren? Das waren erschreckende Fragen, doch wenn sie mich auch beim bloßen Gedanken, ihm schließlich irgendwann einmal gegenübertreten zu müssen, vor Angst buchstäblich schrumpfen ließen, so wirkten sie doch auch allen Selbstmord-Impulsen darwider; ich konnte mich, zumindest solange sie noch nicht beantwortet waren, nicht umbringen, und sei es aus keinem anderen Grund, als daß ich von einem sehr speziellen Gesichtspunkt aus nie erfahren würde, ob es eigentlich nötig gewesen war, mich umzubringen oder nicht.

Am dritten Tag, nach dem Mittagessen, erschien Joe in der Schule und unterrichtete seine Nachmittagsklassen. Ich erbleichte, als ich ihm zufällig zwischen den Stunden im Hauptkorridor begegnete; meine Nervosität wurde noch quälender, weil wir diesmal nicht mehr Zeit hatten, als uns nur eben mal rasch »Hallo« zuzurufen. Er war die Ruhe selbst, meine Gefühle waren wohl meinem Gesicht klar abzulesen. Ich habe keine Ahnung, wie ich die letzten zwei Klassen hinter mich brachte.

Um vier Uhr ging ich in mein Büro, um meinen ersten Stoß Aufsätze zu zensieren, und ein paar Minuten später trat Joe ein. Die zwei Männer, die sich mit uns das Lehrerzimmer teilten, waren nach Hause gegangen. Joe setzte sich auf die Tischkante neben mich.

»Wie läuft's?« fragte er.

Ich schüttelte den Kopf, dabei brannte ich darauf, ihm alles zu erzählen, bevor er mir sagen könnte, er wüßte schon Bescheid; aber dann war ich doch so entmutigt und in meine Schwachheit verstrickt, daß die entfernte Möglichkeit, er wisse noch nichts, alles war, was mir zu sehen blieb. Solange diese Möglichkeit bestand, war ich nicht stark genug, ein Geständnis abzulegen, und doch wußte ich recht gut, daß der Versuch, das, was auch immer geschehen sein mochte, aus der Welt zu schaffen, im selben Moment mein Geständnis sinnlos machen würde.

»Erster Stoß Aufsätze«, sagte ich, wobei ich meinen Blick auf sie gesenkt hielt. »Wie fühlst du dich? Shirley sagte, es ginge dir nicht besonders.«

»Wohl wahr«, sagte Joe. Kein Zweifel, seine Miene hätte mir verraten, wie diese Antwort zu verstehen sei, aber ich brachte es nicht über mich, ihm ins Gesicht zu sehen. Ich tat so, als prüfte ich einen Aufsatzbogen, und klammerte mich an die Hoffnung, er spräche ohne Nebenabsichten.

»Wie geht's dir so?« fragte er; es war kein Sarkasmus in seiner Stimme, nur Neugier. Mir wurde leichter ums Herz.

»Ach, wie üblich.«

»Nicht erkältet von dem ständigen Regen?«

»Nein. Ich erkält mich nicht so leicht.« Ich hätte laut

lachen können vor Erleichterung! Scham würde ich zweifellos später empfinden, aber jetzt, in diesem Augenblick, hätte ich frohlocken können, so knapp war ich noch mal davongekommen. Er wußte nichts! Im stillen dankte ich Rennie aus ganzer Seele – liebte sie in diesem Augenblick beinahe.

»Was hattest du denn?« fragte ich, nun noch gelassener und heiterer. »Mononucleosis oder Tripper?« Jetzt wagte ich sogar, ihm einen Blick zuzuwerfen, um zu sehen, wie dieser schwache Jux auf ihn wirkte.

»Horner«, brachte er nur mit großer Mühe heraus, »warum, in Gottes Namen, hast du Rennie gefickt?«

Die Frage war wie ein Schlag auf den Schädel. Mir wurde mulmig; mein Magen verknotete sich. Einen Augenblick lang war es mir unmöglich, ein Wort hervorzubringen. Er wartete ab, betrachtete mich mit, ich glaube, fasziniertem Ekel.

»Herrgott, Joe...«, krächzte ich. Beim ersten Ton meiner Stimme, allein bei dem Versuch zu sprechen, füllten sich meine Augen mit Tränen, und ich wurde rot und schwitzte. Ich hatte nichts zu sagen.

Joe stupste sich die Brille auf die Nase zurück.

»Warum hast du so etwas getan? Welchen Grund hattest du dazu?«

»Joe, ich kann jetzt nicht reden.«

»Doch, du kannst«, sagte er leichthin. »Du redest jetzt, oder ich prügle dir die Scheiße aus dem Kopp.«

Das war, würde ich sagen, wenn auch völlig im Einklang mit seiner geradlinigen Natur, so doch in zweifacher Hinsicht ein taktischer Fehler von Joe. Erstens: wenn mich auch die angedrohte Gewalt einschüchterte, so trieb sie mich doch sofort in die Defensive, und obgleich eine solche Abwehrhaltung von Schuldgefühlen zeugt, so stellt sie doch zugleich auch eine Befreiung von ihnen dar; ein Mörder, der darauf aus ist, seiner Bestrafung zu entgehen, hat wenig Zeit, darüber nachzudenken, wie schandbar seine Tat sei. Zweitens: mir scheint, daß ein Mensch, will er von anderen Menschen wirklich aufrichtige Antworten erhalten und von ihrer Ehrlichkeit überzeugt sein können, ein Klima vor allem für die Annahme schaffen muß, daß jegliche Antwort herzlich aufgenommen wird, ohne Bestrafung.

»Ich wollte es wirklich nicht tun, Joe. Ich weiß nicht, warum ich das tat.«

»Ach, Quatsch. Vielleicht *billigst* du nicht, was du getan hast, aber offenbar wolltest du's doch tun, sonst hättest du's eben nicht getan. Für alles, was ein Mann letztendlich tut, muß er eben geradestehen, weil er es so gewollt hat. Was hast du dir eigentlich dabei gedacht?«

»Ich hab mir gar nichts gedacht, Joe. Hätte ich mir was dabei gedacht, so hätte ich es bestimmt sein lassen.«

»Hast du gedacht, das Ganze würde mir Spaß machen? Was dachtest du eigentlich, was ich für ein Kerl bin?«

»Ich hab gar nichts gedacht, Joe.«

»Du stellst dich jetzt absichtlich schwer von Begriff, und das macht mich rasend.«

»Ich bin vielleicht begriffsstutzig, aber nicht absichtlich. Ich weiß nicht, was für unbewußte Motive ich gehabt haben könnte, Joe, aber welcher Art auch immer sie gewesen sein mögen, sie waren unbewußt, so daß ich über sie nichts wissen kann.« Und, dachte ich zugleich, nicht für sie verantwortlich gemacht werden kann. »Aber ich schwöre, ich hatte überhaupt keine bewußten Motive.«

»*Willst* du nicht verantwortlich gemacht werden?« fragte Joe ungläubig.

»Doch, Joe, glaub mir«, sagte ich halbherzig. »Aber ich kann dir keine Gründe liefern, wenn ich keine hatte. Willst du denn, daß ich welche erfinde?«

»Um Himmels willen, was für ein Bild hast du dir eigentlich von Rennie und mir gemacht?« sagte Joe wütend. »Am meisten erschreckt mich der Gedanke, was du denn von unserer Beziehung gehalten haben mußt, um so 'ne Nummer abzuziehen, he! Ich weiß, du hast dich über vieles bei uns lustig gemacht – ich mußte dauernd 'ne Menge von deiner Scheiße durchgehen lassen, weil ich an dir Interesse hatte. Dachtest du, Rennie sei 'ne leichte Beute, weil ich sie hart getriezt habe, oder was? Und ziehst du keine Trennungslinie zwischen Freiwild und leichter Beute? Hast du wirklich geglaubt, du könntest sie so sehr von mir trennen, daß sie so etwas für sich behielte?«

»Joe... um Gotteswillen... ich weiß... es war der helle Wahnsinn, was ich getan habe! Ich will jetzt nicht Betrug und Ehebruch verteidigen.«

»Aber begangen hast du sie. Und warum? Glaubst du, es schert mich, was du vom siebten Gebot hältst? Ich bin nicht gegen Betrug und Ehebruch als Sünden, Horner; ich bin dagegen, daß du Rennie vögelst und dann versuchst, sie dazu zu kriegen, daß sie diese Tatsache vor mir verbirgt. Hör zu, du selbst bist mir pißegal. Alle Ansprüche, die du vielleicht glaubst, auf meine Freundschaft zu besitzen, hast du dir ohnehin schon verscherzt. Auf dieser Ebene bin ich fertig mit dir. Mag sein, daß ich auch mit Rennie fertig bin, aber das kann ich erst sagen, wenn ich die ganze Story gehört habe. Ich will deine Version von der Geschichte hören, falls du überhaupt eine hast. Rennies Version hab ich mir schon angehört – das ist es, was ich die letzten drei Tage lang getan habe. Aber ihr Gedächtnis ist unvollkommen und so selektiv wie das aller anderen Menschen auch. Natürlich: was ich gehört habe, liefert die bestmögliche Erklärung für das, was sie getan hat, und vielleicht die schlimmstmögliche für das, was du getan hast. Vergiß nicht, Junge: *ich war ja nicht dabei.* Rennie spielt nicht die Unschuld vom Lande, aber ich will alle Fakten und alle Interpretationen der Fakten.«

»Was kann ich sagen, Joe?«

Er sprang behend vom Tisch herab. »Ich seh dich nach dem Abendbrot«, sagte er. »Ich möchte lieber hören, was du dazu zu sagen hast, ohne daß Rennie dabei ist. Keine Sorge«, fügte er mit einiger Verachtung hinzu, »ich werde dich nicht erschießen, Jake. Ich hätte das Stichwort Gewalt nicht erwähnt, wenn Rennie nicht gesagt hätte, daß du damit gerechnet hast.«

Nun, es war ein unbehagliches Mahl. Dennoch – der Gedanke an Selbstmord verfolgte mich nicht länger. Wie um meinen Wetterumschlag zu symbolisieren, ließ der Regen im Verlauf des späten Nachmittags nach und hörte gegen sechs Uhr vollkommen auf, obgleich der Himmel weiterhin bewölkt war. Ja, ich ertappte mich sogar dabei, wie ich mein zuvor intensives Schuldgefühl dem Inventar meiner übrigen Schwächen zugesellte und es folglich zusammen mit meinen anderen Mängeln bedauerte. Das hieß nicht, daß ich das, was ich getan hatte, jetzt für weniger schlimm hielt: mit den Frauen meiner Freunde hinter deren Rücken zu schlafen und es ihnen dann auch noch zu verbergen suchen, war sogar nach meinen eigenen Maßstäben höchst unmoralisch, wenn bei mir von solchen Maßstäben überhaupt die Rede sein kann –, aber mein Gefühl dabei war nun ein *anderes*. Jetzt, da alles ans Licht gekommen, fühlte ich mich wirklich erleichtert, und die Tatsache, daß ich mich jetzt konkret mit Joe auseinanderzusetzen hatte, verschob den Brennpunkt meiner Aufmerksamkeit von meiner Schuld weg auf das, was ich zur Rettung meiner Selbstachtung tun konnte. Wenn ich leben wollte, hatte ich mit mir selbst zu leben, und weil ich die meiste Zeit über ein moralisches Geschöpf war, stand in dem ganzen Schlamassel das Rettungswerk obenan. Was geschehen war, war geschehen, aber schließlich existiert die Vergangenheit nur in den Köpfen derer, die in der Gegenwart an sie denken, und demzufolge in den Interpretationen, die man davon gibt. In diesem Sinne ist es nie zu spät, an der Vergangenheit etwas zu *tun*. Nicht, daß ich, à la Moskau, den Vorfall neu erschaffen wollte auf eine Weise, die mich in ein günstiges Licht gesetzt hätte; mein Problem war genau das: daß ich nicht den Wunsch hatte, zu verteidigen, was ich getan hatte, und nicht die Fähigkeit, es zu erklären. Der Jacob Horner, dessen Ich ein verzweifeltes Bedürfnis nach Verteidigung empfand, war nicht der, der sich stumpfsinnig mit Joe Morgans Frau in Joe Morgans Bett gewälzt hatte, oder der, der noch Tage danach vor Scham und feiger Furcht glühte, sondern der, der nun das Objekt von Joes Abscheu war – der Horner des jetzigen Augenblicks und alle Horners, die da kommen würden. Und, was auch geschehen mochte, der Bursche, der sich zu seiner Verteidigung erhob, war weiterhin zerknirscht – bis ins letzte zerknirscht –, lag jedoch nicht länger demütig auf den Knien.

Joe kam kurz nach sieben zu mir ins Zimmer rauf und setzte sich, nicht völlig unbefangen, in einen meiner grotesken Sessel. Allein die Tatsache, daß er zu mir kam – zweifellos das einzig wirksame Verfahren –, statt daß er von mir forderte, zu ihm zu kommen, erschien mir als ein weiterer taktischer Fehler, auch wenn sein Betragen nun etwas beherrschter war als am Nachmittag. Allein, wie Joe sofort erkannt hätte, wäre ich in der Position gewesen, dies ihm klarzumachen, war Taktik einem Mann wie ihm nicht gegeben. Es war freilich die simple Tatsache, daß er gar kein Interesse daran hatte, mir gegenüber den Ankläger zu spielen, was mir die Aufgabe, mich zu verteidigen, erschwerte, wenn nicht unmöglich machte.

»Laß mich meine Position in der Sache erläutern, Jake«, begann er.

»Gott, Joe, deine Position ist doch die einzige, die das nicht nötig hat!«

»Das stimmt nicht. Schon die Tatsache, daß du dir gar nicht bewußt bist, ein Unrecht begangen zu haben, beweist, wie sehr du Rennie und mich mißverstehst.«

»Joe, mir ist völlig klar, daß du das Recht gehabt hättest, mich krumm und blau zu schlagen oder mich zu erschießen. Ich stelle meine Schuld nicht in Frage.«

»Und mich interessiert deine Schuld nicht im geringsten«, sagte er. »Dieses ewige Auf-deiner-Schuld-Herumreiten und auf meinem Recht, aus der Haut zu fahren, ist eine Übersimplifizierung des Problems. Indem du so tust, als drehe sich das ganze Theater um verletzte Gebote, gestattest du dir, das Ganze nicht gerade ernst zu nehmen, weil du ebensogut weißt wie ich, daß diese Dinge keine Absoluta sind. Ich hab kein Interesse daran, irgend jemandem für irgend etwas die Schuld zu geben. Wenn du uns wirklich verstündest, würdest du erkennen, daß – aber klar, wenn du uns wirklich verstündest, wär das Ganze ja gar nicht passiert.«

»Bei Gott, ich wünschte, es wär so«, sagte ich inbrünstig.

»Das ist doch albern. Wenn ich über irgend etwas, das geschehen ist, froh bin, dann darüber; denn es hat wirkliche Probleme aufgedeckt, von denen ich nicht wußte, daß sie existieren. Bitte glaub ja nicht, daß ich etwa im mindesten an dir interessiert sei oder mir gar irgendwelche Gedanken über dich mache. Wenn das deinen Stolz verletzt, dann kann ich dir nur sagen, daß dein Stolz nicht das Wichtigste ist, was mir zur Zeit auf den Nägeln brennt. Wenn es mir gelingt, dir unser Problem zu erklären, wirst du vielleicht begreifen, was relevant ist und was nicht.«

Also erklärte er es:

»Für mich ist die Beziehung zwischen Rennie und mir das Wichtigste auf der Welt – eins meiner Absoluta, vermute ich. Rennie hat mir schon von dem ganzen Zeugs berichtet, das sie, soweit sie sich erinnern konnte, dir bei euren Ausritten über uns erzählt hat. Die Tatsache, daß sie's dir erzählte, ist eins meiner Probleme, aber da sie es nun mal getan hat, ist es wahrscheinlich das Beste, wenn du auch mal meine Version zu hören kriegst.

Du weißt, ich lernte Rennie in New York kennen, als ich an der Columbia University war. Was mich zu ihr hinzog, war, daß sie das *autonomste* Mädchen war, dem ich je begegnet bin; vielleicht das einzige überhaupt – unsere Kultur brütet sie ja nicht eben in Hülle und Fülle aus. Sie war hinlänglich beliebt, schien aber keiner Beliebtheit zu bedürfen, von Freundschaft gar nicht zu reden. Falls sie sich je einsam gefühlt hat, lag es, glaub ich, daran, daß sie nicht immer ihre eigene Stärke begriff – bestimmt fühlte sie sich nicht oft einsam. Das war es, was mich anzog. Vor meiner Columbia-Zeit war ich beim Militär gewesen und davor in einer Schülerverbindung und hatte mich genügend mit Weibern rumgetrieben, um nicht die eine Art von Anziehung mit der anderen zu verwechseln. Hast du schon sehr viele Frauen auf die Matte gelegt, Jake?«

»Nicht sehr viele«, erwiderte ich bescheiden.

»Ich fragte nur, weil ich gerne wissen möchte, ob diese Verwechslung von Arten der Anziehung etwas mit deiner Rolle in dieser Geschichte zu tun hat. Möglicherweise spielte es eine Rolle für Rennie; sie hatte noch mit keinem anderen Mann vor mir geschlafen.«

Ich wand mich vor Reue.

»An dieser Selbstgenügsamkeit, die ich in ihr zu sehen meinte, lag es, daß ich mir auszumalen imstande war, die Art Beziehung mit ihr zu haben, die sie dir beschrieben hat – eine mehr oder weniger permanente Beziehung. Diese wäre nur zwischen zwei ziemlich unabhängigen Menschen möglich, von denen jeder die Selbstgenügsamkeit des anderen total respektiert. Die Tatsache, daß wir nicht auf eine der üblichen ›grundlegenden‹ Weisen aufeinander *angewiesen* waren, schien mir zu bedeuten, daß wir füreinander in jeder anderen Beziehung verdammt gut sein könnten. Aber ich glaube, das hab ich dir alles schon erzählt. Das erklärt nebenbei, warum es mich überraschte und ärgerte, daß Rennie dir in dem Kiefernwäldchen diesen ganzen Kram erzählt hat – nicht, daß Vertraulichkeit an sich selbst so wichtig wäre, aber sie ist ein Index für die Art Autonomie, die wir zu haben wähnten.

Nun darfst du aber nicht denken, daß ich irgendwelche Theorien über Sexualmoral im Sinn hätte, Gott behüte! Rennie und ich haben darüber überhaupt nie gesprochen. Aber ich denke, wir beide haben stillschweigend vorausgesetzt, daß außerehelicher Sex jeglicher Art für uns ebensowenig in Frage käme, wie Lügen oder Homosexualität; wir hatten nicht das geringste Bedürfnis danach. Ich besitze nicht nur keinerlei Philosophie zur Sexualmoral; ich scheine auch keinerlei automatische Gefühle dabei zu haben. Aber Rennie schon. Ziemlich starke. Ich bin sicher, rational hätte sie sie nicht verteidigen können – kein ethisches Programm kann von A bis Z rein rational verteidigt werden. Wahrscheinlich war das ein Rest aus ihrem Leben im Elternhaus. Aber die Tatsache, daß ihr eheliche Treue gefühlsmäßig viel bedeutete, genügte, daß das Ganze in unserem Sinne funktionierte: Ihre Auffassung kollidierte nicht mit irgendwelchen persönlichen Ansichten von mir und war daher ideal für die Beziehung, die wir anstrebten, weil sie alles *intra muros* hielt.

Also, mein Ideal von Rennie hieß Selbstgenügsamkeit, Stärke (ich könnte dir eine Menge erzählen über ihre Stärke) und Verschwiegenheit. Und da liegt unser Problem. Nach meiner Version von Rennie hätte das, was geschah, nicht geschehen dürfen. Nach ihrer Version von sich selbst hätte es nicht geschehen dürfen. Und doch ist es geschehen. Das ist der Grund, warum es uns sogar jetzt noch schwerfällt zu glauben, daß es wirklich geschehen ist: Wir müssen nicht nur die Tatsache akzeptieren, daß sie tat, was sie tat, sondern auch das Faktum, daß sie es tun *wollte* – denk nicht, ich bezichtige dich der Vergewaltigung. Das Akzeptieren dieser Tatsachen macht es notwendig, unsere Version von Rennie zu korrigieren, und im Augenblick können wir unmöglich sehen, wie eine Version, die das erklärt, was geschehen ist, zugleich die Art Beziehung plausibel machen würde, die wir zu haben glaubten. Und diese Beziehung war der trigonometrische Punkt, der die Werte für jeden anderen Aspekt unseres Lebens – alles, was wir taten – setzte. Für mich ist das von größerer Bedeutung, als ein großer Gelehrter oder ein großer Sonstwas zu sein. Wenn wir das auf den Müll schmeißen müssen, werden all diese anderen Dinge sinnlos. Das alles hat mit Emotionalität nichts zu tun – es ist ein so kohärentes Bild, wie ich es nur zu malen vermag von der Art und Weise, wie ich Rennie und alles, was wir zusammen getan haben, sehe und warum nunmehr alles in der Schwebe hängt, bis wir uns darüber klar werden, was wirklich geschehen ist. Rennie empfindet das auch so. Und darüber haben wir die vergangenen drei Tage gesprochen und werden künftig noch eine lange Weile sprechen, falls sie sich nicht umbringt, während ich hier bei dir bin.«

Mein Herz schlug ihm entgegen.

»Tut mir leid, Joe.«

»Aber darum geht's doch nicht!« lachte er, ohne Humor. »Der einzige Grund, warum ich an deinem Part in der Geschichte interessiert bin – der Grund, warum ich nicht müde werde, dich zu fragen, warum du das getan hast und was du von Rennie und mir dachtest, als du auf den Gedanken kamst, sie mal auszuprobieren – ist, daß ich wissen muß, bis zu welchem Grad deine Handlungen ihre Handlungen beeinflußt haben.«

»Joe, ich schwöre, ich übernehme die volle Verantwortung für alles, was passiert ist.«

»Also ich seh schon, du bist nicht bereit zu helfen.

Übernimmst du die volle Verantwortung für die Tatsache, daß sie zum erstenmal oben lag? Warst du es, der sich in seine eigene linke Schulter biß? Scheiße, ich sagte dir doch, Rennie hat nicht die Unschuld vom Lande gemimt! Was sie und ich voneinander wollen, ist solange nicht möglich, wie wir nicht annehmen, daß wir aus freiem Willen handeln – oder vorgeben, so zu handeln, auch wenn wir den Verdacht haben, es sei nicht so. Warum bestehst du darauf, Spielchen zu treiben wie dieses hier, Jake? Ich bin doch offensichtlich so aufrichtig, wie ich nur kann. Laß nur ein einziges Mal, um Himmelswillen, die ganze Schauspielerei sausen und rede Klartext mit mir!«

»Ich tue mein Bestes, Joe«, erklärte ich, unangenehm berührt.

»Aber du weigerst dich, dich selbst auch nur eine Minute lang mal zu vergessen. Was willst du eigentlich? Wenn du versuchst, mich dir geneigt zu machen, dann, schwör ich dir, ist das der falsche Weg. Ich weiß nicht, ob irgend etwas, das du sagst, so wirken könnte, aber die einzige Chance, die wir jetzt haben, ist, völlig aufrichtig zu sein.«

»Na ja, mir scheint, daß du, was immer ich sage, nicht als ehrlich akzeptieren willst, es sei denn das, was du hören willst, und ich bin mir nicht sicher, was das ist oder was ich sagen soll. Stell mir Fragen, und ich werde sie beantworten.«

»Warum hast du mit Rennie geschlafen?«

»Ich *weiß* es nicht!«

»Welche Gründe könntest du deiner Ansicht nach gehabt haben?«

»Ich könnte keinen Grund nennen, der meiner Ansicht nach wahr wäre.«

»Zum Teufel, Horner, man macht doch etwas nicht nur einfach so. Was hast du dir dabei gedacht?«

»Nichts hab ich mir dabei gedacht.«

Joe begann Ärger zu zeigen.

»Hör zu, Joe«, plädierte ich. »Du mußt zugeben, daß die Menschen – du selbst vielleicht ausgenommen – nicht für alles, was sie tun, bewußte Motive haben. Es wird in ihrer Autobiographie immer ein paar Dinge geben, die sie nicht zu erklären vermögen. Also könnte man, wenn das zutrifft, zwar immer noch bewußte Gründe erfinden – in deinem Falle würden sie dir vielleicht erst dann einfallen, wenn du über eine Handlung nachsinnst, nachdem du sie vollbracht hast – aber das wären doch immer Rationalisierungen *nach vollbrachter Tat.*«

»In Ordnung«, bockte Joe, »aber auch wenn ich mit allem, was du eben sagtest, einverstanden wäre, müßte ich immer noch sagen, daß sogar das Rationalisieren nach der Tat *getan* und der Betreffende verantwortlich gemacht werden muß – *sich selbst* verantwortlich machen muß – für seine Rationalisierungen, wenn er ein moralisch Handelnder sein will.«

»Dann mußt du aber noch weiter gehen und einräumen, daß manchmal ein Mensch eben nicht in der Lage sein wird zu rationalisieren. Daß einem nichts einfällt. Du akzeptierst es nicht, wenn ich für alles, was geschah, die volle Verantwortung übernehme, und du würdest es nicht akzeptieren, wenn ich nicht die Verantwortung übernähme. Ich sehe aber kein *tertium datur* in dieser Sache.«

Ich zündete mir eine Zigarette an. Ich war nervös und glücklich und unglücklich zugleich über die Tatsache, daß ich mich trotz meiner Nervosität ganz gut fühlte, ziemlich sicher meiner Klugheit, recht zufrieden über meine Fähigkeit, eine Rolle zu spielen, die mir zwar ziemlich abstoßend, aber andererseits doch offensichtlich unvermeidlich schien. Das heißt, ich hatte das Gefühl, es sei eine Rolle, war mir aber nicht sicher, ob irgend etwas anderes nicht ebenfalls eine Rolle wäre, und konnte mir jedenfalls für mich keine anderen möglichen Rollen vorstellen. Wenn dies vielleicht das Beste sein mag, was einer tun kann – zumindest das Beste, was ich tun konnte –, warum sollte es dann nicht mit dem Ausdruck *Aufrichtigkeit* bezeichnet werden dürfen?

»Das ist alles irrelevant«, sagte Joe. »Es interessiert mich nicht, wieviel Verantwortung zu übernehmen du bereit bist. Was ich wissen will, ist, was geschehen ist, so daß ich weiß, wieviel Verantwortung in unserer Runde jeweils abzumessen und zuzuteilen ist, ob du das akzeptierst oder nicht. Wann kam dir die Idee, mit Rennie zu schlafen?«

»Ich weiß nicht. Mag sein, erst als wir im Bett waren, mag sein, schon als ich euch begegnete, mag sein, irgendwann dazwischen. Ich war mir dieser Absicht überhaupt nicht bewußt.«

»Was hat sie gesagt oder getan, was dich auf diese Idee brachte?«

»Ich bin mir nicht sicher, ob es wirklich meine Idee war. An jenem Nachmittag und Abend, an dem ich, während du fort warst, draußen bei euch war, könnte ich alles, was sie sagte und nicht sagte, als Beweis dafür interpretieren, daß sie es darauf anlegte, mit mir Liebe zu machen, ich könnte aber auch nichts von alledem als Beweis ansehen. Ich glaube aber nicht, daß ich damals überhaupt irgend etwas zu interpretieren suchte.«

»Was wurde gesprochen?«

»Gott, an Konversation irgendwelcher Art kann ich mich nicht erinnern! Hat dir Rennie nichts davon erzählt?«

»Klar hat sie. Kannst du dich nicht erinnern, oder spielst du jetzt wieder den Beschränkten?«

»Ich kann mich nicht erinnern.«

»Also was zum Teufel soll ich denn jetzt tun?« schrie Joe. »Du behauptest, du hattest keine bewußten Motive. Du bist dir keiner unbewußten Motive bewußt. Du willst nicht rationalisieren. Du zogst keinerlei bewußte Folgerungen aus dem, was Rennie tat. Und an irgendwelche Gespräche kannst du dich auch nicht erinnern. Soll ich jetzt Rennie zustimmen, daß du gar nicht existierst? Was denn sonst, außer diesen Dingen, macht aus einem ein menschliches Wesen?«

Ich zuckte mit den Schultern. »Ich könnte der Liste meiner Unfähigkeiten noch etliches hinzufügen.«

»Nicht der Mühe wert. Verstehst du denn nicht, Horner, wenn du mich überzeugen könntest, daß sehr viel von dem, was Rennie tat, unter deinem Einfluß geschehen ist, dann wär das nicht gut; denn wäre alles so gewesen, wie es sein sollte, hätte dein Einfluß auf sie nur sehr gering sein können. Und auch wenn du mich davon überzeugen würdest, daß, wenn überhaupt, nur sehr wenig davon dein Einfluß war, dann wär das auch nicht gut, denn gemäß unserem Bild von ihr hätte sie sich für das, was sie tat, nicht entscheiden dürfen. Also ist es nicht so, daß ich das Problem dadurch zu lösen versuche, daß ich dir den Schwarzen Peter zuspiele. Die Sache ist die: Ich kann solange nicht sicher sein, worin das Problem besteht, das gelöst werden muß, solange ich nicht genau weiß, was wirklich passiert und warum all dies passiert ist.«

Diesmal fühlte ich mich stark genug zu sagen: »Ich glaube, du hättest nicht so ein Riesenproblem, wenn du mehr Respekt vor der Antwort ›Ich weiß nicht‹ hättest. Das kann eine verdammt ehrliche Antwort sein, Joe. Wenn einer, der dir nahesteht, dich auf unerklärliche Weise verletzt und du sagst: ›Warum, um alles in der Welt, hast du das getan‹, und der dann sagt, ›Ich weiß nicht‹, dann, scheint mir, kann diese Antwort aller Achtung wert sein. Und wenn das einer ist, den du liebst oder dem du vertraust, und wenn er das reumütig sagt, dann könnte es, denk ich, sogar akzeptabel sein.«

»Aber wenn er das sagt«, erwiderte Joe, »wenn er in einer Position ist, das sagen zu müssen, wie kannst du dann behaupten, daß die Liebe und das Vertrauen, die all das akzeptabel machen, gerechtfertigt sind?«

In der Tat: wie? Alles, was ich darauf hätte erwidern können, war, daß ich mir persönlich nicht vorstellen konnte, jemals auf eine solche Frage zu kommen, daß ich mir aber sehr wohl vorstellen konnte, daß Joe auf sie käme.

»Gut, das reicht weder hinten noch vorn, Jake«, sagte Joe und machte sich zum Aufbruch fertig. »Wenn das deine Antwort sein soll, dann kann ich nicht sehen, wie ich mit dir fertig werden soll, und wenn das Rennies Antwort sein soll, kann ich auch nicht sehen, wie ich mit ihr fertig werden soll. Diese Antwort existiert einfach nicht im Morgan-Kosmos. Vielleicht bin ich im falschen Kosmos, aber soweit ich sehe, ist das der einzige, in dem ernsthafte Beziehungen aufgebaut werden können. Du solltest wissen, Junge, daß Rennie dir fast an allem, was geschah, die Schuld gibt.«

Ich war ein wenig überrascht, zog aber schlicht nur die Stirn in Falten und machte ein flüchtes »tsch« im linken Mundwinkel.

»Ich sehe nicht, warum du ihr nicht glauben solltest«, erklärte ich.

»Du aber glaubst, daß es so ziemlich das Übliche bei ihr ist, wie? Halt all das, was du von einer *Frau* erwartest?«

»Ich habe keine Meinung dazu«, sagte ich. »Oder vielmehr, ich habe zwei Meinungen zugleich.«

Diese Bemerkung ließ Joe beinahe seine Fäuste vor Abscheu ballen, und er ging aus dem Zimmer.

Ich könnte sagen, dieses Gespräch hätte mich verstört zurückgelassen, doch erscheint es mir akkurater zu sagen, daß es mich eher stimuliert hatte, meine Verstörung war vielmehr die Verstörung der Stimulation als die der Schuld, eben die Art Verstörung, die ein vertracktes Streitgespräch immer mit sich bringt – die Verstörung, weder angenehm noch unangenehm, jedoch stets stimulierend, die von jedem Artikulations-Duell bewirkt wird, bei dem die Duellanten Dinge von hinlänglichem Wert auf dem Spiel stehen haben, um den Streit, wenn schon zu einem Spiel, so doch zumindest zu einem ernstzunehmenden Spiel zu machen.

Artikulation! Das war, dank Joe, *mein* Absolutum, wenn man von mir je behaupten konnte, ich besäße eins. Auf jeden Fall ist dies das einzige, wofür, wenn ich mich recht entsinne, ich überhaupt je, mit einer gewissen Häufigkeit, das empfand, was man gemeinhin für seine Absoluta empfindet. Erfahrungen in Sprache zu verwandeln – das heißt, zu klassifizieren, zu kategorisieren, zu konzeptualisieren, zu grammatisieren, zu syntaktifizieren – ist stets und ständig ein Verrat an der Empirie, ist ihre Verfälschung; doch nur durch solchen Verrat kann überhaupt mit ihr umgegangen werden, und nur durch solchen Umgang mit ihr fühlte ich mich je als Mensch, lebendig und vital. Das ist der Grund, warum ich, als ich Ursache hatte, mir darüber überhaupt Gedanken zu machen, auf diese präzise Falsifikation, diese geschickte, sorgsame Mythenbildung mit all der Exaltiertheit des schaffenden Künstlers reagierte. Waren meine mythoplastischen Rasiermesser erst einmal scharf geschliffen, dann war es unvergleichlich amüsant, mit ihnen herumzusäbeln, der Realität zu Leibe zu rücken.

Andererseits wieder glaube ich natürlich überhaupt nicht an all das.

IX Eines der Dinge, die Joe Morgan mitzuteilen ich für nicht angebracht hielt

EINES DER DINGE, DIE JOE MORGAN MITZUTEILEN ICH FÜR NICHT ANGEBRACHT HIELT (denn das zu tun hätte bedeutet, noch mehr wider mich selbst zu zeugen), ist dies: daß es mir niemals sonderlich schwergefallen ist, zu verschiedenen Zeiten mit identischer Leidenschaftslosigkeit zugleich zwei widersprüchliche, oder zumindest entgegengesetzte Meinungen zu ein und demselben Thema zu äußern. Ich tat dies mit der größten Selbstverständlichkeit, vielleicht um meiner eigenen äußersten Mobilität wegen. So erschien es mir, als wäre der Doktor verrückt, aber auch tiefsinnig; als wäre Joe brillant, aber auch absurd; als wäre Rennie stark und schwach zugleich; und als wäre Jacob Horner – Eule, Pfau, Chamäleon, Esel und Papagei, einem mittelalterlichen Bestiarium entsprungen – zu gleicher Zeit Riese und Zwerg, Plenum und Vakuum, und so bewunderns- wie verachtenswert. Hätte ich dies Joe erklärt, so hätte er es seiner Asservatenkammer zum Beweis dafür einverleibt, daß ich nicht existierte: Mein eigenes Gefühl sagte mir, daß dies tatsächlich ein Beweis dafür sei, und auch wieder nicht. Ich erkläre das jetzt, um so deutlich wie möglich zu machen, was ich meine, wenn ich sage, daß ich schockiert und nicht überrascht, abgestoßen und belustigt, erregt und angeödet war, als an dem Abend nach dem soeben verzeichneten Gespräch Rennie auf meine Bude kam. Ich hatte einen brillanten Tag mit meinen Schülern hinter mir, hatte Gerundia, Partizipien und Infinitive erklärt, und meine Eloquenz hatte mich dazu verführt, daß ich mich nun gegenüber der Morgan-Affäre schuldig fühlte und nonchalant zugleich.

»Nein, das gibt's doch nicht!« sagte ich, als sie plötzlich vor mir stand. »Nur hereinspaziert! Bist du exkommuniziert worden, oder was?«

»Ich wollte gar nicht herkommen«, sagte Rennie kurz und bündig. »Ich wollte dich überhaupt nicht mehr wiedersehen, Jake.«

»So so. Aber man will doch das, was man tut.«

»Joe fuhr mich her, Jake. Er sagte, ich solle zu dir raufgehen.«

Das war, glaub ich, als Bombe beabsichtigt, aber ich war nicht in explosiver Stimmung.

»Wozu denn zum Kuckuck?«

Rennie hatte mit ziemlich fester, feierlich-beherrschter Stimme zu sprechen begonnen, doch nun schluckte sie immer wieder und wollte oder konnte auf diese Frage keine Antwort geben.

»Hat er dich rausgeschmissen?«

»Nee. Kannst du nicht verstehen, warum er mich hergeschickt hat? Bitte, laß es mich nicht erst erklären.« Tränen drohten.

»Ehrlich, Rennie, ich komm nicht drauf. Sollen wir das Verbrechen auf eine mehr analysierbare Weise neu inszenieren, oder was?«

Gut, damit war es mit ihrer Beherrschung vorbei; das Kopfschütteln begann. Rennie sah nebenbei bemerkt in meinen Augen toll aus. Offensichtlich hatte sie die letzten paar Tage über intensiv gelitten, und das, gleich erschöpfter Kraft, verlieh ihr jene sexuelle Attraktivität, die leidende Frauen gelegentlich besitzen. Zarte, liebesähnliche Gefühle kündigten sich in mir an.

»Alles, was geschehen ist, tut mir unglaublich leid«,

sagte ich zu ihr und legte ihr dabei meine Hand auf die Schulter. »Du hast keine Ahnung, wie leid mir Joe tut und wie viel mehr noch du. Aber er macht bestimmt einen Riesenzirkus draus, wie? Dieses Dich-Raufschicken ist doch das Verrückteste, was ich je gehört hab. Soll das eine Strafe sein?«

»Das ist gar nicht komisch, außer du willst es so sehen«, sagte Rennie unter Tränen, aber mit Vehemenz. »Klar, *du* sagst, es ist lächerlich, nur so brauchst du Joe nicht ernst zu nehmen.«

»Worum geht's denn überhaupt, Herrgott noch mal?«

»Ich wollte dich nicht mehr wiedersehen, Jake. Das erzählte ich Joe. Er erzählte mir alles, was du ihm gestern abend gesagt hast, und zuerst dachte ich, du lügst dir da die Hucke voll. Ich nehme an, du weißt, daß ich dich gehaßt habe, die ganze Zeit über, seit wir miteinander geschlafen haben; als ich Joe davon erzählte, ließ ich von dem, was wir trieben, nichts aus – kein einziges Detail –, gab aber an allem dir die Schuld.«

»Schon gut so. Ich hab keine richtige Meinung zu dem Thema.«

»Ich kann dich jetzt nicht mehr weiter beschuldigen«, fuhr Rennie fort. »Das ist zu billig und löst eigentlich keines unserer Probleme. Ich schätze, ich habe auch keine Meinung – und Joe ebenfalls nicht.«

»Er nicht?«

»Er ist ganz gebrochen. Ich auch. Aber er ist entschlossen, auf keinen Fall der Frage auszuweichen, oder einen Standpunkt einzunehmen, bloß um die Verletzung zu kaschieren. Du machst dir gar nicht klar, wie sehr er von dem Ganzen besessen ist! Manchmal dachte ich schon, wir beide würden den Verstand verlieren in diesen letzten Wochen. Diese Sache reißt uns in Stücke! Aber Joe würde sich eher in Stücke reißen lassen, als das Problem auf irgendeine Weise zu verwässern. Deswegen bin ich hier.«

»Warum?«

Sie ließ den Kopf hängen.

»Ich sagte ihm, ich könne dich einfach nicht mehr wiedersehen, egal, ob du verantwortlich seist oder nicht. Er wurde böse und sagte, jetzt würde ich melodramatisch und wiche der Frage aus. Ich dachte schon, gleich schlägt er mich wieder! Aber statt dessen beruhigte er sich und – schlief sogar mit mir und erklärte, daß wir, wenn wir je unser Problem lösen wollten, besonders vorsichtig sein müßten, damit wir uns nicht irgendwelche Versionen aus dem hohlen Bauch zauberten, die uns davon abhalten würden, den Fakten klar ins Auge zu sehen. Zumindest hätten wir alles in unserer Macht Stehende zu tun, uns so hart wie möglich gegen die Fakten zu stemmen, und zwar so oft wie möglich, egal, wie weh dies täte. Er sagte, so wie es jetzt aussehe, seien wir besiegt, und die einzig mögliche Chance, noch irgendwas zu retten, bestehe darin, das Problem nicht eine Minute aus dem Auge zu lassen. Ich sagte ihm, ich würde sterben, wenn ich damit noch sehr viel länger leben müßte, als ich es ohnehin schon getan habe, und er sagte, er womöglich auch, aber da führe kein Weg drum rum. Ich schätze, du findest das lächerlich.«

»No comment«, sagte ich und meinte damit: entgegengesetzte Meinungen.

»Eins der Dinge, die wir seiner Ansicht nach nicht tun dürfen, ist, dich schon fallen zu lassen, oder zuzulassen, daß du uns fallen läßt. Das ist der Grund, warum er mich hierher trieb. Mich zu weigern, dich wiederzusehen, hieße – der Sache selbst auszuweichen.«

»Na schön, ich bin verdammt glücklich, dich zu sehen, muß aber sagen, daß ich ganz dafür bin, jeder Sache auszuweichen, die schmerzhaft und unlösbar zugleich ist. Bist du nicht auch dafür?«

Es blieb mir nicht verborgen: sie war auch dafür, und zwar aus ganzer Seele.

»Nein«, sagte sie entschlossen. »Ich stimme total mit Joe überein.«

»Hm. Und was sollen wir jetzt tun? Über Philosophie reden?«

Heftiges Kopfschütteln. »Jake, um Himmels willen, sag mir *ehrlich,* was du von Joe hältst.«

»Ich hab ehrlich eine gewisse Anzahl von Meinungen«, lächelte ich.

»Und wie sehen die aus?«

»Äh, nun, in erster Linie – nicht in der Reihenfolge der Intensität – ist er unheimlich edel.«

Rennie lachte und heulte zugleich.

»Er ist edel, stark und tapfer, mehr als irgendeiner, den ich je gesehen hab. Eine Katastrophe für *ihn* ist eine Katastrophe für Vernunft, Verstand und Zivilisation, weil er deren Quintessenz ist. In den Vereinigten Staaten gibt es keinen, der es mit ihm aufnehmen könnte. Daran glaube ich.«

Rennie schmolz so dahin, daß ich sie, hätte ich es gewollt, in jenem Augenblick ohne Protest hätte umarmen können.

»In zweiter Linie«, sagte ich, »ist er total lächerlich. Verachtenswert. Ein Hanswurst, ein Sophist und ein Bauerntölpel. Arrogant, kleinkariert, intolerant, ein klein wenig grausam und sogar stupide. Logik und diese kindische Ehrlichkeit verwendet er als Keule und wie ein Schild zugleich. Man könnte auch sagen, er sei einfach albern, ein Monomane: fixiert auf die Trugvorstellung, Intelligenz werde alle Probleme lösen.«

»Aber du weißt recht gut, was er darauf antworten würde!«

»Sicher, er versteht es, seine Position und seine Methoden zu verteidigen, aber das hilft ihm doch nicht, dieses Problem zu lösen. Aber weißt du, all diese Versionen von ihm sind komplementär, weil extrem. Meine letzte Meinung, zu der ich nicht fester stehe als zu den andern auch, besagt, daß er ein bißchen von all dem ist, hauptsächlich jedoch nur ein reichlich belangloser Typ, eher kläglich als tragisch, und eher belustigend als verachtenswert. Eine Spur grotesk, und letzten Endes nicht eben schrecklich charmant oder gar angenehm. Irgendwie beschränkt und furchtbar naiv. Da hast du unseren Joseph. Kein Mann, den man allzu ernst nehmen sollte, da er seine Haltung einfach nicht brillant oder gar konsequent genug vertritt. Ich sollte noch hinzufügen, daß ich auch bei mir selbst all diese Sachen sehe, und noch ein paar weitere obendrein.«

»Jake, du weißt, er könnte auf all diese Vorwürfe antworten.«

»Sicher. Das Schöne daran ist, daß es keinen Unterschied macht, ob er das kann oder nicht. Es sind keine Vorwürfe: es sind Meinungen. Zum Teufel, Rennie, krieg's nicht in die falsche Kehle: ich mag Joe gut leiden.«

»Jetzt spielst du dich als der Überlegene auf, gräßlich.«

Ich lachte. »Eine meiner Meinungen, parallel zu der, daß ich Joe in fast jeder Hinsicht unterlegen bin, lautet, daß ich ihm in jeder Hinsicht überlegen bin. Nun sei mal ehrlich zu mir: was beabsichtigt Joe wirklich, wenn er dich hierher zu mir raufschickt?«

»Wir mußten übereinstimmend zu dem Schluß gelangen, daß ich dir, auch wenn du derjenige bist, der das Ganze ins Rollen gebracht hat, nicht hätte erlauben können, mich zu beeinflussen, wenn ich nicht hätte beeinflußt werden wollen. Du hast einen schwachen Moment in meinem Leben ausgenutzt, aber vergewaltigt hast du mich nicht. Ich kann Joes Behauptung nicht von der Hand weisen, daß es, wenn ich schließlich mit dir im Bett landete, nur deswegen so weit kam, weil ich es letztlich so *wollte,* wie abstoßend dieser Gedanke jetzt auch sein mag. Also beharrt Joe darauf, mein ganzer augenblicklicher Widerwillen gegen dich hätte nichts damit zu tun. Er fragte mich, was ich vor drei Wochen empfunden hätte, wenn er vorgeschlagen hätte, ob ich nicht mit dir Liebe machen wolle, und da mußte ich sagen ›weiß nicht‹. Dann fragte er mich, was ich empfände, wenn er es jetzt vorschlüge, und da sagte ich ihm, ich sei schockiert und abgestoßen von dem Gedanken. Er sagte, das sei die Art Reaktion, vor der wir uns hüten müßten, da sie das Problem vertuschte. Wir müßten uns selbst gegenüber ganz aufrichtig sein und dürften auf keinen Fall das, woran wir glauben, mit dem verwechseln, was zu glauben nach unserem Dafürhalten sicher und vernünftig sei, und wir hätten auf der Basis unserer ureigensten Überzeugungen zu handeln, denn nur so könnten wir wirklich wissen, woran wir sind. Und offensichtlich – so Joe: – bin ich davon überzeugt, daß es in Ordnung ist, mit anderen Männern zu schlafen, zumindest mit dir, ob ich das vor mir selber zugeben mag oder nicht, da ich es ja nun mal tat.«

»Du lieber Himmel!«

»Jake – er hat mich hergeschickt, damit ich's noch mal tue.«

»Aber da bist du doch nicht mit ihm einverstanden, oder?«

Natürlich nicht, so wie sie auch nicht die Notwendigkeit eingesehen hatte, nicht der ganzen Sache auszuweichen, aber sie hatte sich in diesem Punkt bereits dazu verpflichtet, mit ihm einer Meinung zu sein, und, was das betraf, in allen anderen Punkten auch. Es brauchte eine kleine Weile, ehe sie antwortete.

»Ich hasse diese Idee, Jake! Alles in mir sträubt sich bei dem bloßen Gedanken. Aber dieser Haß entspricht ja auch meinen Gefühlen für dich. Darauf braucht mich niemand erst hinzuweisen. Ich bin verloren, Jake! Ich bin nicht so stark wie Joe oder gar du. Ich bin nicht stark genug, mich darin verfangen zu lassen!«

Nun gut. Mir fiel ein, daß Joes Position, wenn auch ganz und gar unlogisch (Rennies einziger Ehebruch implizierte natürlich keineswegs, daß sie überzeugt sei, außerehelicher Sex sei *generell* »in Ordnung«, sei's mit anderen Männern im allgemeinen, sei's mit mir im besonderen; allenfalls implizierte er, daß sie eben einmal dazu Lust gehabt hatte), mir eine Chance bot, sie, wenn ich Lust hätte, wirklich zu drangsalieren. Es war eine große Versuchung, das Gespräch abzubrechen und zu sagen »Okay, dort ist das Bett«, aber ich war nicht in der Laune, Rennie zu piesacken.

»Willst du's denn nun tun?« fragte ich sie.

»O nein, es ist bei Gott das letzte auf der Welt, was ich je wieder tun könnte!«

»Joe ist verrückt. Weißt du, ich würde fast sagen, das Ganze kommt mir von seiner Seite leicht pervers vor.«

»Dann geh und sag's ihm. Dann brauchst du nicht zu versuchen, ihn zu begreifen.«

»Prächtig getrickst«, lachte ich. »Das hebt jede mögliche Kritik aus den Angeln, die je irgendwer an ihm üben könnte! Dieses Argument und dann das andere: daß er stark genug sei, eine Karikatur seiner selbst zu sein – diese zwei Abwehrstrategien machen jeden unangreifbar.«

»Aber in seinem Fall stimmen sie«, beharrte Rennie.

»Um wieviel Uhr holt er dich ab?«

»Wir nahmen an, du würdest mich hinterher nach Hause fahren«, sagte sie glattweg.

»Nachdem wir fertig wären?«

»Hör auf, bitte!«

»Also willst du jetzt gehen? Nach Hause, meine ich?«

Sie sah mich an, verwirrt.

»Er hat nicht vor, dich jedesmal zu untersuchen, oder?« feixte ich. »Er könnte ohnehin nichts sagen. Alles was du tun mußt, ist: bei deiner Pfadfinderehre schwören, daß wir unsere Pflicht taten.«

Nun sah sie zum erstenmal die wahre Natur ihres Dilemmas: sie hatte die Wahl, entweder mit mir ins Bett zu gehen, was ihr zuwider war, oder Joe anzulügen, was ihr auch zuwider war, da die dritte Alternative – ihre eigene Meinung dadurch geltend zu machen, daß sie sich schlicht weigerte, sich seinen Grundsatzentscheidungen überhaupt zu fügen – augenscheinlich über ihre Kräfte ging.

»O Gott! Was würdest du denn tun, wenn du an meiner Stelle wärst, Jake?«

»Ich hätte ihm gesagt, er soll sich zum Teufel scheren!« erwiderte ich heiter. »Zunächst mal wär ich gar nicht hierhergekommen. Aber da du's nun mal getan hast, würde ich, wenn ich du wäre, nicht zögern, ihm einen Bären aufzubinden. Bring ihm 'ne ganze Garnitur blutrünstiger Details mit. Sag ihm, wir vögelten fünfmal und trieben zigmal Sodomie. Er will es ja... Ich wette, er wird dich kein zweitesmal zu mir schicken, wenn du's ihm nur heiß genug auftischst. Es ist der alte Trick, wie man einen bösen Zwang dadurch abschafft, indem man ihn überstrapaziert.«

Rennie knabberte an ihren Fingerknöcheln und bewegte kurz ihren Kopf hin und her.

»Ich kann ihn nicht anlügen. Das kann ich nie wieder tun.«

»Dann sag ihm, er soll sich zum Teufel scheren.«

»Du begreifst nicht, Jake, wie ihn diese Sache mitgenommen hat. Er ist nicht verrückt; ich würde ihn nicht mal neurotisch nennen. Ich glaube, er denkt jetzt klarer und schärfer als je zuvor in seinem Leben. Aber das ist für ihn eine Sache auf Leben und Tod. Für uns beide. Es ist die größte Krise, die wir je hatten.«

»Was könnte er denn machen, wenn du einfach sagtest, du würdest in dieser Sache nicht mitziehen?«

»Ich kann mir vorstellen, daß er für immer geht oder sich oder uns alle umbringt. Ich kann mir sogar vorstellen, daß er mich postwendend wieder herschickt und selber mit raufkommt, um auf Nummer Sicher zu gehen...«

»Um sicherzugehen, daß du tust, was du angeblich tun möchtest? Du lieber Himmel!«

»Er würde glauben, ich ließe ihn total hängen. Daß ich kapituliere.«

»Gut, dann gehen wir eben in Gottes Namen ins Bett. Wenn du nicht so tun kannst, als nähmst du ihn ernst, nehmen wir ihn eben wirklich ernst. Ein zweitesmal wird er dich nicht hierher raufschicken, das garantier ich dir.« Ich stand auf. »Komm, Mädchen: du kannst ihm alles erzählen, was ich eben sagte, die Wahrheit und nichts als die Wahrheit. Wir werden Old Joe eine Objekt-Lektion erteilen.«

»Wie *kannst* du daran nur denken?« schrie Rennie.

Um der Wahrheit die Ehre zu geben: Meine Gefühle waren so ambivalent wie üblich. Rennies Konflikt war der klassische Widerstreit zwischen dem, was sie wollte, und dem, was sie für billig hielt – bzw. zwischen ihrer Abneigung gegen weiteren Ehebruch und ihrem Wunsch, Joe nicht zu belügen –, aber mein Konflikt lag zwischen zwei Dingen, die ich billigte, und ebenso zwischen zweien, die ich wollte. Ich war dafür, mich jeglicher weiteren Beteiligung an einer Geschichte zu entbinden, die die ungewöhnliche Beziehung der Morgans so zerrissen hatte (die ich übrigens allen Ernstes für bewundernswert hielt, aber besser kannte, als daß ich hätte glauben können, mich an ihr persönlich in mehr als einer meiner zahlreichen Stimmungen ergötzen zu können), doch zugleich gefiel mir der Gedanke, mit Joe in dieser Sache übereinzustimmen, beides aus dem Grund, weil ich meine Mitarbeit gelobt hatte und weil ich weiterhin glaubte, eine einzige gute Dosis seiner Arznei würde ihn dazu bringen, sein Rezept zu ändern. Außerdem, obgleich ich zuweilen durchaus fähig war, an sexuellem Sadismus Gefallen zu finden, war ich gerade nicht in der Stimmung, einen Verkehr zu goutieren, der für Rennie die pure Folter gewesen wäre; nichtsdestoweniger übte ihr Leiden, wie schon erwähnt, auf mich eine mächtige körperliche Anziehungskraft aus. Meine Schuldgefühle, nebenbei bemerkt, waren mir, obwohl ich nach wie vor zugeben mußte, daß sie völlig gerechtfertigt waren, in dem Melodrama von Joes neuem Schritt völlig abhanden gekommen. Allzu tief erstaunt und verblüfft war ich über sein Vorgehen, als daß ich mich meinen Schuldgefühlen hätte widmen können.

»Ich nehm keinen Standpunkt ein«, erklärte ich. »Ich bin von jeher Problemen aus dem Weg gegangen. Ich werde alles tun, was du willst.«

»Ich kann's nicht!« wimmerte Rennie.

»Dann fahr'n wir dich eben nach Haus.«

»Ich *kann* es nicht! Bitte, *bitte,* schmeiß mich entweder raus oder vergewaltige mich, Jake! Ich kann mich nicht entscheiden!«

»Ich werde dir die Entscheidung nicht abnehmen«, sagte ich.

Auch das, vermute ich, war sadistisch, aber es war ziemlich ehrlich; ich hätte wirklich nicht mit voller Überzeugung die Dinge tun können, die sie verlangte, und es ist ja leichter, halbherzig still zu sitzen, als halbherzig dramatische Dinge zu tun. Rennie, in ihrem Sessel kauernd, schluchzte geschlagene zwei Minuten lang: diese Affäre riß sie wirklich in Stücke.

Ich Ärmster – und dabei gab es so viele andere Mittel und Wege, in der sie hätte gehandhabt werden können. Vielleicht würde letzten Endes nur ihr Mangel an Einbildungskraft beide Morgans zerstören. Ich blickte zu Laokoon auf: seine Agonie war abstrakt und gab keine Hinweise.

X Das Schauspiel von Rennies Desintegration in jenem September war oft nicht ergötzlich anzusehen

Das Schauspiel von Rennies Desintegration in jenem September war oft nicht ergötzlich anzusehen, denn obgleich, wie sie betont hatte, es keineswegs selbstverständlich ist, daß jedes Individuum nur deswegen von Wert ist, weil es einzigartig ist, trug ich doch eigentlich nur selten gern zum Unglück von Menschen bei, die ich nun einmal gut kennengelernt hatte. Hinter dieser Tatsache verbirgt sich keine menschenfreundliche Gesinnung: für die Menschheit empfand ich im allgemeinen rein gar nichts, und die Misere gewisser Leute wie z.B. Peggy Rankin bedrückte mich, muß ich sagen, nicht im mindesten. Dies ist lediglich eine Beschreibung meiner Reaktionen – als angemaßte Position würde ich sie nicht verteidigen wollen.

Das Problem, vermute ich, liegt hier: je mehr man über eine bestimmte Person erfährt, desto schwieriger wird es, ihr eine bestimmte Rolle zuzuweisen, die es einem ermöglichen würde, mit ihr in einer emotionalen Situation zurechtzukommen. Kurzum, Mythotherapie wird dann immer schwerer anzuwenden, weil man gezwungen wird, die Unzulänglichkeit jeder zugewiesenen Rolle zu erkennen. Nicht nur geht das Sein dem Wesen voraus: im Falle von Menschen fordert es das Wesen eher heraus, und sobald man eine Person gut genug kennt, um über sie kontroverse Meinungen zu hegen, ist die Mythotherapie weg vom Fenster, es sei denn in Momenten, wo man noch halb pennt.

Solche Momente gab es, aber sie waren rar. Der zweite Teil des soeben geschilderten Abends gehörte dazu: als ich Rennie (erregt durch die Schwere ihres Körpers) endlich ins Bett schleppte, war ich dazu mehr oder weniger nur deshalb in der Lage, weil genug von meiner Wachsamkeit verschwunden war, mich die Situation als Part eines romantischen Kampfes zwischen Symbolen in Szene setzen zu lassen. Joe war die Unvernunft bzw. das Sein (ich gebrauchte jetzt Rennies Kosmos); ich war die Unvernunft bzw. das Nichtsein; und wir beide kämpften gnadenlos um den Besitz Rennies, wie Gott und Satan um des Menschen Seele. Dieser ziemlich ontologische Manichäismus hielte einer näheren Prüfung gewiß nicht stand, hatte aber den dreifachen Vorteil, daß er mich davon entband, Rennie irgendeine Wesenheit zuzuordnen, die spezifischer wäre als Das-Menschliche-Wesen-Schlechthin, ferner, daß er mir erlaubte, mit mephistophelischem Behagen außerehelichen Geschlechtsverkehr zu treiben, schließlich, daß er mir ermöglichte, meine Motive nicht in Frage zu stellen, weil das, was ich tat, meinem innersten Wesen entsprang. Sucht man denn die Introspektion durch den leibhaftigen Satan?

Was Rennie betrifft, so war sie zu diesem Zeitpunkt hart am Rande des Paralyse-Zustands, und ich glaube fest, daß sie mir mit einer gewissen Erleichterung gestattete, sie in der Männerrolle schlechthin zu modellieren; welches Drama sich in *ihrem* Kopf abspielte, vermag ich nicht zu sagen. Ich brachte sie hinterher nach Hause.

»Willst du noch 'ne Weile mit reinkommen?« fragte sie wie betäubt.

Aber mein Spielchen war gar zu ausschweifend mit meiner sexuellen Glut umgegangen; ich krebste nur noch vor mich hin.

»Ach nein. Bis dann.«

Ansonsten fühlte ich in erster Linie ein generalisiertes Mitleid für die Morgans, insbesondere für Rennie. Joe verhielt sich immerhin recht im Einklang mit seiner Lage, und solches zu wissen kann selbst dann noch trostreich sein, wenn die Situation auf Niederlage und Untergang hinausläuft; so wie wenn ein Bridge-Spieler eine verlorene Hand perfekt ausspielt oder ein Othello unbedacht, jedoch nur zu gut liebt. Aber Rennie hatte nicht länger eine Position, aus der heraus sie folgerichtig agieren konnte, nicht einmal eine Position, um folgewidrig zu agieren, und doch war ihre Persönlichkeit, ungleich meiner eigenen, so beschaffen, daß sie eine feste Position nötig zu haben schien, um sich selbst zu bewahren.

Sie kam im September dreimal und im Oktober einmal auf meine Bude. Den ersten Besuch habe ich bereits beschrieben. Der zweite, Mittwoch folgender Woche, war ganz anders: Rennie schien voller Leidenschaft, kräftig, sogar ausgelassen und ein bißchen wild. Wir liebten uns ohne Umschweife und mit frischem Schwung – sie ging so weit, mir unter die Nase zu reiben, ich sei als Liebhaber weniger zupackend als ihr Mann –, danach redete sie etwa eine Stunde oder so, animiert von dem einen Liter kalifornischen Muskatellers, den sie mitgebracht hatte.

»Herrgott, war ich bescheuert in der letzten Zeit!« lachte sie. »Hab geflennt und Theater gemacht wie'n Schulmädchen!«

»Ah ja?«

»Wie konnte ich diese Geschichte nur so ernst nehmen – alles was recht ist! Weißt du, was mir gestern nacht passiert ist?«

»Nee.«

»Um drei Uhr in der Früh war ich wach – hellwach, wie jede Nacht, seit diese Geschichte angefangen hat. Gewöhnlich krieg ich dann das Zittern und sitze für den Rest der Nacht da und bibbere und schwitze, oder ich wecke Joe und kau mit ihm die ganze Sache nochmal durch. Also, und letzte Nacht wach ich auf, wie immer, und der Mond scheint rein und ich kann Joe da schlafen sehen – wenn er pennt, sieht er wie ein Halbwüchsiger aus –, und aus irgendeinem Grund, wie ich ihn gerade so beobachte, fängt er an, sich im Schlaf in der Nase zu popeln!« Sie kicherte beim Gedanken daran und rülpste einmal kurz vom Wein. »Entschuldigung.«

»Bitte bitte.«

»Weißt du, das erinnerte mich an die Nacht, als wir ihn durchs Wohnzimmerfenster belauscht haben, nur daß es mir diesmal nichts ausmachte; ich fand's nur ulkig! Urkomisch fand ich die ganze Sache, und wie wir damit umgingen. Joe kam mir wie ein Teenie vor, der aus Nichts eine Tragödie machen will, und du kamst mir absolut schwach vor. Ärgert dich das?« lachte sie.

»Natürlich nicht.«

»Und ich bin immer ein rotznasiges Ding gewesen, ständig am Rumheulen, und hab mich von euch beiden wegen einer so beknackten Sache rumschikanieren lassen. Ich kam mir just so vor wie dann, wenn ich mich von den Kindern fertigmachen lasse. Wenn die den ganzen Tag krakeelen und Randale machen, bin ich häufig so down, daß ich schließlich selbst rumschreie und heule, und danach komm ich mir immer ganz doof vor, und ein bißchen schäm ich mich dann auch. Wie können erwachsene Menschen um so was Dämliches so viel Wirbel machen? Schon gar Verheiratete mit Kindern?«

»Armer kleiner Koitus«, lächelte ich. Genaugenommen bewirkte Rennies gute Laune in mir das Gegenteil: je heiterer sie wurde, desto düsterer wurde ich, und je mehr sie beteuerte, die Sache leicht zu nehmen, desto schwerwiegender erschien sie mir.

»So was völlig Unbedeutendes ernst zu nehmen! Lohnt doch kaum, auch nur einen Gedanken daran zu verschwenden, schon gar nicht, eine Ehe daran kaputtgehen zu lassen! Ich könnte mit hundert anderen Männern schlafen – an meinen Gefühlen für Joe würde sich nichts ändern.«

»Nun gut«, protestierte ich bissig, »natürlich hat nichts von sich aus Bedeutung, aber alles, was man wichtig nehmen *will, ist* auch wichtig. Sehe keinen Grund, sich über etwas lustig zu machen, was einem anderen Mann hoch und heilig ist.«

»Ach komm, hör auf!« heulte Rennie. »Du bist genauso schlimm wie Joe. Der ganze Ärger, den wir haben, kommt doch einzig und allein von zu viel Denken und zu viel Quatschen; wir quatschen uns in alle möglichen Schlamassel rein, die sich in Luft auflösen würden, wenn wir alle nur die Klappe drüber hielten.« Sie trank noch ein Glas Wein – das vierte oder fünfte –, während ich noch an meinem ersten nuckelte. »Weißt du, was ich finde? Ich finde, nichts von all dem wäre passiert, wenn wir nicht so viel Zeit übrig hätten. Das find ich wirklich. Du behauptest, du wüßtest nicht, warum du überhaupt die ganze Affäre angefangen hast, aber ich glaube, du hast es gemacht, weil du dich langweilst.«

»So?«

»Du hast keinerlei Ehrgeiz, bist weder besonders beschäftigt noch besonders anziehend, lebst für dich allein. Ich stelle mir vor, wie du hier oben den ganzen Tag in deinem Schaukelstuhl schaukelst, in den Tag hinein träumst und Hirngespinste ausbrütest, nur weil du dich langweilst. Ich glaube, der Schlüssel zu deinem gesamten Charakter ist: Du bist einfach nur gelangweilt.«

»Ich bin nicht ›einfach nur‹ etwas«, sagte ich ohne Überzeugung. »Vielleicht *auch* gelangweilt, aber nicht *nur* gelangweilt.« Rennie, soviel war klar, praktizierte auf eigene Faust ein wenig Laien-Mythotherapie: Jeder, der sich in Schlüsselbegriffen über den Charakter anderer Menschen auszulassen beginnt, bildet Mythen, weil dem Rätselhaften der Menschen mit Schlüsselbegriffen nicht beizukommen ist. Aber ich war in dem Moment zu mies gelaunt, um von ihrer Bühnendichtkunst mehr als oberflächlich Notiz zu nehmen.

»Also, *ich* glaube, du langweilst dich einfach nur; es ist mir egal, was du davon hältst. Es ist mir auch egal, was du oder Joe... es ist mir inzwischen so piepe, was ihr beide von dieser Scheiße oder von mir haltet. Ich hab aufgehört, mir das zu Herzen zu nehmen. Ich hab sogar aufgehört, darüber nachzudenken.«

»Gut für dich.«

»Das geht dir unter die Haut, nicht wahr?« lachte sie »Der Spaß ist raus, wenn ich aufhöre, verletzt zu sein, wie? Ach zum Teufel mit dir...! Ich hab aufgehört, beleidigt zu sein. Guck mal, wie dir die Flappe runterhängt. Jetzt siehst du aus, als hättest du dir in die Hosen geschissen oder so was.« Die Idee amüsierte sie; sie kicherte weinselig. »Genau wie Joe heute morgen aussah – düster wie Kassandra persönlich. Weil euer Spiel verkorkst ist, schmollt ihr. Also Kopf hoch und besauf dich mit mir oder fahr mich nach Haus.«

Ich leerte mein Glas und füllte nach. »Du merkst ja wohl, daß ich kein Wort davon glaube. Es ist tapfer – aber es überzeugt nicht.«

»Du wagst nicht, es zu glauben«, höhnte Rennie.

»Ich wage es nicht, und du könntest es niemals glauben, auch wenn dein Leben davon abhängen würde.«

»Ist mir egal«, posaunte Rennie. »Ist mir verdammt egal.«

»Ich glaube auch nicht, daß Joe was davon weiß.«

»Mir egal.«

»Er würde nicht Trübsal blasen. Er würde einfach gehen.«

»Das denkst *du*. Dazu sind wir zu eng miteinander verbunden. Ich weiß nicht, warum ich mich überhaupt so herumgequält habe; so etwas Lächerliches wie das kriegt Joe und mich nicht auseinander. Dazu braucht es jemand Stärkeren als dich, Jake. Du hast wirklich überhaupt keine Ahnung von Joe oder von mir. Nicht die leiseste Ahnung hast du.«

»Das letzte Mal sagte ich, du solltest ihm ausrichten, er solle sich zum Teufel scheren.«

»Vielleicht richt ich euch beiden aus, ihr sollt euch zum Teufel scheren!«

»Okay, Girl, aber Obacht vor seinem linken Schwinger, wenn du das machst.«

Diese Bemerkung brachte mindestens drei Gläser Muskateller um ihre Wirkung.

»Ich denke nicht, daß Joe mich je wieder schlagen würde«, sagte sie allen Ernstes.

»Dann hau ab nach Hause mit diesem Liter Wein intus, kneif ihn in die Nase und erzähl ihm, daß du so was Dämliches wie dein Sexlife nicht mehr ernst nehmen kannst«, schlug ich vor. »Erzähl ihm, der ganze Ärger käme davon, daß er zuviel denkt.«

»Er würde mich nicht schlagen, Jake. Er würde das nie wieder tun.«

»Er würde dir deine verdammte Fresse einschlagen. Sag ihm, er benähme sich wie ein Pennäler! Er würde dich k. o. schlagen, das weißt du doch. Also gut, ich werd mich nach dir richten. Wenn's nach dir ginge, gluckten und glucksten und rotzten wir alle drei rum. Jeder gibt jedem die Hand und dann Friede-Freude-Eierkuchen.«

Nun war Rennie stocknüchtern.

»Ich hasse dich«, sagte sie. »Du willst mich nicht mal versuchsweise eine Minute lang wieder halbwegs glücklich sein lassen, was? Ich darf nicht mal so tun, als wär ich glücklich.«

Und *(mirabile dictu)* sobald sie sich meine miese Stimmung angeeignet hatte, war ich sie los – ja ich übernahm sogar ihre flötengegangene Hochstimmung und goß mir noch ein Glas Musketeller ein.

»Du fühlst dich wohl toll, was?« heulte Rennie.

»Glückliche Perversität des Menschengeschlechts. Ich bin aufrichtig betrübt, Rennie.«

»Du bist echt komisch«, sagte sie und bewegte heftig ihren Kopf hin und her.

Aber eine so bedenklich spritzige Laune wie die Rennies und eine so unnötige Grausamkeit wie die meine waren selten. So, wie der zweite Besuch mit dem ersten wenig gemein hatte, verlief der dritte (und letzte im September) völlig anders als der zweite. Zu diesem Zeitpunkt war ich voll und ganz ins Unterrichten eingespannt: Immer öfter fanden meine Stimmungen ihren Ursprung im Klassenzimmer. An jenem besonderen Tag, dem letzten Freitag im September, fühlte ich mich geistegegenwärtig, aufgedreht und rasiermesserscharfsinnig aus dem einfachen Grund, weil ich an jenem Morgen in meinem Grammatikkurs die Regeln erklärt hatte, die die Kasusformen der englischen Pronomina bestimmen: Es gibt einem ein außerordentliches Gefühl von Verstandesschärfe und Wohlergehen, wenn nicht sogar von ausgesprochener Großartigkeit, nicht nur zu sagen, sondern vollauf imstande zu sein, zu begreifen, daß prädikative Ergänzungen der Infinitivformen kopulativer Verben ohne ausdrücklich genanntes Subjekt im Nominativkasus stehen, wohingegen prädikative Ergänzungen von Infinitivformen kopulativer Verben *mit* ausdrücklich genanntem Subjekt im Objektkasus stehen. Ich machte diese Bemerkung vor meiner versammelten Jungschülerschaft und schloß triumphierend: »Ich wurde für *ihn* gehalten, aber ich dachte, John sei *er*! Noch Fragen?«

»Äh, gucken Sie mal«, protestierte – im hintersten Eck natürlich – ein lästiger Bursche, den ich, wenn irgend möglich, seiner Impertinenz wegen schon längst beschlossen hatte, durchrauschen zu lassen. »Was kam denn zuerst – die Sprache oder die Grammatikbücher?«

Ich weigerte mich, sein Spiel mitzuspielen, und so hakte ich nach: »Was meinen Sie damit, Blakesley?«

»Na ja, ist doch klar, daß die Menschen redeten, noch ehe sie Grammatikbücher schrieben, und daß die Bücher bloß was darüber aussagten, wie die Menschen redeten. Wenn mein Zimmergenosse zum Beispiel telefoniert, frage ich ihn ›Mit wem hast du gerade geredet?‹ Jeder hier in der Klasse würde sagen: ›Mit wem hast du gerade geredet?‹ Ich wette, neunzig Prozent des amerikanischen Volkes würden sagen ›who were you talking to‹. Niemand würde sagen« ›to whom were you just now talking?‹ Wetten, nicht mal Sie würden das sagen. Klingt doch hirnrissig, oder?« Die Klasse kicherte. »Ja, und das soll doch nun 'ne Demokratie sein und wenn außer ein paar Profs überhaupt keiner sagt ›to whom were you just now speaking‹, warum wird dann weiter so getan, als seien alle daneben, nur Sie nicht? Warum ändert man dann nicht die Regeln?«

Ein Joe-Morgan-Typ, dieses Bürschchen. Zum Kotzen.

»Mr. Blakesley, ich nehme an, Sie essen Ihr Hähnchen mit den Fingern.«

»Hä? Na klar – Sie nicht?«

Die Klasse kicherte, voll in diesem Zweikampf aufgehend; nur waren sie nach diesem letzten, eher einfältigen Geistesblitz nicht mehr so bedingungslos auf seiner Seite wie zuvor.

»Und Ihren Frühstücksschinken? Finger oder Gabel, Mr. Blakesley?«

»Finger«, bockte er. »Na klar, ist doch richtig, Finger waren vor den Gabeln erfunden, genauso wie Englisch vor den Grammatikbüchern erfunden war.«

»Aber nicht *Ihre* Finger, soweit ich gehört habe«, lächelte ich kühl, »und Ihr Englisch – weiß Gott auch nicht!« Die Klasse war auf meiner Seite. Durchweg. Ein Sieg der normativen Grammatik!

»Der springende Punkt ist«, schlußfolgerte ich vor der ganzen Klasse: »Wenn wir alle noch Wilde wären, stünde es Mr. Blakesley frei, wie ein Schwein zu essen, ohne dabei irgendwelche Regeln zu verletzten, weil es keine Regeln zu verletzen gäbe, und dann könnte er nach Lust und Laune ›Klingt doch hirnrissig, oder?‹ sagen, ohne als ungebildet zu gelten, weil Bildung – die Grammatikregeln – noch nicht erfunden wären. Sobald sich aber eine Anzahl Regeln für Etikette oder Grammatik durchgesetzt hat und allgemein als die – am Ideal, nicht am Durchschnitt gemessene – Norm anerkannt ist, steht es einem nur dann frei, gegen sie zu verstoßen, wenn man dabei in Kauf nimmt, vor der Allgemeinheit als Wilder oder Ungebildeter dazustehen. Ganz gleich, wie dogmatisch oder sinnleer die Vorschriften auch sein mögen – sie sind Konvention. Und in puncto Sprache gibt es noch einen weiteren Grund, sich selbst an die albernsten Regeln zu halten. Mr. Blakesley: Wofür steht das Wort *Pferd*?«

Mr. Blakesley tat sich schwer, aber er antwortete: »Für ein Tier. Ein vierfüßiges Tier.«

»Equus caballus«, nickte ich, »ein einhufiges, pflanzenfressendes Säugetier. Und wofür steht das Symbol *x* aus der Algebra?«

»*X?* Für irgendwas. Ist 'ne Unbekannte.«

»Gut. Das Symbol *x* kann dann also für alles stehen, wofür wir es stehen haben wollen, solange es nur immer in einer gegebenen Gleichung für dasselbe steht. Aber *Pferd* ist auch nur ein Symbol, ein Laut, den wir in unserer Kehle machen, oder ein paar Striche an der Tafel. Und theoretisch könnten wir es für alles stehen haben, was wir wollen, oder? Ich meine, wenn Sie und ich uns einigten, daß nur zwischen uns beiden das Wort *Pferd* ›Grammatikbuch‹ bedeutet, dann könnten wir sagen ›schlagen Sie Ihr Pferd auf Seite 20 auf‹ oder ›Haben Sie heute Ihr Pferd mit in den Unterricht gebracht?‹ Und wir beide wüßten, was wir meinten, stimmt's?«

»Klar, möcht ich wohl meinen.« Mr. Blakesley hätte aus

ganzer Seele lieber nicht zugestimmt. Er witterte, daß er irgendwie in der Falle saß, aber es gab für ihn kein Entrinnen mehr.

»Natürlich wüßten wir es. Nur verstünde uns sonst niemand – das ist ja das ganze Prinzip von Geheimcodes. Und doch gäbe es letztlich keinen Grund, warum das Symbol *Pferd* sich nicht stets und ständig auf das Grammatikbuch beziehen sollte statt auf *Equus caballus:* Die Bedeutung eines Wortes ist zumeist willkürliche Übereinkunft, historischer Zufall. Sie war jedoch übereinstimmend anerkannt, bevor Sie und ich da ein Wörtchen mitzureden hatten, daß das Wort *Pferd* sich auf *Equus caballus* zu beziehen hätte, und wenn uns also daran liegt, daß unsere Sätze für die meisten Menschen verständlich sind, müssen wir uns an die Konventionen halten. Wir müssen *Pferd* sagen, wenn wir *Equus caballus* meinen, und *Grammatikbuch,* wenn wir dieses Ding da auf meinem Tisch meinen. Es steht Ihnen frei, gegen die Regeln zu verstoßen, nicht aber, wenn es Ihnen um Verständlichkeit zu tun ist. Wenn Ihnen wirklich an Verständlichkeit gelegen ist, dann ist der einzige Weg, von den Regeln ›loszukommen‹, sie so gründlich zu beherrschen, daß sie einem zur zweiten Natur werden. Das ist das Paradoxon: In jeder irgendwie gearteten komplizierten Gesellschaft ist einer gemeinhin nur in dem Maße frei, wie er sich alle Regeln dieser Gesellschaft zu eigen macht. Wer ist freier in Amerika?« fragte ich zum Schluß, »der Mann, der gegen alle Gesetze rebelliert, oder der Mann, der sie so automatisch befolgt, daß er nie auch nur einen Gedanken an sie verschwenden muß?«

Das letztere war ganz klar ein krasser Rabulismus, aber mir ging es nicht darum, irgend jemanden moralisch aufzurüsten; mir ging es darum, die präskriptive Grammatik aus den Klauen meines unverschämten Mr. Blakesley zu retten und ihn dabei, wenn möglich, sozusagen ans Messer zu liefern.

»Aber Mr. Horner«, sagte ein besorgter Jüngling – in der ersten Reihe natürlich –, »die Menschen finden doch stets neue Wege, um die Dinge besser zu machen, oder? Und müssen normalerweise die Vorschriften ändern, wenn sie Verbesserungen wollen. Wenn niemand gegen die Vorschriften Sturm laufen würde, gäbe es nie einen Fortschritt.«

Ich blickte milde auf den jungen Mann; er würde jeden Mist von mir widerspruchslos hinnehmen.

»Das ist ein weiteres Paradoxon«, sagte ich zu ihm. »Rebellen und Radikale sind zu allen Zeiten Menschen, die erkannt haben, daß Regeln häufig willkürlich – nein, letzten Endes eigentlich immer willkürlich – sind, und sich daher mit ihnen nicht abfinden können. Die Vertreter der freien Liebe – die Frauen, die Zigarre rauchen – die Genossen von Greenwich Village, die den Friseur verschmähen – und alle möglichen Reformer gehören dazu. In jeder Gesellschaft ist der größte Radikale jedoch derjenige, der zwar all die Willkür in den Vorschriften und sozialen Konventionen sieht, für die Gesellschaft, in der er lebt, jedoch ein solches Maß an Verachtung oder Geringschätzung aufbringt, daß er sich diese ganze Wagenladung Nonsens kaltlächelnd aneignet. Der allergrößte Rebell ist derjenige, der um alles in der Welt die Gesellschaft nicht würde ändern wollen.«

So. Dies stürzte – bin ich sicher – meinen aufgeweckten jungen Mann bestimmt in unendliche Verwirrung, und für den Rest der Klasse war es zweifelsohne völlig unverständlich, hatte jedoch auf mich die Wirkung, daß es meinen bereits unter Beweis gestellten Scharfsinn noch mit dem delikaten Gewürz der leise lächelnden Paradoxie anreicherte. Die Stimmung hielt den ganzen Tag vor: Den Kopf voll von der janusköpfigen Ambivalenz des Universums, verließ ich die Schule, wandelte durch der Welt bezauberndes Gleichgewicht, durch ihre allgegenwärtige Polarität auf mein Zimmer, wo mich, im Schaukelstuhl schaukelnd, um neun Uhr abends Rennie vorfand, wie ich noch immer meinem Freund Laokoon schwach zulächelte, dessen Grimasse seine Schönheit ausmachte.

Sie war nervös und wortkarg. Wir sagten uns Hallo, und sie stand eine Minute unbeholfen herum, ehe sie sich setzte. Zweifelsohne hatte sich da irgendein neuer Vorhang aufgetan.

»Was ist denn jetzt los?« fragte ich sie.

Sie gab keine Antwort, tippte sich lediglich auf die Wange und gestikulierte vage mit der rechten Hand.

»Wie geht's Joe?«

»Wie immer.«

»Aha. Und dir?«

»Weiß nicht. Dreh allmählich durch.«

»Joe hat dir doch nicht etwa so zugesetzt, oder?«

Sie sah mich einen Augenblick lang an.

»Er ist Gott«, sagte sie. »Er ist einfach Gott.«

»Das ist mir längst bekannt.«

»Die ganze Woche ist er großartig gewesen. Nicht so wie damals, als er gerade aus Washington zurück war – das war nicht normal für ihn. Hättest meinen können, alles sei vorbei und gegessen.«

»Warum denn auch nicht? Genau so war mir zumute an dem Tag, nachdem es passiert war.«

Sie seufzte. »Also, ich sagte ihm ganz offen, daß ich nicht mehr hierher kommen wollte, daß ich keinen Sinn darin sähe.«

»Gut.«

»Er sagte kein Wort. Sah mich nur lange an, mit einem Blick, daß ich gewünscht hätte, ich wäre tot. Dann, heute abend, sagte er, er sei jetzt schon fast so weit, das als einen Teil von mir zu akzeptieren, obwohl er nicht verstehen könne, warum es begonnen hätte, und er würde mich mehr achten, wenn ich konsequent wäre und nicht abstritte, was ich getan hätte. Dann meinte er, er sähe keinerlei Grund, nochmal darüber zu sprechen, und damit hatte sich's.«

»Mein Gott, dann ist also der ganze Ärger gelaufen, oder?«

»Außer, daß ich ihm nicht so recht glaube, und selbst wenn ich's täte... ich weiß nicht mehr, wer ich bin.«

»Das ist nicht so schlimm. *Ich* weiß das fast nie.«

»Aber Joe immer. Also ist nichts gelöst, solange ich nicht genauso authentisch sein kann wie er und mich nicht genauso eindeutig in allem, was ich tue, erkenne, wie ich ihn in dem, was er tut, erkenne. Joe ist stets erkennbar.«

Ich lächelte. »Fast immer.«

»Du meinst damals, als wir ihm nachspionierten? O du liebe Güte!« Sie schüttelte den Kopf. »Jake, weißt du was? Ich wollte, ich wäre erblindet, bevor ich durch dieses Fenster guckte. Damit hat alles angefangen.«

Süße Paradoxie: »Du könntest auch sagen, damit hat alles aufgehört. Aber nur für einen Morgan würde irgend etwas beginnen oder aufhören. Für einen Horner gewiß nicht. In meinem Kosmos ist jeder noch zum Teil ein Schimpanse, vor allem, wenn er mit sich alleine ist, und da ist keiner geschockt von irgend etwas, was die anderen Schimpansen tun.«

»Ja, aber Joe nicht.«

»Vielleicht ist gerade er derjenige, der sich selbst am wenigsten zum Narren hält, der zugibt, daß wir alle nur so tun als ob.«

Süße, süße Paradoxie!

»Joe und ich haben es in dieser Angelegenheit Proust gleichgetan«, sagte Rennie traurig. »Wir haben alles unter jedem nur denkbaren Gesichtspunkt auseinandergepflückt. Manchmal denk ich, nie in meinem Leben irgendwas so gründlich begriffen zu haben wie das, dann wieder – zum Beispiel nachdem ich das letzte Mal hier war und jetzt – wird mir klar, daß ich es genauso wenig kapiere wie zuvor. Das Ganze ist immer noch ein Rätsel. Es wühlt mich auf, auch wenn ich überhaupt nichts sehe, was mich aufwühlen könnte.«

»Was hält Joe neuerdings von mir?«

»Weiß ich nicht. Glaube nicht, daß er dich noch haßt. Wahrscheinlich hat er einfach keine Lust mehr, sich mit dir zu befassen. Er denkt, deine Rolle dabei sei wohl typisch für dich.«

»Welches ›mich‹, um Himmelswillen?« lachte ich. »Und du?«

»Ich verachte dich immer noch«, sagte Rennie ohne jegliche Emotion.

»Durch und durch?«

»Soweit ich es beurteilen kann.«

Dies erregte mich unheimlich. Ich war an diesem Abend an Rennie nicht sonderlich interessiert gewesen, jetzt aber hatte ich schärfstes Interesse an ihr.

»Ist das erst so, seit wir miteinander geschlafen haben?«

»Ich weiß nicht, wieviel davon darauf zurückzuführen ist, Jake; im Augenblick gerade glaube ich, daß ich dich nie gemocht habe, seit ich dich kenne, aber vermutlich stimmt das nicht. Ich hatte ein gewisses Gefühl für dich, zumindest seit wir mit den Reitstunden angefangen hatten, und soweit ich jetzt sehe, war das eine Art Abneigung. Abscheu, schätz ich, wäre ein besseres Wort dafür. Ich glaube nicht an so was wie Vorahnungen, aber ich schwöre, seit August hab ich gewünscht, wir hätten dich nie getroffen, obwohl ich nicht hätte sagen können, warum nicht.«

Mich überkam ein Gipfelrausch, weitblickend und wolkenlos wurden meine Gedanken; der hundertäugige Argus hätte nicht mehr überblicken können.

»Ich möchte wetten, ich kenne einen Gesichtspunkt, den ihr beide, du und Joe, noch nicht in Betracht gezogen habt, Rennie.«

»Wir haben alle ausprobiert«, sagte sie.

Ich kam mir vor wie der Schluß eines Ellery-Queen-Krimis.

»Nicht den. Und – beim Barte der Hl. Sparsamkeit! – er ist gut, weil er mit einem Minimum an Prämissen ein Maximum an Fakten erklärt. Er ist teuflisch einfach, Rennie: wir haben nicht bloß kopuliert – wir haben Liebe gemacht. Was du da ständig gefühlt hast und dir nicht eingestehen konntest, war, daß du mich liebst.«

»Das stimmt nicht«, schnaufte Rennie und sah mich angespannt an.

»Es könnte stimmen. Ich will ja nicht eitel sein. Zumindest bin ich nicht *nur* eitel.«

»Das habe ich nicht gemeint«, sagte Rennie und tat sich etwas schwer dabei. »Ich meinte – es stimmt nicht, daß ich es mir nie eingestanden habe.«

Jetzt war in ihren Augen wirklich Abscheu zu lesen, nicht aber, wen oder was sie verabscheute. Ich wurde sehr erregt.

»Also, ich will verdammt sein!«

»Das ist eins der Dinge, die mich kaputtmachen«, sagte Rennie. »Die Idee, daß ich die ganze Zeit in dich verliebt gewesen sein könnte, kam mir mit all den anderen – mit der Idee, daß ich dich verachten, und der Idee, daß ich für dich überhaupt nichts Wirkliches empfunden haben könnte, weil du nicht existierst. Weißt schon, was ich meine. Ich weiß nicht, welche davon stimmt.«

»Vermutlich stimmen sie alle, Rennie«, offerierte ich. »Wo wir jetzt mal dabei sind: hast du dir jemals überlegt, ob vielleicht Joe derjenige ist, der nicht existiert?«

»Nein.« Sie wippte leicht mit dem Kopf. »Ich weiß nicht.«

»Ich glaube, du solltest keine Angst vor der Vorstellung haben, so etwas wie Liebe für mich zu empfinden. Freilich, das sagt überhaupt nichts darüber, wie du zu Joe stehst, es sei denn, du möchtest die Sache auf die romantische Tour haben. Ich wüßte wirklich nicht, inwiefern es etwas aussagen sollte, außer daß die ganze Affäre weniger mysteriös ist, als wir vermutet hatten, und, mag sein, weniger schmutzig.«

Aber Rennie akzeptierte eindeutig nichts davon.

»Jake, ich kann heute abend nicht mit dir schlafen.«

Im Wagen küßte ich sie sanft. »Ich finde, das ist toll. Ein Spaß. Zum Schießen!«

»Kann man wohl sagen.«

»Hast du Joe erzählt, daß du auch das, neben all dem anderen, vermutet hast?«

»Nein.« Sie senkte den Blick. »Und ich werde es ihm nie sagen können. Das ist es ja, Jake«, sagte sie und sah mich noch einmal an. »Ich liebe ihn immer noch mehr, als er oder irgend jemand anderes sich vorstellt, aber was vorher zwischen uns war, ist einfach aus. Das macht es hoffnungslos. Auch wenn es gar nicht stimmen sollte, daß ich dich liebe, die Möglichkeit, daß ich vielleicht... die Tatsache, daß ich mir nicht sicher bin, ob ich nicht... macht alles zunichte. Es löst keine Probleme – es *ist* das Problem. Kannst du dir vorstellen, wie mir zumute ist, wenn er sagt, er habe meine Beziehung zu dir akzeptiert und so tut, als sei nichts gewesen? Diese ganze verdammte Geschichte ist von jetzt an eine Lüge – ist es immer schon gewesen, seit ich mir zum erstenmal eingestanden habe, daß ich dich vielleicht liebe.«

»Nichts muß in die Brüche gehen, Rennie.«

»Was zwischen Joe und mir vorher war, ist schon in die Brüche gegangen, und es war vom Besten, was je zwischen einem Mann und einer Frau war. Für Lügen und halbherzige Zuneigung war da kein Platz. Ich fühle mich, als hätte ich eine Million Dollar geklaut, Jake! Wenn ich ihn erschossen hätte, könnte ich mich nicht schlimmer fühlen!«

»Möchtest du, daß ich mit dir reinkomme?« fragte ich.

»Nein.«

»Schiebst du da nicht nur etwas auf?«

»Ich schiebe so viel und so lange auf, wie ich nur kann«, sagte sie. »Ich bin verzweifelt, und das ist das einzige, was ich glaube tun zu können.«

»Joe hat vielleicht die ganze Zeit mit derselben Möglichkeit gerechnet«, regte ich an. »Er hat keine Angst davor, sich allen Alternativen zu stellen.«

»Das würde keinen Unterschied machen.«

»Ich versteh einfach nicht, wieso die Lage verzweifelt ist. In meiner Welt wär sie's nicht.«

»Das wundert mich nicht«, sagte Rennie. Ich war mir nicht sicher, ob sie weinte oder nicht, weil es dunkel war im Wagen. Ich darf wohl behaupten, sie weinte. Wir saßen einige Minuten lang, ohne etwas zu sagen; dann öffnete sie die Tür, um auszusteigen.

»Gott, Jake, ich weiß nicht, wohin das alles noch führen wird.«

»Joe weiß das auch nicht«, sagte ich leichthin. »Das waren seine ersten Worte.«

»Herrgott nochmal, merk dir bloß eins: wenn ich dich überhaupt liebe, dann nicht *nur* das. Ich schwör's, gleichzeitig haß ich dich wahrlich und wahrhaftig wie die gottverdammte Pest!«

»Ich werd mir's merken«, sagte ich. »Gute Nacht, Rennie.« Ohne eine Antwort zu geben, ging sie hinein, und ich fuhr heim, um ein bißchen zu schaukeln und über diese jüngste Enthüllung nachzusinnen. Ich war über die Maßen geschmeichelt – ich reagierte bereitwillig und überschwenglich auf jeden Beweis von Zuneigung, der mir von Menschen zuteil wurde. Hm, naja – vielleicht trügt der Schein, aber der Connoisseur ist seinem innersten Wesen nach nun mal ein Haarspalter. Die Sache ist die: nicht mal in meiner damaligen Stimmung konnte ich in Rennies Gefühlen viel Paradoxes wahrnehmen – und darüber war ich pikiert. Der wahre Kenner – und der war ich seit 9 Uhr 30 morgens – braucht das Paradoxon, wenn es ihm das leise Lächeln zu entlocken gilt, das ihn zu dem macht, der er ist, auf daß es mehr sei als die schlichte Ambiguität, die von der Vagheit bestimmter Begriffe in der Sprache herrührt; im Idealfall sollte es wirklich auffallend miteinander im Widerspruch stehende Begriffe zeigen, deren eigentlich Kompatibilität nur aufgrund subtiler Reflexion erkennbar wird. Die augenscheinliche Ambivalenz von Rennies Gefühlen mir gegenüber war, fürchte ich, wie die widersprüchlichen Meinungen, die ich gleichzeitig gerne häufig vertrat, lediglich eine Pseudoambivalenz, deren Ursprung in der Sprache lag, nicht in den durch die Sprache symbolisierten Begriffen. Tatsächlich bin ich mir sicher: was Rennie fühlte, war eigentlich weder ambivalent noch komplex; es war aufrichtig und einfach wie alle Gefühle – wie alle Gefühle war es aber auch ganz besonders und individuell, die Schwierigkeiten fingen also erst an, wenn sie es mit einem gewöhnlichen Substantiv wie *Liebe* oder *Abscheu* zu etikettieren trachtete. Dinge können nur mit gewöhnlichen Substantiven bezeichnet werden, wenn man sich über die Unterschiede zwischen ihnen hinwegsetzt; spürt man aber genauer nach, sind es gerade diese Unterschiede, die die Substantive unzulänglich machen und den Laien (nicht aber den Connoisseur) glauben lassen, er habe es mit einem Paradoxon, einer Ambivalenz zu tun, wo es in Wirklichkeit nur eine Sache der *x*-igkeit – teils Pferd, teils Grammatikbuch – ist und nichts weiter. Den Dingen Namen zuzuweisen ist wie den Menschen Rollen zuweisen: notwendigerweise eine Verzerrung, aber eine nötige Verzerrung, wenn man mit dem ganzen Plot zurechtkommen will, und für den Kenner ist's ein schöner Jux.

So liebte mich Rennie denn und haßte mich zugleich! Sagen wir: sie x-te mich, und wir sollten so weise sein, darüber nicht zu lächeln.

Im Lauf dieses Monats hatte ich Joe natürlich einige Male in der Schule gesehen, obgleich wir gesellschaftlich nicht mehr miteinander verkehrten. Wäre es möglich gewesen, hätte ich ihn überhaupt total gemieden, nicht, weil ich weniger Wärme, Bewunderung oder Achtung für ihn empfunden hätte – im Gegenteil, ich empfand von alldem nur noch mehr und Mitgefühl obendrein –, sondern weil sein Anblick mich immer wieder mit plötzlicher Verlegenheit und Scham erfüllte, ganz gleich, welche Gefühle ich sonst hegte. Um, so wie Joe, nichts zu bereuen, was man einmal getan hat, bedarf es zumindest eines starken Bewußtseins von der Ganzheit der eigenen Person, und das ist etwas, was mir immer gefehlt hat. Ja, der Konflikt zwischen individuellen Überzeugungen reichte, wie Joe zugab, nah an den Kern seines Subjektivismus, den ich sogar noch weiter treiben sollte: Subjektivismus nämlich impliziert ein Ich, und wo jemand sich einer Pluralität von ›Ichs‹ vergewissert, trägt er eben diesen Konflikt auf einer tief inneren Ebene aus, und jedes der einzelnen Ichs der Person beansprucht für seine Überzeugung dieselbe unwiderlegliche Gültigkeit, auf die in Joes System Individuen und Institutionen Anspruch erheben dürfen. Mit anderen Worten: nach dem klarsten Bild meiner selbst beurteilt, ist das Individuum im Grunde genauso wenig Individuum wie das Atom ein Unteilbares: es läßt sich nicht weiter spalten – und der Subjektivismus wird solange nicht eigentlich verständlich sein, bis man nicht endlich das Subjekt lokalisiert hat. Ich darf das wohl so sagen, obgleich es mir nicht der Fall zu sein schien. Ich sollte aus vollem Herzen der Morganschen Ethik beipflichten. So wie die Dinge liegen, kann ich jedenfalls darin, daß ich sage, daß ich ihr manchmal irgendwie zustimme und manchmal nicht, nicht mehr Inkonsequenz sehen als in der Behauptung: »Einige stimmen mit Morgan überein und andere nicht.«

Gerade so kam es mir vor, wenn ich mich wegen des

Ärgers, den ich ihm bereitet hatte, fürchterlich genierte, Joe auf dem Flur, in der Cafeteria oder in meinem Büro zu treffen – wenn ich insgeheim meinen Ehebruch nicht nur bereute, sondern eigentlich sogar verwarf –: es kam mir dann wirklich so vor, als ob *ich* das nicht tun würde, was jener Jacob Horner getan hatte: ich fühlte mich nicht identisch mit jenem dummen Kerl. Des Ehrgefühls halber (an das ein Horner oder wer glaubte) wollte ich diesen Pluralismus jedoch nicht einklagen, aus Furcht, Joe würde ihn als Verteidigungsstrategie auffassen.

Nur einmal im September führten wir, was man ein Gespräch nennen könnte. Es war unmittelbar vor Monatsende, als er, weil er mich zufällig allein in meinem Büro sitzen sah, zu einem Fünf-Minuten-Plausch hereinkam. Wie immer guckte er frisch, gescheit, sauber und schneidig aus der Wäsche.

»Mr. MacMahon beklagt sich, seine Pferde würden zu fett«, sagte er. »Wie kommt's, daß du die Reitstunden gesteckt hast?«

Ich wurde rot. »Dachte, der Kurs wär zu Ende, schätz ich.«

»Willst du weitermachen? Ist für ihn ganz schön schwierig, die Zeit zu finden, sie so auf Trab zu halten, wie sie es brauchen.«

»Nein, ich glaub nicht. Hab irgendwie das Interesse daran verloren und kann mir auch nicht denken, daß es Rennie großen Spaß machen würde.«

»Warum denn nicht? Warum sollte es ihr keinen Spaß mehr machen?«

Aus seiner Stimme war nicht die Spur von Bosheit herauszuhören; ich konnte aber nicht umhin zu denken, daß ich absichtlich in Verlegenheit gebracht werden sollte.

»Du kennst doch den Grund, Joe. Warum schlägst du's dann überhaupt vor?« Ich war plötzlich an Rennies Statt ungehalten. »Ich fühle mich verdammt unbehaglich dabei, dich zu kritisieren, aber ich begreife nicht, warum du so fest entschlossen bist, daß sie sich noch schlimmer fühlen soll, als sie es ohnehin schon tut.«

Er stupste sich die Brille auf die Nase zurück.

»Kümmer du dich bloß nicht um Rennie.«

»Du meinst, es sei ein bißchen spät für mich, so rücksichtsvoll zu werden. Einverstanden. Aber wenn du nicht darauf aus bist, sie zu bestrafen, wieso, frag ich mich, zwingst du sie dann, auf mein Zimmer hochzukommen und so.«

»Ich bin nicht darauf aus, irgend jemanden zu bestrafen, Jake; das weißt du doch. Ich versuche nur, sie irgendwie zu begreifen.«

»Ja, aber siehst du denn nicht, daß sie in diesen Tagen ganz schön fertig ist? Wundert mich, daß sie das so lange durchgehalten hat.«

»Sie ist ziemlich stark«, lächelte Joe. »Wahrscheinlich hast du nicht mitgekriegt, daß Rennie und ich in den letzten zwei Wochen in gewisser Weise so glücklich waren wie schon lange nicht.«

»Wie denn das?«

»Zunächst mal hab ich, als es losging, meine Dissertation für 'ne Weile gesteckt, wir hatten also mehr Zeit füreinander als sonst. Wir haben – es mußte ja sein – mehr denn je über uns selbst miteinander geredet und all das.«

Ich war entsetzt. »Du kannst doch nicht sagen, daß sie glücklich war.«

»Wahrscheinlich nicht so, wie du dir's vorstellst. Wir sind sicherlich nicht *leichtlebig* gewesen. Man kann aber ganz gut glücklich sein, ohne leichtlebig zu sein; wesentlich ist, daß wir ziemlich intensiv und objektiv miteinander umgegangen sind – den anderen so gründlich wie möglich studiert haben; dieser Teil davon war schön. Wir waren auch viel draußen, weil wir unsere Gesundheit darüber nicht ruinieren wollten. Egal ob wir nun etwas geklärt haben oder nicht, wir dürften einander viel nähergekommen sein, als wir es jemals waren.«

»Und? Habt ihr deiner Meinung nach was geklärt?«

»Also, ganz sicher haben wir einiges *gelernt.* Vor allem haben wir alle möglichen Bindungen und Verknüpfungen aufgespürt, von denen wir vorher keine Ahnung hatten, so daß unsere Beziehung wahrscheinlich nicht zerbrechen würde, auch wenn sich die Sache nicht von alleine wieder einrenkt. Ich bezweifle, daß ich sie genauso wie vorher achte – wie käme ich dazu? Wenigstens achte ich sie nicht für die gleichen Dinge. Aber sie hat sich phantastisch gehalten. Verdammt stark die meiste Zeit: und das weiß ich zu schätzen. Was hältst du denn von meiner lieben Rennie dieser Tage?«

»Ich?« Ich hatte mir keine tieferen Gedanken darüber gemacht, was ich von ihr hielt, zumindest nicht seit ihrer Enthüllung vor zwei Abenden. Nun hieß es, schnell darüber nachzudenken. »Ach, ich weiß nicht«, wehrte ich ab.

»Du mußt ja vorher ein komisches Bild von uns beiden gehabt haben. Ich wüßte gerne, was du jetzt von ihr hältst. Ärgerst du dich über sie, weil sie mit ihren Gefühlen nicht zurechtkommt?«

Ich lehnte mich im Stuhl zurück und betrachtete den Rotstift, mit dem ich gerade Grammatikübungen korrigiert hatte.

»Um die Dinge beim Namen zu nennen«, sagte ich, »es könnte sein, daß ich in sie verliebt bin.«

»Ist das wahr?« fragte er hastig, hellauf interessiert.

»Ich wäre nicht so überrascht. Naja, es ist schon ein paar Tage her. Im Moment fühle ich es nicht so stark, aber ich fühle auch wieder nicht, daß ich *nicht* in sie verliebt bin.«

»Ist ja toll!« lachte Joe. Ich glaube, was er meinte, war:

Ist ja interessant. »Ist es das, was du empfunden hast, als du mit ihr zum erstenmal geschlafen hast? Das hättest du doch sagen können.«

»Nein. Damals hab ich so etwas nicht empfunden.«

»Weiß Rennie davon?«

»Nein.«

»Wie sehen ihre Gefühle für dich aus?«

»Vor kurzem verachtete sie mich. Vor ungefähr einer Woche meinte sie, ich wär ihr scheißegal.«

»Liebt sie dich?« fragte er mit einem Lächeln.

Nun behauptete ich ja die ganze Zeit, Joe sei ohne böse Hintergedanken gewesen, aber wirklich zu glauben, ein Mann könne ohne Hintergedanken sein, ist beinah unmöglich. Vielleicht war es ja eine große Ungerechtigkeit, dem offenen Lächeln und dieser reinen Stirn Joes nicht völlig zu trauen, aber ich muß gestehen, ich tat's nicht.

»Sie verachtet mich«, sagte ich, »da bin ich mir ziemlich sicher.«

Joe seufzte. Er saß neben mir auf dem Drehstuhl, stemmte nun die Füße auf den Tisch und verschränkte die Arme hinterm Kopf.

»Hast du dir mal überlegt, ob vielleicht ich die Schuld an alldem trage? Vieles ließe sich ganz gut erklären, wenn du einfach behaupten würdest, ich hätte aus irgendeinem perversen Grund die ganze Affäre inszeniert. Das wäre nur eine Möglichkeit unter anderen. Was meinst du?«

»Perversität? Ich weiß nicht, Joe. Wenn mir etwas pervers vorkommt, dann, daß du Rennie zu mir hochschickst.«

Er lachte. »Jetzt, wo raus ist, was passiert ist, könntest du alle meine Versuche, euch beiden auf die Sprünge zu helfen, pervers nennen, aber wenn daran wirklich etwas Perverses war, dann unbewußt. Aber du kannst doch nicht wirklich glauben, daß es Perversität ist, die mich darauf bestehen läßt, daß sie zu dir hochkommt. Das ist eigentlich nichts als eine Art Test für sie. Sie muß sich ein für allemal entscheiden, wie sie zu dir, zu mir und zu sich selbst steht, und du weißt so gut wie ich: wenn es wegen dieser Trips zu deiner Wohnung wäre, würde sie die erste Frage so schnell wie möglich verdrängen.«

»Meinst du nicht, daß du damit nur Wunden offen hältst?«

»Vielleicht schon. Ja, in der Tat, genau das tue ich. Wir müssen jedoch in diesem Fall die Wunde offen halten, bis wir genau wissen, was für eine Wunde es ist und wie tief sie geht.«

»Mir scheint, bei Wunden ist es in erster Linie wichtig, sie zu schließen, egal wie.«

»Da läßt du dich von der Analogie verführen«, lächelte Joe. »Dies ist keine physische Wunde. Wenn du sie ignorierst, mag es so scheinen wollen, als bildete sie sich zurück; in einer Beziehung zwischen zwei Menschen heilen Wunden jedoch nicht, indem man sie ignoriert – nein, sie kommen immer wieder, wenn man das tut.« Er ließ das Thema fallen. »Du liebst Rennie also?«

»Ich weiß nicht. Es kam mir ein- oder zweimal so vor.«

»Würdest du sie heiraten, wenn sie nicht mit mir verheiratet wäre?«

»Ich weiß nicht. Wirklich nicht.«

»Wie würdest du damit klarkommen, wenn sich als bester Ausweg für die Sache so etwas wie eine sexuelle Dauerbeziehung zwischen dir und ihr ergäbe? Ich meine eine *menage à trois* ohne Konflikte, Geheimniskrämerei oder Eifersucht?«

»Ich glaub nicht, daß das eine Lösung wäre. Ich wär ja vielleicht der Typ dafür, um mit so was leben zu können, aber ich glaube nicht, daß Rennie oder du es könntet.« Tatsache ist: ich fand es interessant, zu registrieren, daß genau in dem Augenblick, als das Wort Heirat und sexuelle Dauerbeziehung fiel, der Gedanke an Rennie mich zu ermüden begann. Glückliche Perversität des Menschengeschlechts! Von einem Ehemann war wenig in mir.

»Glaub ich auch nicht. Wie soll's nun weitergehen, Jake? Sag *du's* mir.«

Ich schüttelte den Kopf.

»Soll ich euch beide abknallen?« grinste er. »Einen 45er-Colt und etwa ein Dutzend Kugeln hab ich schon. Als Rennie und ich uns zum erstenmal mit der Sache rumschlagen mußten, damals, als ich für drei Tage oder so von der Schule wegblieb, hab ich den alten Revolver aus dem Keller ausgebuddelt, geladen und ins Fach vom Wohnzimmerschrank gelegt, falls einer von uns ihn würde brauchen wollen, für uns oder jemand anderen.«

Diese Erklärung ließ mich erschauern. Vielleicht war es am Ende Joe, den ich liebte. Er stand auf und schlug mir freundschaftlich auf die Schulter.

»Da bleibt dir die Spucke weg, was?«

Ich schüttelte den Kopf. »Verdammt soll ich sein, wenn mir darauf eine Antwort einfällt, Joe.«

»Tschä«, sagte er, streckte sich und stolzierte durch die Tür, »er liegt noch im Schrank. Vielleicht werden wir ihn einmal brauchen.«

Der 45er-Colt, der der US-Armee als Faustfeuerwaffe dient, ist eine massive, schwere, mörderisch anzusehende Pistole. Sein Rückstoß reißt den Arm des Schützen hoch, und die dicke Bleikugel, die er abfeuert, trifft mit einer Wucht auf, die genügt, einen Mann aus dem Anzug zu pusten. Die nächsten drei, vier Tage, nachdem Joe sie erwähnt hatte, besetzte das Bild dieser Waffe meine Einbildungskraft vollständig: Ich stellte sie mir vor, wie Joe und Rennie sie sich vorgestellt haben mußten, all die Tage und Nächte hindurch, in denen sie jedes Detail des Ehebruchs seziert und geprüft hatten, groß und riesig im Wohnzimmerschrank darauf harrend, daß einer den Schlußstrich ziehen würde. Kein Wunder, daß Rennies Nächte schlaflos waren! Meine waren es auch, seit dieses Ding so beiläufig zur Sprache gebracht worden war. Erschreckend deutlich aktualisierte es sich als die konkrete Verkörperung einer Alternative – selbst in meinem Zimmer: daß die Waffe existierte, verlagerte das Spiel gewissermaßen auf ein anderes Spielfeld; mischte all meinen Überlegungen zur Sache eine Unmittelbarkeit bei, die die Morgans – dessen bin ich sicher – von Anfang an gespürt hatten, die ich jedoch bis jetzt in meiner Isolation nicht hatte spüren können.

Tag und Nacht träumte ich von dieser Pistole. In meiner Phantasie sah ich sie immer daliegen, wie in einer Dunkelkammer, hart und flach auf dem Schrankbord, während durch die Tür die undeutlichen Stimmen von Joe und Rennie drangen, die Tag und Nacht redeten. Redeten, redeten, redeten. Ich hörte nur das Geräusch ihrer Stimmen – Rennie still, verzweifelt, dann wieder hysterisch; Joe stets ruhig und vernünftig, Stunde um Stunde, bis seine ruhige Vernünftigkeit alptraumhaft und wahnwitzig wurde. Nie war mein Kopf von etwas so voll gewesen wie vom Bilde dieses Revolvers, da bin ich mir sicher. Er nahm Formen an, so verschieden wie die Aspekte von Laokoons Lächeln, aber viel zwingender und natürlich endgültig. Es war das Endgültige, das dem Gedanken an den Revolver seine Hartnäckigkeit verlieh. Er begleitete mich stets und ständig.

So war es wie das Wahrwerden eines Alptraums, als ich kurz darauf der Waffe selbst in meinen vier Wänden gegenüberstand, deren Bewohner *in spiritu* sie ja schon gewesen, und das war der Grund, warum ich erblaßte, warum mir die Kräfte schwanden; eine abstrakte Furcht vor Pistolen habe ich nämlich nicht. Rennie kam um acht Uhr, nachdem sie eine Stunde vorher angerufen hatte, um mir mitzuteilen, daß sie mich sehen wolle, und zu meiner Überraschung kam Joe mit ihr, und mit Joe kam der Colt in einer Papiertüte. Mir war so, als hätte Rennie geweint – ihre Wangen waren bleich und die Augen geschwollen – Joe aber schien guter Dinge. Das erste, was er tat, nachdem er meine Begrüßung dankend entgegengenommen hatte, war, die Pistole aus der Tüte zu nehmen und sie vorsichtig auf einen kleinen Rauchtisch zu legen, den er in die Mitte des Raumes gerückt hatte.

»Da ist sie, Jacob«, lachte er. »Was unser ist, sei auch dein.«

Ich schaute bewundernd auf den Revolver, ohne ihn anzurühren, lachte kurz mit Joe über seine nicht sehr humorvolle Geste und wurde – wie schon gesagt – blaß. Es war ein beeindruckendes Ding, tatsächlich so groß wie vorher nur in meiner Einbildungskraft, und kein bißchen weniger endgültig anzusehen. Joe las in meiner Miene.

»Wie wär's mit einem Bier?« fragte ich. Je entschlossener ich war, mir meine Angst nicht anmerken zu lassen – Angst, wollte ich zu verstehen geben, wäre das letzte, was angebracht war –, desto deutlicher machte sie sich in meiner Stimme und meinem Verhalten bemerkbar.

»Also. Rennie? Willst du eins?«

»Nein danke«, sagte Rennie mit einer Stimme, die der meinen glich. Sie saß auf dem überladenen Sessel am Fenster zur Straße hin und Joe auf der Kante meines monströsen Betts, so daß wir, als ich die Bierflaschen geöffnet hatte und den einzig noch übrigen Stuhl, meinen Schaukelstuhl, einnahm, exakt ein gleichseitiges Dreieck bildeten, mit dem Revolver als Mittelpunkt. Joe fiel das im gleichen Moment auf wie mir, und obgleich ich für sein Grinsen meine Hand nicht ins Feuer legen möchte: *meins* war jedenfalls nicht jovial.

»Also. Worum geht's?« fragte ich ihn.

Joe stupste sich die Brille auf die Nase zurück und schlug ein Bein übers andere.

»Rennie ist schwanger«, sagte er ruhig.

Wenn ein Mann mit einer Frau geschlafen hat, ganz gleich unter welchen Umständen, ist einem bei so einer Nachricht immer, als versetze einem plötzlich ein Pferd einen Tritt in den Magen. Die Pistole nahm immer bedrohlichere Umrisse an; ich brauchte etliche Sekunden, um meinen ganzen Witz zusammenzunehmen und mir klarzumachen, daß es nichts gab, worüber ich hätte beunruhigt sein müssen.

»Gratuliere.«

Joe lächelte weiter, wenig herzlich, und Rennie stierte auf den Bettvorleger. Eine Zeitlang sprach keiner ein Wort.

»Was ist denn los?« fragte ich und wußte nicht genau, wovor ich Angst hatte.

»Ich nehme an, wir wissen nicht genau, wem gratulieren«, sagte Joe.

»Wieso nicht?« Mein Gesicht brannte. »Du befürchtest doch nicht etwa, *ich* sei der Vater, oder?«

»Ich hab keine spezielle Angst vor irgend etwas«, sagte Joe. »Aber du könntest der Vater sein.«

»Darüber brauchst du dir keine Sorgen zu machen, Joe; glaub mir.«

Ich schaute leicht erstaunt auf Rennie, die meiner Meinung nach sich was Besseres hätte einfallen lassen können, als das Ganze unnötigerweise noch mehr zu komplizieren.

»Du meinst, weil du jedesmal ein Präservativ verwendet hast. Ich weiß Bescheid. Ich weiß sogar, wie oft du eins verwenden mußtest und welche Sorte du benutzt hast, Jacob.«

»Also zum Teufel, worum geht's denn dann eigentlich?«

»Es geht darum, daß ich auch jedesmal eins verwendet habe – die gleiche Marke, wenn du's genau wissen willst.«

Ich war platt. Und dort lag die Pistole.

»Also«, fuhr Joe fort, »wenn dieses Dreieck, wie meine liebe Rennie mir erzählt, nie ein Viereck gewesen ist, und wenn ihr Frauenarzt nicht lügt, wenn er behauptet, Gummis seien zu achtzig Prozent dicht, dann sollte die Gratulation hübsch beidseitig verlaufen. In der Tat – wobei andere Fakten fifty-fifty stehen mögen – stehen die Chancen eins zu vier, daß du wirklich der Vater bist.«

Nichts in Joes Stimme, nichts in seinem Gesichtsausdruck ließ erkennen, was er wirklich von dieser Möglichkeit hielt.

»Wie sicher bist du dir, schwanger zu sein?« fragte ich Rennie. Zu meinem Verdruß zitterte meine Stimme.

»Ich – ich bin ganz schön weit«, sagte Rennie und schluchzte zwei-, dreimal. »Und die letzten zwei Tage hab ich mich oft übergeben.«

»Gut, aber du weißt ja, daß du schon mal geglaubt hast, du wärst schwanger.«

Sie schüttelte den Kopf. »Damals war's ein Wunschdenken.« Sie mußte einige Sekunden warten, bis sie wieder sprechen konnte. »Damals wollte ich schwanger sein.«

»Da bestehen wenig Zweifel«, sagte Joe. »Hat keinen Zweck, in dieser Richtung zu hoffen. Die Frauenärzte lassen sich nicht auf einen Monat oder so festlegen, aber Rennie kennt ihre Symptome.«

Ich seufzte ungewiß; Joe ließ noch immer nicht durchblicken, wie es in seinem Innern aussah. »Mann, das macht alles noch komplizierter, was?«

»So, tut es das? Was meinst du, inwiefern macht es alles noch komplizierter?«

»Ich würde meinen, das hängt davon ab, wie ihr beiden euch fühlt.«

»Wieso denn das? Paß mal auf, Horner, du solltest dich entscheiden, welchen Standpunkt du einnehmen willst. Rennie ist von mir und dir gleich weit entfernt.«

»Wir hätten wohl mit dieser Möglichkeit rechnen sollen, nehme ich an«, erklärte ich vorsichtig.

»Was du eigentlich meinst, ist doch, daß *ich* mit der Möglichkeit hätte rechnen sollen, als ich Rennie hier hochschickte? Ich hab mit allen Eventualitäten gerechnet. Das heißt noch lange nicht, daß mir die Vorstellung gefällt, daß sie mit einem Kind von dir schwanger ist. Gottverdammte Scheiße – mir gefällt diese Möglichkeit ganz und gar nicht, wenn du's wissen willst, und ich habe nicht gerade gewollt, daß das passiert. Aber ich hab damit vom ersten Augenblick an gerechnet, als ich hörte, du hättest sie auf die Matte gelegt. Wenn ihr beide das nicht getan habt, dann seid ihr ziemlich dumm.«

»Das ist eine Möglichkeit, mit der ich im Prinzip nie rechnen würde«, lächelte ich reuig. »Ein Junggeselle würde ein sehr einsames Leben führen, wenn er das ständig täte.«

»Was der Himmel verhüten möge.«

Ich zuckte mit den Achseln. Mir war nicht klar, inwieweit ich berechtigt war, an seinem Benehmen Anstoß zu nehmen: die Sache war zu kompliziert. Eine Weile herrschte Stille. Joe kaute träge an seinem Daumennagel herum, Rennie stierte noch immer auf den Bettvorleger, und ich versuchte mir den Revolver aus dem Gedanken- und Blickfeld zu halten.

»Was schlägst du vor, Joe?«

»Sag sowas jetzt nicht«, protestierte er. »Es ist ja nur zum Teil mein Kind. Was schlägst *du* denn vor?«

»Also ich kann nichts sagen, solange ich nicht weiß, ob du das Kind behalten oder zur Adoption freigeben willst oder was. Weißt du, ich würde für den Frauenarzt und das Krankenhaus und so zahlen, und für den Unterhalt des Kindes, falls du dich dazu entschließt, es zu behalten, oder alles tun, was ich für eine Adoption tun kann. Wenn ich das Kind selbst großziehen könnte, würde ich's tun.«

»Aber du kannst nicht für Rennie kotzen oder ihr was von den Wehen abnehmen.«

»Nein, das kann ich nicht.«

»Du übersimplifizierst die Sache gerade dann, wenn du sagst *›falls ich mich entschließe, das Kind zu behalten‹*. Das schiebt mir die Verantwortung in die Schuhe. Du sagst, du wärst bereit, die Kosten zu übernehmen, aber das bedeutet gar nichts, und das weißt du sehr wohl. Ein praktisches Problem, wie zum Beispiel ein Geldproblem, daraus zu machen, ist zu einfach. Ich fände es viel besser, wenn du deinen Teil an Verantwortung übernehmen würdest. Du brauchst mir nichts von dem Mist abzunehmen. Auch das wär zu billig.«

»Wie soll ich's denn anstellen, Verantwortung zu übernehmen?« fragte ich. »Ich bin ja gerne bereit.«

»Dann bezieh doch endlich Stellung und bleib dabei, damit wir wissen, mit wem wir's zu tun haben! Schieb nicht alles *mir* in die Schuhe! Was zum Teufel denkst *du* denn, was ich machen soll? Sag Rennie, was sie deiner Meinung nach tun soll, und wir sagen dir's dann auch. Und dann können wir endlich an dem Problem arbeiten, verdammt und zugenäht!«

»Ich hab keine Meinung, Joe«, sagte ich matt. Das Problem war natürlich mal wieder, daß ich zu viele Meinungen hatte. Ich war auf jedermanns Seite.

Joe sprang vom Bett, schnappte sich die Pistole und zielte mir ins Gesicht.

»Wenn ich dir sage, ich drücke ab, hättest du vielleicht *dann* eine Meinung?«

Mir war schlecht. »Los, mach schon, drück ab.«

»Das würde dir so passen: dann brauchtest du für nichts mehr geradezustehen.« Er legte die Pistole auf den Rauchtisch zurück. Rennie hatte die Szene mit Tränen in den Augen verfolgt, weinte aber für keinen von uns beiden.

»Was willst *du* denn tun?« fuhr Joe sie an, und als sie

heftig ihren Kopf hin und her bewegte, sah ich auch in seinen Augen die Tränen, obwohl sich sein Gesichtsausdruck nicht verändert hatte. Sie hatten sich jedenfalls nicht gegen mich verbündet.

»Mir ist alles eins«, sagte Rennie. »Macht, was ihr wollt.«

»Verflucht will ich sein!« schrie Joe, und Tränen liefen dabei seine Wangen herunter. »Ich werde weder für ihn noch für dich denken. Denk für dich selbst – oder ich will nichts mehr mit dir zu tun haben! Ich mein es ernst!«

»Ich will das Kind nicht«, sagte Rennie zu ihm.

»Willst du es zur Adoption freigeben?«

Sie schüttelte den Kopf. »Das würde nichts bringen. Wenn ich es neun Monate im Bauch trage, werde ich es schließlich liebhaben. Ich will es aber nicht liebhaben. Ich will es nicht neun Monate mit mir rumschleppen.«

»Okay, da ist die Pistole, knall dich ab.«

Rennie schaute ihn traurig an. »Wenn du willst, daß ich's tue, dann tu ich's, Joe.«

»Zum Teufel mit allem, was ich will!«

»Wolltest du sagen, du willst eine Abtreibung, Rennie?« fragte ich.

Rennie nickte. »Ich will dieses Kind loswerden. Ich will dieses Kind nicht austragen.«

»Wo zum Teufel willst du hier irgendwo einen Arzt finden, der Abtreibungen macht?« fragte Joe angewidert. »Wir sind hier nicht in New York.«

»Ich weiß nicht«, sagte Rennie. »Aber ich trag dieses Kind nicht aus. Ich will es nicht haben.«

»Willst du wieder zu Dr. Walsh gehen wie beim letzten Mal und dich von ihm beleidigen lassen?« fragte Joe. »Der schmeißt dich doch raus! Ich glaube nicht, daß es in diesem Landstrich einen einzigen Arzt gibt, der Abtreibungen macht.«

»Ich weiß nicht«, sagte Rennie. »Entweder krieg ich eine

Abtreibung oder ich erschieß mich, Joe. Ich habe mich entschieden.«

»Prima, klingt echt heroisch, Rennie, aber jetzt denk mal scharf nach: du kennst hier in der Gegend nirgendwo einen Abtreibungsarzt, oder?«

»Nein.«

»Und du kennst auch keinen in Baltimore oder Washington oder sonstwo. Und du kennst niemanden, der schon mal 'ne Abtreibung hat machen lassen, oder?«

»Nein.«

»Also. Du sagst, entweder, du kriegst eine Abtreibung, oder du knallst dich ab; angenommen, du fingst morgen an: Was wirst du unternehmen, um einen Abtreibungsarzt zu finden?«

»Weiß ich nicht!« weinte Rennie.

»Verdammt nochmal, wenn es je eine Zeit gab, in der wir einen klaren Kopf behalten mußten, dann jetzt, aber du denkst nicht logisch. Du entwirfst Alternativen, die es für dich gar nicht wirklich gibt.«

Rennie schrie leise auf und stürzte zum Rauchtisch, aber weil ich genauso gut wie Joe mitgekriegt hatte, daß sie dazu getrieben wurde, reagierte ich prompt auf ihre Bewegung. Hals über Kopf stürzte ich mich aus meinem Schaukelstuhl auf den Revolver. Ich ging zu früh zu Boden (Körperbeherrschung war nicht meine Stärke), aber meine Finger krallten sich an der Tischkante fest, und ich riß Tisch, Revolver und alles runter und auf mich drauf. Rennie, in ihrer Hast, versetzte mir mit dem Schuh einen betäubenden Schlag auf den Kopf und fiel auf die Knie. Sie tastete nach dem Colt, der auf meinem linken Schulterblatt gelandet war und neben meiner Achselhöhle zu Boden glitt. Ich wälzte mich darauf und hielt ihn so außerhalb ihrer Reichweite, um ihn selbst in die Finger zu bekommen, und dann wehrte ich Rennie so lange ab, bis ich wieder auf meinen Füßen war. Sie versuchte nicht, ihn mir abzunehmen, sondern ging zu ihrem Sessel zurück und begrub ihr Gesicht in den Händen. Arg mitgenommen ließ ich den Rauchtisch liegen, wie er war, und behielt die Waffe bei mir.

»Ihr seid ja wahnsinnig, Leute!« sagte ich.

Joe hatte sich nicht vom Fleck gerührt, obwohl es offensichtlich auch ihn arg mitgenommen hatte.

»Sag mir, warum, Horner«, fragte er mit beträchtlicher Erregung.

»Ich denke nicht daran«, sagte ich. »Willst du, daß sie sich eine Kugel durch ihren verdammten Schädel jagt?«

»Ich will, daß sie selbständig denkt«, sagte Joe. »Da du sie zurückgehalten hast, mußt du wohl anderer Meinung sein. Oder willst du nur kein Chaos in deinem Zimmer haben? Wär's dir lieber, wenn wir nach Hause gingen und dort unsere Schießübungen veranstalteten?«

»Um Himmels willen, Joe, liebst du deine Frau, oder liebst du sie nicht?«

»Wo du gerade diese Frage aufwirfst: liebst *du* sie denn? Hast du sie deshalb davon abgehalten?«

»Im Augenblick liebe ich überhaupt niemanden. Ich denke, ihr seid beide verrückt.«

»Hör auf, Sachen daherzuquatschen, die du nicht begründen kannst! Willst du sie lieber zwingen, ein Kind zu kriegen, das sie nicht haben will?«

»Es ist mir scheißegal, was ihr beide macht; aber den Revolver werd ich jetzt mal in Beschlag nehmen.«

»Du quatschst doch nur Blödsinn«, sagte Joe wütend. »Du weigerst dich, zu denken. Du redest noch immer von *uns allen* und weißt doch ganz genau, daß das eine Verzerrung der Tatsachen ist. Du sagst, es sei dir scheißegal, was Rennie tut, nimmst ihr aber die Möglichkeit, sich frei zu entscheiden. Du tust dein Bestes, um alles heillos zu verwirren.«

»Was in Dreiteufelsnamen willst du eigentlich?« schrie ich.

»Ich will, daß du alles vergißt, außer, was zur Sache gehört und was nicht«, sagte Joe heftig. »Die Leute handeln, wie's ihnen grad paßt, ob sie scharf nachgedacht haben oder nicht, und, Horner, wenn es etwas gibt, wofür ich dich um die Ecke bringen würde, dann dafür, daß du die Sache so hochschaukelst, daß wir zu handeln gezwungen sind, bevor wir die Zeit hatten nachzudenken, oder wenn du, wie gerade jetzt, jemandem bei etwas so Wesentlichem die Entscheidungsfreiheit nimmst. Glaub bloß nicht, daß ich nur so daherrede: ich könnte dich dafür umbringen.«

»Was gehört denn nicht zur Sache?«

»Nicht zur Sache gehört zunächst mal, daß du alles zu sehr vereinfachst. Mich *als den Ehemann* zu fragen, wie meine Stellung dazu aussieht; Rennie und mir gegenüber so zu tun, als läge hier ein Komplott gegen dich vor; ihr Handeln abzublocken; von Perversität und Wahnsinn daherzureden.«

»Verdammt, Joe, wenn ich nicht gesprungen wäre, wäre sie jetzt schon *tot!* Wärst du dann zufrieden?«

»Wir treiben hier keine Spielchen, Jake! Schlag dir alle Filme, die du mal gesehen, und alle Romane, die du mal gelesen hast, aus dem Kopf. Vergiß alles, was nichts mit dem Problem zu tun hat. Alles andere verwischt das Problem und verwirrt nur.« Er verlor die Beherrschung. »Hör auf, mich anzuglotzen, als wär ich ein Monster!« schrie er. »Wenn du jemals einen gekannt hast, der realistisch über diese Dinge hier nachgedacht hat, dann bin *ich* das, Gott verdamm's! Falls es dich interessiert, dann kann ich dir sagen, daß auch wir beide jetzt tot wären, wenn Rennie sich erschossen hätte; aber ich hätte sie nicht zurückgehalten. Du bist noch keinem begegnet, der eine Frau wirklich geliebt hat, Horner: die lieben doch alle nur die Bilder in ihrem Kopf. Wenn ich Rennie nicht liebte, glaubst du, ich hätte dann hier sitzen bleiben können, als sie nach dem

Revolver griff? In der Heiligen Dreifaltigkeit Namen, Horner, *sperr doch mal deine Augen auf!* Mach doch nur dieses eine Mal deine verdammten Augen auf und versuch jemanden zu verstehen!«

»Willst du, daß ich die Pistole auf den Tisch zurücklege?«

»Hör auf, mich zu fragen, was ich will!«

Ich wußte nicht mehr, was ich tun sollte.

»Hier«, sagte ich und reichte Joe den Revolver. »Wenn du unbedingt nach deinen Ideen handeln willst, dann leg ihn auf den Tisch zurück.«

Joe nahm den Revolver und bot ihn ohne Zögern Rennie an.

»Hier«, sagte er liebenswürdig, sich auf ihre Stuhllehne stützend. »Willst du ihn haben?«

Rennie schüttelte den Kopf, ohne ihn anzusehen.

»Vielleicht zieht sie vor, daß du es für sie erledigst«, sagte ich so beißend wie möglich, war aber so mitgenommen, daß mir schwindelte.

Joe warf mir einen flüchtigen Blick zu. »Willst du, daß ich dich erschieße?« fragte er sarkastisch. Sie schüttelte den Kopf. Joe stellte den Rauchtisch wieder auf die Beine, legte die Pistole darauf und ging an seinen Platz auf dem Bett zurück.

»Also, Jake, du hast die Frage entschieden: Wir kriegen das Kind. Irgendwelche weiteren Ansichten?«

Ich war sprachlos. Ich schüttelte den Kopf; Rennie auch. Es ist eine demoralisierende Angelegenheit, es mit einem Mann zu tun zu haben, der die äußersten Maximen seiner Ideen im Auge hat, für sie geradesteht und ungesäumt nach ihnen zu handeln bereit ist.

»Scheint nicht der Fall«, sagte Joe verächtlich. Er stand auf und machte Anstalten, in seinen Überzieher zu schlüpfen. »Möchtest du jetzt nach Hause?« fragte er Rennie.

Rennie stand auf und zog ihren Mantel an. Im letzten

Moment schob sich Joe den Revolver in die Tasche. Er war völlig außer sich.

»Hör doch, Joe«, rief ich laut, als sie gingen. »*Wenn* Rennie einen Arzt für eine Abtreibung finden *könnte,* was würdest du dann davon halten?«

»Was meinst du? Was macht es schon aus, was ich dazu zu sagen habe?«

»Ich meine, was würdest du zu einer Abtreibung sagen?«

»Die Idee gefällt mir nicht«, sagte Joe flau. »Wenn es eine wirklich qualifizierte Abtreibung in einem guten Krankenhaus von einem guten Facharzt für Geburtshilfe wäre, wär's mir egal, aber das ist einfach nicht drin. Rennie ist kerngesund, und selbst in der Stadt wäre die einzige Abtreibung, die sie bekommen könnte, so 'ne Scheißnummer von irgend'nem Ärztearsch, der sie für den Rest ihres Lebens versauen könnte.« Er wandte sich zum Gehen.

»Ich will sehen, ob ich jemanden finden kann, der's macht«, sagte ich, »und wenn ich jemand Annehmbaren finde, werde ich auch dafür bezahlen.«

»So 'n Mist«, sagte Joe.

XI Früh am nächsten Morgen öffneten sich plötzlich meine Augen

Früh am nächsten Morgen öffneten sich plötzlich meine Augen, und in Schweiß gebadet sprang ich mit dem fürchterlichen Gefühl aus dem Bett, Rennie sei tot. Sofort rief ich bei den Morgans an und konnte es fast nicht glauben, als Rennie sich persönlich am Telefon meldete.

»Tut mir leid, daß ich dich geweckt habe, Rennie. Gott, hatte *ich* 'ne Angst, du hättst dich schon erschossen!«

»Hab ich nicht.«

»Hör zu«, flehte ich. »Versprich mir, daß du damit noch eine Weile wartest, ja?«

»Ich kann nichts versprechen, Jake.«

»Du mußt aber, verdammt nochmal!«

»Und warum?«

»Na schön, wenn's wegen sonst nichts ist – weil ich dich liebe.« Ich fürchte, das entsprach nicht der Wahrheit, wenigstens nicht insofern, als eine sinnlose Behauptung nie der Wahrheit entspricht, wenn sie auch nicht falsch ist. Ich bin mir nicht sicher, ob ich wußte, was ich da sagte, als ich Joe erzählte, ich liebte Rennie; auf jeden Fall konnte ich in der augenblicklichen Behauptung keinerlei Sinn sehen.

»Joe auch«, sagte Rennie spitz.

»Also gut, sagen wir, er liebt dich mehr, als ich jemals irgend jemanden lieben könnte. Er liebt dich so sehr, daß er bereit ist zuzusehen, wie du dich abknallst, und ich liebe dich so wenig, daß ich's *nicht* zulasse.«

Rennie legte auf. Ich wählte erneut ihre Nummer. Diesmal antwortete Joe.

»Rennie will nicht mit dir sprechen«, sagte er. »Das war sehr dumm, was du da vor einer Minute gesagt hast – dumm oder böswillig.«

»Sorry. Hör mal, Joe, glaubst du, daß sie sich umbringen wird?«

»Wie zum Teufel soll ich denn das wissen?«

»Kannst du nicht heute bei ihr zu Hause bleiben und aufpassen, daß sie's nicht tut? Nur heute?«

»Natürlich nicht. Außerdem wird sie es aller Wahrscheinlichkeit nach erst morgen tun.«

»Aber du willst doch *nicht*, daß sie's tut, oder?«

»Das ist nebensächlich.«

»Nur heute, Joe! Schau, ich könnte Glück haben und jemanden für sie aufgabeln, wenn du sie davon abhältst, heute irgendwas anzustellen.«

»Kennst du einen Arzt, der abtreibt? Warum hast du denn gestern abend nichts davon gesagt?«

»Ich bin nicht sicher. Ich selber kenne keinen, aber ich kenne diverse Leute in Baltimore, die einen kennen könnten. Ich werd die jetzt mal anrufen. Sie soll dir versprechen, stillzusitzen, bis ich Bescheid hab.«

»Rennie läßt sich nicht von mir herumkommandieren.«

»Aber ja doch, und das weißt du auch. Sag ihr, daß ich einen Arzt kenne, den ich aber noch anrufen muß, um Genaueres zu erfahren.«

»So läuft das bei uns nicht.«

»Nur heute, Joe!«

»Wart mal«, sagte er. »Rennie?« Ich hörte, daß er sie herbeirief. »Hattest du vor, dich heute umzubringen?«

Ich hörte Rennie fragen, warum ich das wissen wolle.

»Horner sagt, einige von seinen Freunden aus Baltimore könnten einen Abtreibungsarzt kennen«, sagte Joe. Ich war außer mir vor Wut, daß er ihr die Wahrheit sagte. »Er will sie anrufen und mal sehen, ob sich was machen läßt.«

Rennie sagte irgend etwas, das ich nicht ausmachen konnte.

»Sie sagt, sie will über gar nichts reden«, sagte Joe.

»Paß auf, Joe, ich werd mal rumtelefonieren. Vielleicht braucht's nicht mal eine Abtreibung. Ich werd versuchen, ein bißchen Ergotrat in die Hände zu kriegen. Das dürfte's schon bringen. Sag Rennie, ich komm heute oder morgen mal kurz vorbei, und entweder bring ich dann Ergotrat mit oder hab was Festes arrangiert.«

»Ja ja, werd ich ihr sagen«, sagte Joe und legte auf.

Nun stimmte es ja nicht ganz – um ehrlich zu sein, es stimmte überhaupt nicht – daß ich Freunde in Baltimore hatte, die eventuell einen Abtreibungsarzt kannten; ich hatte nämlich weder Freunde in Baltimore noch sonst irgendwo. Das nächste, was ich tat, war, in alphabetischer Reihenfolge jeden Arzt in Wicomico anzurufen. Dem ersten erzählte ich »Hallo. Mein Name ist Henry Dempsey. Wir sind neu in der Stadt und haben noch keinen Hausarzt. Sagen Sie, hören Sie, meine Frau ist in einer fürchterlich mißlichen Lage: wir haben schon zwei Kinder, und jetzt glaubt sie, wieder schwanger zu sein. Sie ist kein gesundes Mädchen – zwar körperlich gut drauf, Sie verstehen, *psychisch* aber geht's ihr nicht gut. Tatsächlich ist sie im Moment gerade in psychiatrischer Behandlung. Ich will offen sein, ich glaube nicht, daß sie die Belastung einer weiteren Schwangerschaft durchstehen würde.«

»Wirklich?« sagte der Doktor. »Wer ist denn ihr Psychiater?«

»Könnte sein, daß Sie ihn nicht kennen«, sagte ich. »Er sitzt in White Plains/New York, wo wir vorher gewohnt haben. Banks. Dr. Joseph Banks.«

»Fährt Ihre Frau wegen der Behandlung immer nach

White Plains, hin und zurück?« fragte der Doktor unschuldig.

»Wie ich schon sagte, wir sind gerade erst umgezogen, Sir, und konnten noch keinen andern Psychiater ausfindig machen.«

»Hm, das gehört nicht zu meinem Fach.«

»Ich weiß, Sir; das hab ich so nicht gemeint. Ich habe Angst, meine Frau könnte wegen dieser Schwangerschaft Selbstmord begehen, noch bevor ich sie bei einem andern Psychiater unterbringen kann. Sie ist in einer schrecklichen Verfassung. Offen gestanden, ich wollte wissen, ob Sie ihr nicht Ergotrat oder sowas verschreiben könnten. Ich weiß, es gehört nicht in Ihr Gebiet, aber hier liegt ein verzweifelter Fall vor. In ein, zwei Jahren dürfte sie sehr wohl wieder so weit hergestellt sein, um alle Kinder zu kriegen, die wir wollen – eine *Riesen*sippe woll'n wir ja nicht werden, aber so drei oder vier Stück hätten wir schon gern. Eine Schwangerschaft zum gegenwärtigen Zeitpunkt wird sie total auf Null bringen.«

»Tut mir leid, Mr. Dempsey«, sagte der Doktor kühl. »So etwas kann ich nicht machen.«

»Bitte, Herr Doktor! Ich verlange ja nicht, daß Sie das Gesetz übertreten. Ich werde mir von Dr. Banks in White Plains eine eidesstattliche Erklärung besorgen. Würde das reichen? Er wird alle Verantwortung übernehmen.«

»Nein, Mr. Dempsey. Ich habe Verständnis für Ihr Dilemma, aber mir sind die Hände gebunden.«

»Das Gesetz erlaubt Ihnen doch abzuwägen, wenn das Leben der Frau in Gefahr ist.«

»Es geht nicht darum, was das Gesetz sagt, fürchte ich; es geht darum, was die Leute in der Stadt *glauben,* was das Gesetz sagt, und offen gesagt, sind die Leute hier in der Gegend ebenso gegen Abtreibung wie ich, ob es sich nun um medikamentöse oder chirurgische Abtreibung handelt. Nebenbei, wenn die Probleme ihrer Frau mentaler Natur sind, dann ist es ja doch wohl nicht so eindeutig eine Sache auf Leben oder Tod.«

»Ist es sehr! Dr. Banks wird's Ihnen schon sagen!«

»Entschuldigen Sie mich, Mr. Dempsey. Guten Tag.«

Mit der gleichen Story versuchte ich es bei den andern Ärzten, die ich im Telefonbuch aufgelistet fand – bei denen, die überhaupt bereit waren, mit mir zu sprechen – nur, daß ich meinen imaginären Psychiater nunmehr in Philadelphia statt in White Plains ansiedelte, für den Fall, daß ich würde hinfahren müssen, um die entsprechende Briefmarke für einen gefälschten Brief zu bekommen. Nachdem ich also im Foyer des Peninsula Hotels das Telefonbuch von Philadelphia konsultiert hatte, taufte ich den Namen des Psychiaters von Joseph C. Banks in Harry L. Siegrist um, den Namen eines bona fide praktizierenden Psychiaters, den ich auf gut Glück aus dem Buch geangelt hatte. Aber alle Ärzte ließen mich im Stich. Meine Nerven begannen mit mir durchzugehen, so sehr wollte ich mich an die Gesetze halten, und so sehr graute mir in der Regel vor der schlechten Meinung selbst solcher Leute, die ich nicht kannte oder die mich nicht kümmerten, daß ich meine komplizierte Story nie mehr als nur einmal vorzutragen vermochte; mit jeder abschlägigen Antwort wurde es schwieriger, sie zu wiederholen. Die Anstrengung war entmutigend.

Zu meiner unglaublichen Erleichterung schien Doktor Nr. 7 meiner Geschichte gegenüber nicht ganz so taub zu sein. Er hieß Morton Welleck und hörte sich jünger an als seine Kollegen.

»Ja also, Mr. Dempsey«, sagte er, als ich mein Stück runtergerasselt hatte, »es ist Ihnen ja wohl klar, daß jeder Arzt, der sich bereit erklärt, Ihrer Frau zu helfen, ein beträchtliches Stück Verantwortung auf sich nimmt, nicht?«

»Aber selbstverständlich, Herr Doktor. Wenn es für

mich irgendeine Möglichkeit gäbe, alle Verantwortung auf legalem Wege auf mich zu nehmen, dann nur immer her damit.«

»Leider, leider. Das gibt es nicht. Ich habe für Ihr Problem jedoch ein gewisses Verständnis, und das Gesetz sieht vor, daß, wo dem Leben des Patienten eindeutig Gefahr droht, nach ärztlichem Ermessen gewisse Maßnahmen getroffen werden können. Sie räumen ein, daß Mrs. Dempsey in guter körperlicher Verfassung ist: die Frage ist also, ob ihr psychischer Zustand tatsächlich so ernst ist, wie Sie ihn einschätzen. Dieser Punkt, wenn es jemandem einfiele, die Sache an die große Glocke zu hängen, dürfte schwierig nachzuweisen sein, und ich darf Ihnen auch sagen, daß gewisse ältere Kollegen von mir in Wicomico einen Freudenhüpfer machen würden, wenn sie die Gelegenheit hätten, eine Sache wie die hier an die Öffentlichkeit zu zerren. Reden wir Klartext: ich bin kein Märtyrertyp.«

Aber ich bemerkte den Schatten einer Chance in Dr. Wellecks Tonfall.

»Ließe sich die Sache nicht mit einer eidesstattlichen Erklärung von Dr. Siegrist hindrechseln?« hielt ich dafür. »Ich wäre gern bereit, eine zu besorgen.«

»Könnte sein«, räumte Dr. Welleck ein. »Natürlich müßte ich Mrs. Dempsey selbst untersuchen, und sei es auch nur, um festzustellen, ob sie tatsächlich schwanger ist!« Wir lachten beide, ich etwas beklommener als er. »Und ich würde ihr gern einige Fragen stellen, wissen Sie, obwohl ich kein Psychiater bin.«

»Aber sicher. Ich werde sie geradewegs in Ihre Praxis schicken.« Ich hoffte inbrünstig, Dr. Welleck sei neu in der Stadt.

»Tun Sie das«, sagte er, »und veranlassen Sie bitte Herrn Dr. Siegrist, mich aus Philadelphia anzurufen, ja? Wir können dann entscheiden, ob eine eidesstattliche Erklärung zu beschaffen wirklich angeraten scheint, und er kann mir dann Mrs. Dempseys Problem mehr *en detail* erklären.«

Die Aussicht, sofort nach Philadelphia zu rasen und einen Psychiater zu spielen, erschreckte mich – schien aber meine einzige Hoffnung zu sein.

»In Ordnung«, pflichtete ich bei. »Ich rufe ihn sobald wie möglich an und bitte ihn, Sie zurückzurufen.«

»Das wäre schön«, sagte Dr. Welleck. Er hielt einen Moment inne. »Sie sind sich darüber im klaren, Mr. Dempsey, daß ich nichts versprechen kann. Wicomico ist, wie viele Kleinstädte, fest entschlossen, Mutter Natur zu frustrieren. Ich muß zugeben, es sind überwiegend die älteren Ärzte hier, die daran schuld sind; ich bezweifle, ob es hier seit Olims Zeiten jemals eine legale Abtreibung gegeben hat. Standesethik mal beiseite – das ist doch hier ein Museum erzkonservativer Schlafmützen. Wenn die zusammen mit einigen von den religiösen Grüppchen in der Stadt von so etwas Wind bekämen, die würden den armen Teufel, der's gemacht hat, glatt ans Kreuz nageln. Wir können nicht immer so liberal sein, wie einige von uns gern möchten.«

»Ist mir völlig klar, Herr Doktor, aber hier geht es wirklich um eine Sache auf Leben und Tod.«

»Gut. Mal sehen, was sich tun läßt.«

Dr. Wellecks Verhalten ließ mich hoffen, daß man ihn würde beschwindeln können. Vor allem redete er zu viel: drei der Ärzte, die ich angerufen hatte, hatten es strikt abgelehnt, überhaupt etwas per Telefon zu verhandeln, und keiner von den andern war so geschwätzig wie unser junger Doktor Welleck. Aufgrund der Unterhaltung konnte ich mir an allen fünf Fingern ausrechnen, daß er es schwer hatte, mit den älteren Praktikern zu konkurrieren, vielleicht, weil er neu war in der Stadt. Jeder Berufstätige, der einem völlig Fremden gegenüber seine Kollegen an der

Strippe kritisierte, war, dachte ich, ein Mann, mit dem sich was machen ließ.

Aber Philadelphia! Einen Brief zu fälschen war das eine – in einem Brief konnte ich Jeder und Keiner sein –, aber am Telefon auch nur Henry Dempsey zu sein, fand ich fast unüberwindlich schwierig: Wie also konnte ich Dr. Harry L. Siegrist sein? Es galt keine Zeit zu verlieren; es war schon fast zehn, und Philadelphia liegt zweieinhalb Stunden von Wicomico entfernt. Zum Glück war es ein Samstag – ich brauchte nicht zu unterrichten, die Schulbibliothek hatte aber geöffnet. Ich fuhr sofort hin, lieh mir das erstbeste Lehrbuch über psychische Anomalien aus, das ich finden konnte, und machte mich unverzüglich auf nach Philadelphia. Ich war gerade erst zehn Meilen weit gekommen, als mir einfiel, daß, wenn ein Gutachten von Philadelphia geschickt werden mußte, es sicher ein maschinenschriftliches Dokument zu sein hatte, und in einer fremden Stadt würde ich nie eine Schreibmaschine auftreiben können. Also fuhr ich schneller, als die Polizei erlaubt, wieder zurück und stürzte in meine Bude hinauf. Es war elf vorbei, als ich dort ankam.

> *Betrifft:* (schrieb ich, und suchte verzweifelt nach den Sätzen:) *Susan Bates Dempsey, Alter 28, Ehefrau des Henry J. Dempsey aus Wicomico, Maryland, war vom 3. August 1951 bis 17. Juni 1953 in meiner Behandlung; kurz darauf verließen Mr. und Mrs. Dempsey Philadelphia, um sich in Wicomico niederzulassen. Mrs. Dempsey wurde auf Anraten ihres Gatten und ihres Hausarztes, Dr. Edward R. Rice, wohnhaft daselbst, meine Patientin, nachdem sie häufig Phasen akuter Depressionen durchgemacht hatte. Während dieser Phasen drohte sie zweimal, sich das Leben zu nehmen; einmal schon schnitt sie sich mit dem Küchenmesser in die Handgelenke. Die Untersuchung ergab, daß Mrs. Dempsey eine Disposition zu*

manisch-depressiven Verstimmungen hatte, die insofern um so bedrohlicher waren, als auf der Klimax ihrer akuten Depressionen häufig ihre beiden Söhne zum Objekt ihrer Feindseligkeit wurden, obschon sie ansonsten eine kompetente, sogar hervorragende Mutter war. Mrs. Dempsey litt erklärtermaßen unter der Angst, der Gunst ihres Ehegatten verlustig zu gehen: in ihren depressiven Phasen neigte sie zu dem Wahn, die Geburt ihrer Kinder sei ihrer Schönheit abträglich gewesen, und diese Überzeugung lenkte ihren Unwillen tendenziell auf die Kinder. Allein, da sie lediglich unter Feindseligkeit, nicht aber unter Verfolgungswahn litt, und da die Phasen der Niedergeschlagenheit mit Phasen äußerster Exaltiertheit, ja Jubelstimmung wechselten, lautete meine Diagnose eher auf eine subakute Psychose manisch-depressiver Natur denn auf Paranoia.

Im Verlauf ihrer Behandlung ließ die Amplitude des zyklisch wiederkehrenden manisch-depressiven Zustandes von Mrs. Dempsey deutlich einen Rückgang erkennen, und zu keiner Zeit, nachdem sie meine Patientin geworden, drohte sie, sich selbst oder ihren Kindern das Leben zu nehmen. Auf sachkundige Psychoanalyse spricht sie befriedigend an, und ich halte dafür, daß sich ihr Zustand bei fortwährender Behandlung stabilisieren kann. Als die Dempseys Philadelphia verließen, schien es mir angeraten, ihre Behandlung möchte, wenn möglich, fortgeführt werden; ich deutete Mrs. Dempsey indessen an, daß eine unverzügliche Wiederaufnahme nicht dringlich erscheine. Allein, gleichzeitig erachtete ich es für empfehlenswert, daß Mrs. Dempsey bis zur völligen Rekonvaleszenz eine Schwangerschaft vermeiden solle, da ihr Zustand weitestgehend von ihren früheren Schwangerschaften verursacht worden war.

Ich glaube, daß eine zufällige Schwangerschaft zu diesem Zeitpunkt einen kritischen Rückfall in ihre Depressionen hervorrufen würde; daß sie eher, als den Fötus auszutragen, wieder androhen dürfte, Selbstmord zu begehen; und daß sie, auch bei unverzüglicher Wiederaufnahme psychiatrischer Behandlung, ihre Drohung höchstwahrscheinlich in die Tat umsetzen würde. Daher empfehle ich ohne Zögern, ja, halte für zwingend geboten, daß zum Schutze ihrer anderen Kinder und ihrer selbst Mrs. Dempseys Schwangerschaft zum frühestmöglichen Zeitpunkt abgebrochen wird.«

Ich unterzeichnete den Brief mit »Dr. med. Harry L. Siegrist«, steckte ihn in einen Umschlag und eilte zu meinem Wagen zurück. Unterwegs hielt ich an, um etwas zu Mittag zu essen und für die manisch-depressive Psychose zu büffeln; und kurz nach drei war ich in einer Telefonzelle in einem Penn-Whelan-Drugstore in der Walnut Street in Philadelphia und meldete ein Ferngespräch mit Dr. Welleck in Wicomico an. Mir zitterten die Hände; ich schwitzte. Als ich Dr. Wellecks Sekretärin antworten hörte und der Operator mich aufforderte, sechzig Cents nachzuwerfen, ließ ich die Hälfte davon auf den Boden fallen: mein Mut reichte kaum hin, es wieder zusammenzulesen und nach Dr. Welleck zu fragen.

»Ich bedaure, Herr Dr. Siegrist«, sagte die Sekretärin, nachdem ich mich vorgestellt hatte, »Dr. Welleck ist im Moment gerade im Krankenhaus.«

»Nein, das kann doch nicht sein!« rief ich voll unwirscher Enttäuschung. »Könnten Sie ihn denn nicht irgendwie erreichen?«

»Ich befürchte, nein, Sir; er ist heute nachmittag in der Chirurgie.«

»Wie ärgerlich!« Ich war ungeheuer erleichtert, beinahe glücklich, daß ich nicht mit ihm würde sprechen müssen, gleichzeitig jedoch bangte ich um meinen Plan.

»Wenn es Ihnen recht ist, werde ich ihn, sobald er zurück ist, bitten, Sie anzurufen.«

»Hm, äh, ich fürchte, das geht nicht«, sagte ich verdrießlich. »Mein Urlaub hat heute begonnen, und meine Gattin und ich werden den ganzen Oktober auf den Bermudas sein. Mr. Dempsey hat mich gerade noch erreicht, bevor wir die Haustür abschlossen – gottseidank! Eine Stunde später, und wir wären weg gewesen. Wissen Sie, hier liegt eine Art Notfall vor, aber mein Flugzeug geht in zwei Stunden und wo ich in der Zeit dazwischen sein werde, kann ich beim besten Willen nicht sagen. Dr. Welleck *wird* doch Ergotrat verabreichen, oder? Könnte sonst übel ausgehen.«

»Er wollte Sie sprechen, Herr Dr. Siegrist.«

»Ich weiß, ich weiß. Also, passen Sie auf, ich werde, bevor ich fahre, meine Sekretärin veranlassen, eine eidesstattliche Erklärung zu tippen – reine Routinesache, wissen Sie – und werde sie beglaubigen und per Eilpost schicken lassen etcetera. Wie mißlich, daß ich Dr. Welleck nicht persönlich sprechen kann!« sagte ich etwas erregt. »Ich kann gar nicht genug betonen, wie ernst der Fall dieser manisch-depressiven Mrs. Dempsey ist. In einem Moment verhält sie sich völlig normal – im nächsten könnte sie sich erschießen, wenn sie's nicht schon getan hat. Dr. Welleck sollte ihr das Ergotrat wirklich so bald wie möglich geben. Wenn's geht, noch heute abend; spätestens morgen. Ich habe mit Mr. Dempsey bereits vereinbart, daß er seine Frau der Obhut eines meiner Kollegen unterstellt, bis ich zurück bin, aber diese Sache muß wirklich zuallererst in Angriff genommen werden.«

»Ich werde es Dr. Welleck umgehend mitteilen«, sagte die Sekretärin deutlich beeindruckt.

»Tun Sie das bitte, und morgen früh wird er das Gutachten erhalten.«

»Könnten Sie mir Ihre Adresse auf Bermuda geben, falls Dr. Welleck mit Ihnen Kontakt aufnehmen möchte?«

Du lieber Himmel! »Meine Gemahlin und ich werden im

Prince George Hotel wohnen«, sagte ich in der Hoffnung, daß es ein Etablissement solchen Namens gäbe.

»Prinz-Georg-Hotel. Vielen Dank, Sir.«

»Und bitte sagen Sie Dr. Welleck, er soll Mrs. Dempsey das Ergotrat geben, sobald er kann. Es wäre mir schrecklich, einen Patienten wegen einer so lächerlichen Angelegenheit zu verlieren. Ich nehme es dem Mann ja nicht übel, daß er vorsichtig ist, aber ich muß sagen, wenn ich an seiner Stelle wäre, hätte die Frau den Abort jetzt schon hinter sich. Das sieht doch sogar ein Laie, daß sie manisch-depressiv ist, und ihre Selbstmord-Tendenzen zeigen sich bei ihr an allen Ecken und Enden. Also, auf Wiederhören.«

Ich legte auf, und wenig fehlte, daß ich in Ohnmacht gefallen wäre. Ich hatte eine Riesenhürde genommen, aber vor mir war eine noch größere zu überwinden. Ich fand ein öffentliches Notariat in einer Pfandleihe, zwei Blocks von der Walnut Street entfernt (ich betete zu Gott, daß es nicht eins war, bei dem zufällig Dr. Siegrist Klient war) und ging schnell hinein, ehe mich die Nerven im Stich ließen. Es ist mein Los, älter auszusehen, als ich bin, aber daß mich irgendwer im Ernst für einen diplomierten Psychiater halten würde, durfte ich schwerlich annehmen. Außerdem ist es viel schwieriger, eine Show abzuziehen, wenn man dem, den man belügt, gegenübersteht, als wenn man mit ihm telefoniert. Und schließlich war ich mir überhaupt nicht sicher, ob Notare nicht verlangten, daß man sich ausweise, bevor sie Brief und Siegel geben. Ich warf mich in die weltmännischste Pose, deren ich fähig war, und fragte einen Angestellten, wo das Notariat sei; er verwies mich an den Tisch des stellvertretenden Direktors auf der anderen Seite des Raumes.

»Guten Tag«, lächelte der stellvertretende Direktor, ein untersetzter, zigarrekauender kleiner Glatzkopf mit Stahlbrille.

»Mein Name ist Siegrist«, sagte ich leutselig: »Harry Siegrist. Ich hab hier irgendwo 'n Papierchen, das beglaubigt werden soll, falls ich es nicht im Büro hab liegenlassen.« Ich lächelte und begann mit einer lässigen Durchsuchung meiner Taschen. »Ah... da bist du ja, du kleiner Schelm.« Ich zog den Brief aus meiner Mantelinnentasche, öffnete ihn und überflog ihn beiläufig. »Mmm*hmm.* Jetzt sind Sie dran, Sir.«

Der stellvertretende Direktor las das Dokument nachlässig.

»Junge, Junge«, sagte er. »Die hat ja echt 'n Schlag weg, was, Doktor?«

»Halb so schlimm; wir haben schlimmere«, gluckste ich.

»Ha!« sagte der Notar. »Sie sollten mal ein paar von den Bekloppten sehen, die wir hier reinkriegen. Sie könnten ein Vermögen machen.«

Ich wartete darauf, nach meinen Ausweispapieren gefragt zu werden.

»Ich schwör's«, grübelte der Notar abwesend, »es ist alles nur in ihrem Kopf. Gut...« Er fing an, in seiner Tischschublade herumzusuchen. »Heben Sie mal die Rechte ein bißchen, ja, Doktor?«

Ich tat es und er auch.

»Gut denn, Sie schwören bei Gott dem Allmächtigen, daß Sie blah blah blah und so weiter?« fragte er und suchte dabei mit seiner anderen Hand immer noch in seinem Tisch herum.

»Ich schwöre.«

»Ist wohl egal, ob Sie schwören oder nicht, wenn ich mein Siegel nicht finden kann«, sagte er belustigt. In meinem Kopf drehte sich alles – wo ich so viel Glück gehabt hatte, einen Notar zu finden, der ebenso zynisch wie leichtgläubig war: sollte mein Plan nun wegen so etwas Nichtigem scheitern?

»Ah... da ist er endlich«, sagte er und angelte das Siegel raus. Er klatschte den amtlichen Stempel auf meinen Brief und unterzeichnete ihn. Dann rief er zwei Angestellte herbei, die gerade in der Nähe waren, damit sie als Zeugen unterschrieben. »Spart euch, es zu lesen«, riet er ihnen. »Setzt nur euren Namen drunter, wo sich's gehört.« Sie taten es. »Okay, Dokterchen, das macht anderthalb Dollar.«

Ich entlohnte ihn mit einem Schein aus meiner Brieftasche, wobei ich meine Identitätskarte außer Sichtweite hielt, und zog ab mit meinem Brief, den ich in den erstbesten Briefkasten warf, der mir in die Quere kam. Soweit Philadelphia – es war nun vier Uhr, und ich mußte schnell heim. Im großen und ganzen war ich verblüfft über den Erfolg meines Plans, vier Dinge jedoch quälten mich noch. Zunächst einmal hatte ich keine Ahnung, ob sich Dr. Welleck von meinem völlig unsachgemäßen Gutachten überzeugen ließ, das, soweit ich mir vorstellen konnte, jeder Dr. med. *prima vista* als Schwindel entlarven mußte; auf der Hand lag jedenfalls, daß, falls noch irgendein Zweifel in ihm war, der Zufall von Dr. Siegrists plötzlichem Urlaub diesen Zweifel in Skepsis wandeln dürfte: sollte Welleck irgendwann genug Verdacht hegen, um in der Praxis des wirklichen Dr. Siegrist anzurufen, flöge der Schwindel wohl auf. Zweitens hatte ich absichtlich keine Telefonnummer bei Welleck hinterlegt, und natürlich gab es keinen Henry Dempsey im Telefonbuch von Wicomico; wenn es auch durchaus Menschen ohne Telefon gibt – so könnte doch die Tatsache, daß es Welleck nicht möglich wäre, mich zu erreichen, falls er es versuchen sollte, bevor ich nach Hause gekommen wäre und ihn angerufen hätte, seinen Verdacht nur noch steigern. Die dritte Unbekannte war sogar noch beunruhigender: auch wenn alles andere bestens lief und Welleck der Verabreichung von Ergotrat zustimmte, war es ziemlich wahrscheinlich, daß er alles andere als neu war in der Stadt und Rennie womöglich kannte. Und last not least: auch wenn er sie nicht kannte, gab es eine weitere Gefahr: Ich war so unschuldig-neu im Abtreibungsbusineß, daß jetzt, wo die Sache legal ablaufen würde, Welleck, nach allem, was ich wußte, verlangen konnte, daß Rennie aus diesem oder jenem Grund in ein Krankenhaus ginge, und auch wenn Welleck selbst sie nicht kannte, dann sicher jemand aus dem Krankenhaus.

Sobald ich wieder in meinem Zimmer zurück war, rief ich Welleck zu Hause an.

»Oh, Mr. Dempsey«, sagte er etwas kühl, »ich habe versucht, Sie telefonisch zu erreichen.«

»Es tut mir leid, Herr Doktor. Wir haben bislang noch kein Telefon installiert, und ich muß das meines Vermieters benutzen. Ich hätte Sie schon eher angerufen, aber ich habe heute meine Frau auf dem Lande spazierengefahren, äh, sagen wir, um sie von allem abzulenken.«

»Also, Dr. Siegrist rief aus Philadelphia an.«

»Wirklich? Na prima! Ich erwischte ihn gerade noch, kurz bevor er in Urlaub fuhr. Haben Sie irgend etwas klären können?«

»Ich habe nicht mit ihm gesprochen. Ich war gerade in der Chirurgie. Er hat mit meiner Sekretärin gesprochen und wird ein Gutachten herschicken. Soweit ich verstanden habe, rät er unbedingt zur Abtreibung.«

»Uff!« lachte ich. »Sie können sich nicht vorstellen, wie erleichtert ich bin.«

»Ja. Nun sagte er etwas zu meiner Sekretärin von wegen Ergotrat noch heute abend, aber ich fürchte, ich kann das nicht tun, bis ich nicht das Gutachten in Händen habe. Wenn er es heute nachmittag per Eilboten abgeschickt hat, dürfte ich es frühestens Montagmorgen erhalten.«

»Ausgezeichnet.«

»Geben Sie mir die Nummer Ihres Vermieters, und ich werde Sie benachrichtigen, wenn das Gutachten da ist, dann können Sie Mrs. Dempsey in die Praxis bringen.«

»Hm, na ja, mein Vermieter ist recht heikel, wenn's darum geht, Anrufe für mich entgegenzunehmen, und offen gestanden, geht ihn dies hier ja auch nichts an. Mir wäre es lieber, er wüßte gar nichts davon, er ist nämlich ein ziemlicher Schwätzer. Könnte ich Sie nicht anrufen?«

»Vielleicht wäre das besser. Mal abgesehen davon, daß das hier nicht illegal sein wird, sollten wir doch lieber Schweigen darüber bewahren. Rufen Sie mich Montag gegen Mittag an, und falls ich dann das Gutachten erhalten habe, gebe ich Ihnen einen Termin für die Zeit nach der Mittagspause.«

»Prima.«

»Ach – noch eins. Ich habe hier ein Standardformular, eine Einwilligungserklärung, die ich für Sterilisationen, Abtreibungen und dergleichen benutze. Sie und Ihre Frau müssen es beide unterschreiben und beglaubigen lassen. Sie können das Montag morgen machen, wenn es Ihnen recht ist. Holen Sie sich einfach das Formular von meiner Sekretärin ab.«

»In Ordnung. Prima. Gute Nacht, Herr Doktor.«

Noch ein Dokument, noch ein Notar, noch eine Hürde zu überwinden – aber zu diesem Zeitpunkt war mir schon alles egal. Ich fuhr in müdem Triumph zu den Morgans hinaus, um meinen Erfolg zu verkünden. Auf der Schwelle zu ihrer Tür überlief mich der kalte Schauder: fast den ganzen Tag über war ich nicht in der Stadt gewesen – was, wenn ich schon zu spät kam? Joe öffnete die Tür.

»Oh, hallo, Jake. Du siehst schlecht aus.«

»Geht's Rennie gut?«

»Sie weilt noch unter uns, wenn du das meinst. Also los, komm rein.«

Rennie bohnerte den Küchenboden. Sie nahm kaum Notiz von meiner Gegenwart.

»Tja, ich denke, es ist alles o.k.«, sagte ich, Gelassenheit vortäuschend. »Wenn du eine Abtreibung willst, Rennie, dann kannst du dir Montag nachmittag einen Schuß Ergotrat abholen.«

Joe reagierte nicht auf die Neuigkeit. Rennie trat zur Küchentür und lehnte sich an den Türrahmen.

»In Ordnung. Wohin muß ich fahren? Nach Baltimore?«

»Nein. Mitten in die Stadt. Erzähl mir bloß nicht, daß du Dr. Morton Welleck kennst.«

»Dr. Welleck... Nein, kenn ich nicht. Du, Joe?«

»Hab von ihm gehört. Ist seit etwa zwei Jahren hier. Willst du etwa sagen, daß der Idiot sich auf Abtreibungen einläßt?«

»Aber nein«, sagte ich, kein bißchen stolz. »Er ist ein durch und durch legitimierter Arzt, und zwar ein ziemlich guter, wie ich gehört habe. Und alles wird völlig gesetzmäßig ablaufen. Ihr braucht keinerlei Angst oder Schuldkomplexe zu haben, wenn ihr zu ihm geht.«

»Wie lief denn die Sache ab?« fragte Joe.

»Offen gestanden, ich hab ihm so ziemlich die volle Wahrheit erzählt. Ich sagte, du hättest schon zwei Kinder und wolltest später mehr, wärst aber so deprimiert darüber, gerade jetzt schwanger geworden zu sein, daß ich befürchtete, du stündest hart an der Kippe zum Selbstmord. Natürlich klang's ein bißchen komplizierter, ich mußte ein paar Dinge dazuerfinden.«

»Wieso dazuerfinden, Jake?« fragte Rennie verwundert.

»Nun gut, ich mußte es etwas aufmotzen. Zunächst einmal bist du dieser Tage meine Frau: Mrs. Henry J. Dempsey, von den Dempseys aus Philadelphia.«

»Wie bitte?«

Ich fing an, mich für die Geschichte zu begeistern, und erregt von den Abenteuern dieses Tages, erzählte ich ihnen *en detail* von den Telefonanrufen, dem Trip nach Philadelphia, dem Brief, den Inkorporationen des Dr. Siegrist und dem stellvertretenden Direktor aus dem Notarsbüro. Sie lauschten mit offenem Mund.

»Alles, was Mr. und Mrs. Dempsey jetzt also noch machen müssen, ist, am Montagmorgen eine Einwilligungserklärung zu unterzeichnen und beglaubigen zu lassen, und dann haben wir's geschafft. Du mußt nicht verrückt spielen oder so was, und sobald du den Schuß gekriegt hast, kannst du die ganze Geschichte vergessen.«

Joe betrachtete Rennie interessiert.

»Das ist ja absurd«, sagte sie unvermittelt.

»Ist es nicht phantastisch?« grinste ich und wollte nicht glauben, daß sie meinte, was ich befürchtete.

»Der absolute Horror!«

»Du wirst es doch tun, nicht?«

»Natürlich nicht. Kommt ja gar nicht in Frage.«

»Nicht in Frage? Guter Gott, Rennie, ich hab mir heute die Hacken abgelaufen, um das Ding hinzukriegen, und jetzt sagst du, es käme nicht in Frage. Es wird nichts passieren, ich schwör's dir.«

»Darum geht's nicht, Jake. Ich hab das Lügen satt. Auch wenn ich nichts unterschreiben oder irgendwas sagen müßte, es wäre immer noch gelogen. Du hättest wissen sollen, daß ich damit nicht das geringste würde zu tun haben wollen.«

Das ganze Gebäude krachte zusammen. In Joes Miene hatte sich nichts verändert, aber ich spürte zwischen ihm und Rennie eine tiefe innere Übereinstimmung. Ich war davon völlig ausgeschlossen.

»Dann knall dich ab, verflucht noch mal!« schrie ich. »Ich weiß nicht, warum ich überhaupt auf die Idee gekommen bin, mich heute für dich so abzustrampeln, wenn du gar nicht wirklich eine Abtreibung willst. Offenbar hast du gestern abend nur auf melodramatisch gemacht.«

Rennie lächelte. »Ich werd mich wirklich abknallen, Jake, sobald es heraus ist, daß du keine Abtreibung arrangieren kannst. Ich hab nicht bloß auf dramatisch gemacht. Es ist mir egal, wer's macht oder wo's gemacht wird oder unter welchen Umständen, aber ich werde keine Lügen erzählen oder mich zum Lügen hergeben, und ich werde nicht so tun, als sei ich jemand anderes als der, der ich bin. Ich kenne niemanden und Joe auch nicht. Wenn du nicht gesagt hättest, daß du glaubtest, jemanden zu kennen, hätte ich nicht so lange gewartet.« Sie fuhr sich mit der Hand einmal über den Bauch. »Ich will dieses Kind nicht, Jake. Es könnte dein Kind sein.«

Es war ihr völlig ernst. Ich suchte verzweifelt Unterstützung bei Joe, der aber blieb unverbindlich. Wieder spürte ich ihre innere Übereinstimmung. Ich wollte ihnen vorwerfen, wie lächerlich ihr Romantizismus sei, wollte mich über ihre verstiegenen Ehrbegriffe lustig machen, und fast alles in mir drängte danach, dies gründlich zu tun, aber ich traute dieser Strategie nicht länger: sie hätte die beiden nur in dem bestärken können, was offensichtlich schon ein ziemlich fester Entschluß war.

»Tu es noch nicht, Rennie«, sagte ich müde. »Ich werd mir was anderes einfallen lassen.«

»Was willst du dir einfallen lassen, Jake? Wenn du irgendwelche realistischen Vorstellungen hättest, wärst du heute nicht mit so was Verrücktem wie dieser Geschichte hier angetanzt gekommen. Falls du glaubst, daß ich, wenn du nur genug Zeit herausschindest, meine Absicht ändere, irrst du dich.«

»Und die Kinder? Hast du denn überhaupt mal an die gedacht – oder verpaßt du denen auch eine Kugel?«

»Du stellst Fragen, die dir nicht zustehen«, sagte Joe.

»Spiel keine Spielchen, Jake«, sagte Rennie. »Ist dir was eingefallen – ja oder nein?«

»Ja«, sagte ich. »Ich kenne in der Stadt eine Frau, die'n paar Abtreibungen hinter sich hat. Ich wär schon eher auf sie gekommen, wenn ich nicht so aufgeregt gewesen wäre. Ich werde sie morgen besuchen und herausfinden, wo sie sie machen ließ.«

»Ich glaub dir kein Wort«, sagte Rennie.

»Es ist wahr, ich schwöre es.«

»Also? Wie ist ihr Name? Bastele dir jetzt bloß nicht schnell einen zurecht.«

»Peggy Rankin. Unterrichtet Englisch an der High School.«

Rennie ging stracks zum Telefon und blätterte im Telefonbuch nach dem Namen.

»Acht-vier-null-eins«, sagte sie. »Ich ruf sie an und frag sie.«

»Sei nicht albern. Sie ist unverheiratet. Würde sie so was einer Fremden gegenüber zugeben?«

»Dann ruf du sie an. Jetzt gleich. Du dürftest kein Fremder sein, wenn du so über sie Bescheid weißt.«

»Du machst alles unmöglich. So funktionieren Frauen nicht – jedenfalls nicht andere Frauen. Ich werde sie morgen besuchen und geb dir morgen abend Bescheid.«

»Ich glaube, du versuchst nur, Zeit zu gewinnen, Jake.«

»Na, dann glaub eben, was du willst, verdammt! Bist du so aufs Schießen versessen, daß du nicht noch vierundzwanzig Stunden warten kannst?« Ich dachte, ich müßte vor Verzweiflung explodieren, Joe jedoch sah uns teilnahmslos zu. Auf dem Schreibtisch neben dem Telefon lagen Bücher und Notizhefte aufgeschlagen: er hatte an seiner Dissertation gearbeitet! Rennie überlegte einen Moment.

»Ich warte bis morgen abend«, sagte sie und fing wieder an, den Boden zu bohnern.

Rennie hatte die Sache exakt getroffen, als sie mir vorwarf, ich suchte Zeit zu gewinnen, in der Hoffnung, daß sie ihre Meinung ändern würde; nun aber konnte ich solche Hoffnungen nicht länger nähren. Freilich, ich hatte nicht den blassesten Schimmer, ob Peggy Rankin je eine Abtreibung gehabt hatte, und ich hatte keinerlei Ursache, von ihr Hilfe zu erwarten, auch wenn sie dazu in der Lage gewesen wäre, denn seit Anfang September hatte ich sie nicht mehr getroffen. In den letzten Wochen hatte sie mich mehrmals angerufen – erst voll Hoffnung, dann wütend und zuletzt flehentlich bittend –, ich statt dessen hatte ihre Anrufe mit wenig Begeisterung entgegengenommen. Am nächsten Morgen, Sonntag, rief ich sie an.

»Hier Jake Horner. Peggy, ich muß dich wegen einer wichtigen Angelegenheit sehen.«

»Ich will dich aber nicht sehen«, sagte sie.

»Es geht um etwas furchtbar Ernstes, Peggy, glaub mir.«

»Jaja. Liegt etwa einen Monat zurück, wie?«

»Hör zu, das hat damit überhaupt nichts zu tun. Ich versuche einem Menschen zu helfen, der dringend Hilfe braucht.«

»Du bist wohl zur Heilsarmee gegangen.«

»Peggy, um Himmels willen! Ich will nicht so tun, als wäre ich dir gegenüber besonders nett gewesen, aber das jetzt ist eine verzweifelt ernste Sache. Ich sehe ja ein, daß es keinen Grund gibt, warum du mir irgendeinen Gefallen tun solltest.«

»Das stimmt.«

»Schau, du hast mich zu deinen Füßen. Vielleicht kannst du diesen Freunden von mir nicht helfen, selbst wenn du's wolltest, aber sie sind so in der Klemme, daß ich alles tun würde, ihnen aus der Patsche zu helfen. Nenn deinen Preis.«

»Was soll ich denn für dich tun?«

»Alles, was ich von dir will, ist, daß du mich ein paar Minuten mit dir reden läßt. Wie ich schon sagte, vielleicht bist du ja gar nicht in der Lage zu helfen, aber es besteht zumindest eine Chance, daß du's könntest.«

»Wer sind deine Freunde?«

»Kann ich am Telefon nicht sagen. Kann ich dich heute treffen?«

»Jake, wenn das wieder so 'ne Masche ist, bring ich dich um.«

»Es ist kein Trick!« sagte ich mit Nachdruck. »Mit mir hat das nichts zu tun. Wann kann ich dich sehen? Je eher, je lieber.«

»Hm, na gut. Komm jetzt. Aber, Jake, sei diesmal um Himmels willen ehrlich.«

»Ich bin ehrlich.«

Ich fuhr sofort zu ihrer Wohnung, und sie empfing mich äußerst argwöhnisch, als erwartete sie jeden Augenblick, tätlich angegriffen zu werden.

»Ich hab dich nicht grade gern hier drin«, sagte sie nervös. »Worum geht's denn?«

»Die Frau von einem der Burschen aus der Schule ist schwanger, Peggy, und sie will sich umbringen, wenn sie keine Abtreibung kriegt.«

Peggys Gesicht wurde hart. »Was bist du für ein Scheusal! Und da kommst du zu mir um Hilfe?«

»Du weißt noch nicht, worum's geht. Sie sind beide gute Freunde von mir und wissen nicht, wo sie eine Abtreibung machen lassen können.«

»Wie soll ich denn das wissen? Warum kriegt sie das Kind denn nicht, wenn sie verheiratet ist?« Dies mit einiger Bitterkeit.

»Sie hat schon zwei Kinder, und offen gestanden besteht eine gewisse Unklarheit darüber, wer diesmal der Vater ist. Deshalb ist sie ja so verzweifelt. Ihr Mann weiß alles. Es war nur so ein kleiner Fehltritt.«

»Jake, bist du derjenige, der...?«

Ich faßte dies als eine entscheidende Frage auf: Von meiner Antwort mochte ihre Hilfsbereitschaft abhängen, und dabei hatte ich keine Ahnung, welche Antwort sie von mir hören wollte.

»Ja, Peggy. Stimmt.« Ich schaute ihr gerade in die Augen und setzte alles auf die eine Karte Offenheit. »Es war das Dümmste, was ich je im Leben angestellt habe, und nun will sie sich erschießen. Ich hab sie total durcheinandergebracht. Alles, was ich jetzt tun kann, ist, zu versuchen, soviel wie möglich von diesem Schlamassel wiedergutzumachen.«

»Wann hast du denn mit deinen Bemühungen begonnen?«

»Vor zwei Tagen. Wenn ich bis heute abend keine Möglichkeit finde, ihnen zu helfen, ist alles zu spät. Mehr Zeit hab ich nicht.«

»Sie wird sich nicht umbringen«, sagte Peggy geringschätzig. »Wenn sich Frauen aus Gewissensbissen umbringen würden, wäre ich mindestens schon seit Juli tot.«

»Sie wird es tun, Peggy. Sie wäre jetzt schon tot, wenn ich sie nicht zurückgehalten hätte, und sie wird morgen tot sein, wenn ich ihr nicht helfen kann.«

»Was geht dich das an?«

Ich sah ihr noch immer offen in die Augen. »Ich hab doch gesagt, ich versuche, diese ganze Scheiße wiedergutzumachen.«

»Du meinst *deine* Scheiße.«

»Ich meine: alles, was ich angerichtet habe.«

»Für einiges ist es zu spät, es wiedergutzumachen.«

»Mag sein. Aber ich will mein Bestes tun.«

»Und wie das?«

»Weiß nicht, Peggy. Ich bin ein Neuling auf diesem Gebiet. Vorläufig mach ich alles, was die Leute von mir erwarten. Ich sagte, du kannst deinen Preis nennen.«

Peggy starrte mich eine Weile an.

»Wer ist denn dieses Mädchen?«

»Rennie Morgan. Ihr Mann unterrichtet Geschichte am College.« Peggy war jedoch offensichtlich mehr mit sich selbst beschäftigt.

»Glaubst du, daß ich schon mal Abtreibungen gehabt habe? Ich muß ja wohl annehmen, daß du das vermutest, oder?«

»Ich vermute überhaupt nichts. Ich hatte gehofft, du würdest vielleicht jemanden kennen, der schon eine hatte, oder daß du vielleicht von einem Abtreibungsarzt gehört hast.«

»Und wenn ich nun von einem wüßte?«

»Ich sagte bereits, es gibt keinen Grund, warum du mir helfen solltest, und ich nehme an, daß du keine irgendwie gearteten Gefühle für Rennie Morgan hegst – oder vielleicht magst du sie nicht, ich weiß es nicht. Alles, was ich zu sagen habe, ist, daß das meine letzte Chance ist, sie davon abzuhalten, Selbstmord zu begehen, und ich werde absolut alles tun, um deine Hilfe zu bekommen.«

»Du mußt sie sehr lieben.«

»Wenn ich das tue, dann weiß ich es nicht. Kennst du einen Abtreibungsarzt, Peggy?«

Nach einer Weile sagte sie: »Ja, ich weiß einen. Ich mußte für mich selbst einen suchen, zwei Jahre ist das her.«

»Wer war es?«

»Ich hab noch nicht beschlossen, ob ich dir helfen will oder nicht, Jake.«

»Paß auf«, sagte ich im aufrichtigsten Tonfall, dessen ich fähig war, »du brauchst nicht auf deiner Position zu bestehen; ich hab dir schon gesagt, daß du von mir verlangen kannst, was du willst.«

»Ich könnte dir helfen«, sagte Peggy. »Dieser Mensch ist noch hier, und er würde das Ding drehen. Zweihundert Dollar will er dafür haben.«

Ich dachte, es würde seine Wirkung nicht verfehlen, wenn ich mich ganz nahe vor sie hinstellte, ihr die Hände auf die Schultern legte und mich zu ihr niederbeugte, um ihr in die Augen zu sehen. Und das tat ich denn auch.

»Was willst du haben?« fragte ich mit der erforderlichen Ruhe.

»Ach, Jake, ich könnte einen hohen Preis nennen! Du warst nur einen oder zwei Tage lang verzweifelt, ich aber bin seit fünfzehn Jahren verzweifelt!«

»Nenn deinen Preis.«

»Warum? Sobald sie ihre Operation gehabt hat, würdest du mich sitzenlassen.«

»Willst du, daß ich dich heirate, Peggy?«

»Das wäre mein Preis«, sagte sie.

»Ich werde es tun.«

»Ja, vermutlich. Und danach, was würdest du dann tun? Mich sofort verlassen oder mich für den Rest meines Lebens quälen?«

»Nichts von beidem klingt nach einer guten Lösung, um ein Schlamassel wieder in Ordnung zu bringen«, feixte ich.

»Dir bliebe gar nichts anderes übrig, als mich zu hassen. Kein Mann hat je eine Frau geliebt, die ihn zur Ehe zwang.«

»Probier's mit mir.«

Peggy war äußerst nervös, erregt von der Macht, die sie jetzt über mich hatte, ein bißchen erschrocken über ihre eigene Kühnheit.

»Wie kann ich dir glauben, Jake? Du hast nicht das geringste getan, mich glauben zu machen, daß man dir trauen kann.«

»Ich weiß.«

»Du sagst aber doch, daß es dir diesmal ernst ist?«

»Stimmt.«

»Du liebst mich nicht.«

»Ich liebe überhaupt niemanden. Aber ich bin lange genug Junggeselle gewesen, und auch ohne diese Abtreibungsgeschichte schulde ich dir genug, damit es für eine schöne lange Zeit reichen kann.«

Peggy schüttelte meine Hände ab und bewegte rasch den Kopf hin und her, auf eine Art, die der Rennies ähnlich war.

»Was ist das nur mit dir? Selbst wenn du nett sein willst, bringst du mich in eine falsche Position – eine erniedrigende Position.«

»Also, nun halt mal die Luft an. Laß mich dir einen Antrag machen. Ich habe beschlossen, dich zu heiraten. Wenn ich jemals im Leben etwas ehrlich gemeint habe, dann ist es dies.«

»Du hast vorher nie was Ehrliches zu mir gesagt, nicht?«

»Das hab ich gerade eben getan. Ich würde dich noch heute heiraten, wenn man am Sonntag die Papiere bekäme. Wir werden sie uns morgen beschaffen, und Mittwoch heiraten wir.«

»Du sagtest, sie müsse es heute abend wissen.«

»Das stimmt. Alles, was du tun mußt, ist, ihr sagen, daß du so einen Burschen kennst. Kannst sie gleich jetzt anrufen. Ich denke, das dürfte es bringen. Sag ihr, daß du aus persönlichen Gründen oder so seinen Namen nicht vor Mittwoch verraten kannst. Wenn sie sich einverstanden erklärt und wartet, genügt mir das vollauf.«

»Aber wenn sie das nicht tut, was dann?«

Noch eine kritische Frage. Allein, die richtige Antwort lag auf der Hand.

»Wenn sie nicht warten will, gibt es nichts, was ich noch für sie tun kann – ich seh aber nicht ein, daß das meine Verpflichtung dir gegenüber tangieren sollte. Du hättest alles getan, worum ich dich gebeten habe, und ich würde alles tun, was ich versprochen habe.«

Nun fing Peggy an zu heulen und wand sich vor Unentschlossenheit.

»Ich werde dich heiraten und lieben, so sehr ich nur jemanden zu lieben vermag, für den Rest meines Lebens«, schwor ich.

Sie weinte noch eine Weile, ohne zu antworten, bis ich besorgt wurde.

Noch etwas mußte geschehen, unverzüglich. Ich erwog, sie zu umarmen: würde das die Sache schaukeln oder alles kaputtmachen? Ich zweifelte nicht: jede Bewegung war jetzt kritisch; ein falsches Wort nur, eine Geste – oder ein Schweigen, eine verpaßte Bewegung – konnte sie plötzlich von meiner Aufrichtigkeit, beziehungsweise Unaufrichtigkeit überzeugen. Ach, Peggy Rankin! Ich war mit dem Fluch einer Einbildungskraft geschlagen, die allzu fruchtbar war, als daß sie mir irgendwie bei Prognosen über meine Mitmenschen dienlich gewesen wäre: egal, wie gut ich diese kannte, stets konnte ich mir bei ihnen auf fast alles die widersprüchlichsten Reaktionen vorstellen und auch rechtfertigen. Nun ein Kuß: Würde sie ihn als Beweis dafür ansehen, daß ich das Spiel zu weit trieb, oder als Beweis dafür, daß ich zu aufrichtig war, als daß es mich kümmerte, ob sie mich vielleicht für unaufrichtig hielt? Wenn ich mich *nicht* rührte, würde sie denken, meine Reglosigkeit bewiese, daß ich den Schwindel nicht noch weiter treiben könne, daß ich sie so sicher an der Angel glaubte, daß keine weitere Bewegung nötig sei, oder daß ich in meiner tiefen Aufrichtigkeit vor dieser Bewegung Angst hätte, weil ich befürchtete, sie könnte meinen Antrag trotzdem für eine bloße List halten?

Ich nahm ihren Kopf in meine Hände und wandte ihr Gesicht mir zu. Sie zögerte einen Augenblick lang, dann akzeptierte sie einen langen Kuß.

»Gott sei's gedankt, daß du mir geglaubt hast, Peggy«, sagte ich ruhig.

»Tu ich aber gar nicht.«

»Was?«

»Ich glaube nicht eine von diesen Lügen, die du mir aufgetischt hast, seit du hier hereinmarschiert bist. Ich hätte gleich auflegen sollen, als du anriefst. Raus bitte. Avanti.«

»Aber, Peggy! Du mußt mir glauben!«

»Wenn du nicht verschwindest, fang ich an zu schreien. Wirklich.«

»Glaubst du denn nicht, daß sich Rennie Morgan erschießen will?« schrie ich.

Sie stieß einen spitzen Schrei aus, und ich mußte ihr die Hand auf den Mund drücken, um sie zum Schweigen zu bringen. Sie trat und boxte mich und versuchte, mich in die Hand zu beißen. Ich zwang sie in ihren Stuhl zurück, setzte mich auf ihren Schoß, um ihre Beine still zu halten, und krallte ihr meine andere Hand um die Kehle. Sie war ziemlich stark, und das war alles, was ich tun konnte, um sie zu bändigen – bei Rennie wäre das überhaupt nicht möglich gewesen.

»Ich bin verzweifelter, als du glaubst, verdammt nochmal! Wenn ich sage, ich würde dich heiraten, dann ist es mir ernst damit, und wenn ich sage, daß ich dir gleich den Hals umdrehe, wenn du mir nicht hilfst, dann ist es mir auch damit ernst.«

Ihre Augen weiteten sich, ich nahm die Hand von ihrem Mund, und sobald sie wieder zu brüllen versuchte, drückte ich ihr fest auf die Luftröhre – richtig fest, indem ich Daumen und Zeigefinger zu beiden Seiten in ihren Hals grub.

»Hör auf!« quiekte sie. Ich ließ los, weil ich Angst bekam, ihr wirklich etwas angetan zu haben. Mit lautem Pfeifen schoß der Atem in ihre Lungen zurück.

»Wer ist der Abtreibungsarzt?« herrschte ich sie an.

»Es gibt keinen«, sagte sie und griff sich an die Kehle. »Ich kenne gar keinen! Ich versuchte nur zu...«

Ich knallte ihr eine, so fest ich nur konnte, und stürzte zur Tür hinaus.

Da war nichts mehr zu besorgen: ob es mir ernst gewesen

war oder nicht, ob sie gelogen hatte oder nicht – jetzt war alles eins. Ich ging heim und setzte mich in den Schaukelstuhl. Es war schon halb zwölf Uhr mittags. Da war kein Strohhalm mehr, nach dem ich greifen konnte; ich war ausgepustet, ausgezählt nach Punkt und Komma. Ich versuchte meine Phantasie zu nötigen, mir ein anderes langes Bild vor Augen zu bringen, aber alles, woran ich denken konnte, war Rennie in acht oder zehn Stunden (von nun an gerechnet), wie sie wortlos zum Wohnzimmerschrank gehen würde. Joe würde vielleicht über ein Notizheft auf dem Schreibtisch gebeugt sein. Er würde hören, wie Rennie etwas aus der Hand legte – ihre Zeitung vielleicht? – und zum Schrank ginge. Ich konnte mir vorstellen, wie er weiter auf sein Schreibheft starren würde, ohne mehr die Wörter zu sehen, die er geschrieben hatte, oder vielleicht den Kopf wenden, um ihr beim Öffnen der Schranktür zuzusehen. Die Jungen würden schon in ihrem Zimmer schlafen. Ich glaubte nicht, daß Rennie ins Wohnzimmer zurückkehren würde, um es dort zu erledigen. Dort vor dem Schrank, wo die halbgeöffnete Tür zwischen ihr und Joe stünde, würde sie den Revolver vom Bord herab holen, entsichern, die Mündung an ihre Schläfe drücken und sogleich, noch ehe die Wahrnehmung des gegen ihren Kopf gepreßten Revolverlaufs in ihr Übelkeit erregte, abdrükken. Ich nahm an, sie würde sich wahrscheinlich auf den Boden setzen, um es zu tun.

So weit reichte meine Phantasie, eine blutüberströmte Leiche hatte ich nämlich noch nie gesehen. Zwei Stunden lang vielleicht – das heißt bis halb zwei – wiederholte sich diese Handlungssequenz immer wieder in meiner Vorstellung, bis zum Augenblick der Detonation. Drastische Wendung der Dinge: ich könnte zu den Morgans eilen und versuchen, mir den Revolver anzueignen! Aber was sollte ich dann damit anfangen? Sie würden mich einfach angukken, und Rennie würde später zu etwas anderem greifen.

Rennie packen und wenn möglich festhalten. Auf ewig? Die Polizei anrufen und ihnen erzählen – daß eine Frau drauf und dran sei, Selbstmord zu begehen? Was könnten die schon tun? Sie würde zu Hause sitzen, die Zeitung lesen, Joe an seinem Schreibtisch arbeiten. Ihr sagen, ich hätte eine Abtreibung arrangiert – bei wem? Für wann? Ihr sagen, daß – was?

Mein Schaukeln verlangsamte sich zu einer beinahe unmerklichen Bewegung. Außer der Vorstellung von der Waffe an Rennies Schläfe, der Vorstellung von der Bleikugel, tief innen harrend im Magazin – was kein Bild war, sondern nervliche Anspannung, eine Art Dröhnen in meinem Kopf – lieferte meine Phantasie sonst nichts mehr an Bildern. Meine Blase war voll; ich mußte aufs Klo, blieb aber sitzen. Nach einer Weile ging der Drang vorüber. Ich beschloß, den Versuch zu starten, *Pepsi-Cola ist echt Klasse* aufzusagen, aber nach dem ersten Verspaar schwand mir der Rest aus dem Sinn. Der Drang zu urinieren, meldete sich wieder, heftiger als zuvor. Ich konnte mich nicht aufraffen.

Irgend jemand unter mir drehte laut ein Radio an, und ich sprang auf die Füße. Es war drei Uhr: die halbe Minute, die ich damit zugebracht zu haben glaubte, nicht aufs Klo zu gehen, waren eineinviertel Stunden gewesen! Einen Augenblick später stürzte ich die Treppe hinab zum Auto; fuhr los, mit neunzig Stundenkilometern am Haus der Morgans vorbei, raus aus der Stadt, nach Vineland, und zur Reaktivierungsfarm. Ich traf Mrs. Dockey in der Eingangshalle an, wie sie gerade große Wellblechkartons mit Strippen verschnürte.

»Wo ist der Doktor? Ich muß ihn sofort sehen.«

Sie wies mit dem Kopf auf die Rückseite des Hauses. Als ich durchs Empfangszimmer ging, registrierte ich aufgerollte Teppiche, verschobenes Mobiliar und noch mehr Kartons.

»Sie sind ja ganz aus dem Häuschen«, bemerkte der Doktor, sobald er meiner ansichtig ward. In einen schwarzwollenen Anzug gekleidet, las er gerade die Sonntagszeitung auf der hinteren Veranda, die bei kaltem Wetter in einen Bräunungssalon verwandelt zu werden pflegte. Zum Glück war er allein: die meisten Patienten schöpften entweder draußen frische Luft oder lungerten im Empfangszimmer herum.

»Nehmen Sie Platz.«

»Ich hatte heute nachmittag wieder etwas mit meinem Problem zu kämpfen«, sagte ich.

»Immobilität?« Er legte die Zeitung beiseite und betrachtete mich genauer. »Dann haben Sie die Therapien nicht befolgt.«

»Nein, geb ich zu, hab ich nicht. Ich war fürchterlich auf Achse in letzter Zeit.«

Es war kühl draußen, sogar frostig, aber die Sonne schien hell, und über einem sumpfigen Bach hinter der Farm hing ein großer grauer Fischhabicht bewegungslos gegen den Wind gerichtet. Ich wußte nicht, wo beginnen.

»Wenn das stimmt«, sagte der Doktor kritisch, »dann verstehe ich nicht, warum Sie immobilisiert waren.«

»Ich glaube, das kann ich erklären. Was ich versucht habe, war, einige Probleme zu bereinigen, die aufgetaucht waren.«

»Tja, also diesmal, fürchte ich, muß ich das Problem wissen; schließlich ist es ja aufgetaucht, nachdem Sie die Therapie gestartet haben. Vielleicht sollten wir besser ins Fortschritts- und Beratungszimmer gehen.«

»Ich kann's Ihnen gleich hier sagen. Es wird nicht lange dauern.«

»Nein. Gehen wir ins Fortschritts- und Beratungszimmer. Gehen Sie schon mal rein – ich sag nur Mrs. Dockey

Bescheid, damit sie weiß, wo wir sind – und bin in einer Minute wieder da.«

Ich tat, wie mir geheißen, und kurze Zeit darauf trat er ein und nahm mir gegenüber Platz. Er hatte sich umgezogen, trug nun einen weißen Ärztekittel.

»Also was ist los?«

Die Knie gerade vor mir, die Arme über der Brust verschränkt, erzählte ich die Geschichte meiner kurzen Affäre mit Rennie und ihrer Folgen. Zu meiner Überraschung ging es ganz leicht, solange ich mich an die eigentlichen Ereignisse hielt und nicht versuchte, irgend jemandes Motive zu erklären. Am schwierigsten war, mit meinen Augen umzugehen, während ich erzählte: der Doktor lehnte sich wie gewöhnlich nach vorn, rollte seine unangezündete Zigarre im Mund hin und her und forschte die ganze Zeit in meinem Gesicht; ich konzentrierte mich zuerst auf sein linkes Auge, dann auf sein rechtes, dann auf seine Stirn, den Nasensattel, die Zigarre – und es brachte mich aus der Fassung, daß ich meine Augen nicht länger als ein paar Momente ruhig halten konnte. Ich erzählte ihm alle Einzelheiten meiner Suche nach einem Abtreibungsarzt, sogar mein Gespräch mit Peggy Rankin. Es war äußerst erfrischend, all das zur Sprache zu bringen.

»Es gibt keinerlei Zweifel an Rennies Entschluß«, sagte ich zuletzt. »Sie wird sich heute abend umbringen, wenn ich ihr nicht was Definitives sagen kann, und heute mittag um halb zwölf sind mir die Möglichkeiten ausgegangen. Es geschah kurz danach, daß die Paralyse einsetzte, und gedauert hat's bis vor etwa einer Stunde, als jemand unter mir ein Radio aufgedreht hat. In fünf oder sechs Stunden, von jetzt ab gezählt, wird sie sich erschießen.«

»Ist das Ihre Vorstellung von einem geruhsamen Dasein?« fragte mich der Doktor gereizt. »Ich hab Ihnen doch gesagt, Sie sollen Komplikationen vermeiden! Insbesondere riet ich Ihnen, sich nicht mit Frauen einzulassen! Haben

Sie gedacht, meine Therapien wären bloß alberne Spielchen? Haben Sie nur mit mir gespielt, um sich zu amüsieren?«

»Ich weiß nicht, Sir.«

»Natürlich wissen Sie's, lange Zeit haben Sie mich für eine Art Scharlatan oder Quacksalber oder Schlimmeres angesehen. Das war deutlich genug zu erkennen, und ich ließ Sie in diesem Glauben, solange Sie nur taten, was ich Ihnen riet, denn in Ihrem Fall kann eine derartige Haltung an sich selber bereits therapeutisch sein. Wenn Sie aber anfangen, meinen Rat zu mißachten, dann ist diese Haltung sehr gefährlich; ich hoffe, Sie sehen das jetzt ein.«

»Jawohl, Sir.«

»Sehen Sie ein, daß Sie, wenn Sie sich an Ihre Therapie gehalten hätten, jetzt nicht hier wären? Wenn Sie jeden Tag Ihren *Weltalmanach* studiert, an nichts als an Ihre Grammatikschüler gedacht und Sinistralität, Antezedenz und Alphabetische Priorität praktiziert hätten – wäre nichts von dem, was passiert ist, ein Problem für Sie geworden.«

»Offen gesagt, Herr Doktor, ich war in der letzten Zeit mehr mit den Morgans beschäftigt als mit mir selbst.«

»Und Sie sehen, was dabei herausgekommen ist! Hab ich Ihnen nicht gesagt, Sie sollen keine Freundschaften schließen! Sie hätten an nichts anderes als an Ihre Immobilität denken sollen.«

Es war Zeit, ihm zu sagen, warum ich hierher gekommen war, aber er quasselte weiter.

»Nun, zweifellos ist diese Paralyse, die Sie eben hatten, anderer Natur als die vorhergehenden. In der Penn-Station war es die Unfähigkeit, sich frei zu entscheiden, die Sie immobilisierte. Das ist der Fall, an dem ich interessiert bin, das ist der Fall, den ich behandelt habe. Aber das jetzt ist eine simple Sache von In-die-Sackgasse-Rennen: triviale, idiotische Umstände, nicht einmal ein Dilemma, und doch macht es alles zunichte, was ich bis jetzt erreicht hatte.«

»Verzeihen Sie, Doktor – das Mädchen will sich erschießen!«

»Sie hätten's verdient, daß der Ehemann *Sie* erschießen würde. Die Mythotherapie – die Mythotherapie hätte Sie vor allen Komplikationen bewahrt, hätten Sie sie nur ständig beharrlich praktiziert. Eigentlich haben Sie sie ja praktiziert, aber wie ein Schwachkopf haben Sie sich die falsche Rolle zugewiesen. Sogar die Rolle des Schurken wäre okay gewesen, wenn Sie ein Schurke durch und durch ohne eine Spur von Reue gewesen wären! Aber Sie haben sich selbst zu einem Bußmönch gemacht, wo es zur Reue doch schon zu spät ist, und das ist die beste Rolle, die ich mir vorstellen kann, um Sie zu immobilisieren. Ja!« rief er wirklich betroffen aus, »Ihr Fall war der interessanteste, den ich seit Jahren behandelt habe, aber Sie haben jetzt alles ruiniert!«

Geschlagene zwei Minuten lang kaute er in wütendem Schweigen an seiner Zigarre. Mir stand grauenvoll deutlich vor Augen, wie die Zeit ablief.

»Könnten Sie nicht...«

»Still!« sagte er ungeduldig. Nach einer Weile sagte er: »Der Selbstmord des Mädchens wird völlig antitherapeutisch wirken. Geradezu katastrophal. Zunächst mal: Vielleicht erschießt Sie der Ehemann, oder Sie erschießen sich sogar selbst, wo Sie so einen schlimmen Rückfall hatten. Diese beiden Eventualitäten könnte ich ausschalten, indem ich Sie hier auf der Farm behalte, aber dann könnte er die Polizei holen, um Sie suchen zu lassen, wenn er herausfindet, daß Sie abgehauen sind, und die will ich hier nicht haben. Sie haben alles verpfuscht! Mit dieser dummen Affäre haben Sie zwei Jahre Arbeit kaputt gemacht.«

»Könnten Sie ihr nicht einen Schuß Ergotrat geben, Herr Doktor?« fragte ich schnell.

Der Doktor nahm für einen Moment die Zigarre aus dem Mund, um mich umso spöttischer anzusehen. »Mein lieber Freund, aus welchem Grunde sollte ich denn hier Ergotrat haben? Glauben Sie, diese Damen und Herren da pflegen Kinder zu empfangen?«

Ich wurde rot. »Na dann – könnten Sie ein Rezept ausstellen?«

»Seien Sie nicht naiver als unbedingt nötig. Genauso gut könnten Sie sich selbst eins ausstellen.«

»O Gott. Ich weiß nicht, was ich machen soll.«

»Horner, hören Sie auf, das Unschuldslamm zu spielen. Sie kamen hier heraus, um mich zu bitten, den Fötus abzutreiben, nicht um über Ihre Immobilität zu sprechen.«

»Werden Sie's tun?« flehte ich ihn an. »Ich zahle Ihnen alles, was Sie verlangen.«

»Leeres Gerede. Gesetzt den Fall, ich wollte 7000 Dollar verlangen? Was Sie doch meinen, ist, daß Sie vielleicht bis zu fünfhundert Dollar abstottern. Und weil Sie sich um die Raten drücken würden, wenn die Sache erst mal gelaufen wäre, könnte der mögliche Preis nicht höher sein als ein- oder zweihundert. Wenn mich nicht alles täuscht, haben Sie nicht mehr als das zur Hand.«

»Ich hab etwa zwo-fünfundsiebzig, Herr Doktor. Ich gebe sie Ihnen gerne.«

»Horner, ich bin kein Abtreiber. Ich hab in meiner Berufslaufbahn vielleicht zehnmal einen Fötus abgetrieben, und das liegt Jahre zurück. Wenn ich jetzt eine Abtreibung durchführen würde, würde ich dieses ganze Unternehmen, das zukünftige Wohl meiner Patienten und meine eigene Freiheit aufs Spiel setzen. Ist das die zweihundertfünfundsiebzig Dollar wert? Oder fünftausend, was aufs gleiche rauskommt?«

»Mehr kann ich Ihnen nicht bieten.«

»O doch, Sie können, und wenn Sie's tun, werde ich den Fötus dieses Mädchens abtreiben.«

»Ich bin mit allem einverstanden.«

»Freilich. Aber ob Sie die Abmachung einhalten, steht auf einem andern Blatt. Ich treffe Vorbereitungen, die Farm zu verlegen – zweifellos haben Sie die Sachen in der Eingangshalle und im Empfangszimmer bemerkt. Zur Abwechslung ziehen wir mal um, weil wir wollen, nicht weil wir müssen; ich habe einen besseren Platz gefunden, in Pennsylvania, und Mittwoch geht's auf und davon. Mrs. Dockey hätte sich morgen mit Ihnen in Verbindung gesetzt, wenn Sie nicht heute hierher gekommen wären. Gut denn also, wenn's nicht so stünde, wär die Abtreibung indiskutabel; aber da wir ohnehin wegziehen, werde ich sie heute abend durchführen.«

Der Schock trieb mir Tränen in die Augen, und ich lachte schrill.

»Was ich gern täte, wäre, Ihnen einfach einen Katheter für das Mädchen mitgeben. Wenn sie einen oder zwei Tage mit dem Ding in sich herumlaufen würde, würde es die Wehen einleiten und den Fötus abtreiben. Sie hätte starke Blutungen, aber das Krankenhaus müßte sie als Notfall akzeptieren. Das wäre besser, weil sie dann gar nicht erst hier heraus kommen müßte, aber es dauert zu lange; die Wehen könnten nicht vor Mittwoch einsetzen und sie wäre so übel dran mit dem Katheter in ihrem Uterus, daß sie sich wahrscheinlich ohnehin umbringen würde. Bringen Sie sie heute abend hierher, und ich werde den Uterus ausschaben und es hinter mich bringen.«

»Das werde ich tun! Herrgott, das ist ja wunderbar!«

»Ist es nicht. Es ist abstoßend und scheußlich, aber ich mach es als letztes Mittel, Ihren Fall zu retten. Was Sie ihrerseits dafür tun müssen, ist, nicht nur alles Geld, das Sie haben, mir zu geben, um die Farm nach Pennsylvania verlegen zu helfen, sondern auch, Ihren Job zu stecken und mit uns zu kommen. Ich fordere dies aus zweierlei Gründen: als erstes und wichtigstes will ich Sie vierundzwanzig Stunden am Tag im Auge haben, damit ich Sie in Ihrem

Therapieplan wieder aufbauen kann; zum zweiten brauch ich einen jungen Mann für einen Großteil der körperlichen Arbeit, wenn die Farm wieder neu aufgebaut wird. Das wird Ihre erste Therapie sein. Vielleicht ist mein Preis zu hoch?«

Mir fiel der alte Mann im Schlafsaal wieder ein.

»Zaudern Sie nicht, Horner«, sagte der Doktor streng, »oder ich weigere mich. Ihr Fall ist mir ein Hobby, aber keine Obsession, und so oft Sie mich unterhalten, so oft ärgern Sie mich auch.«

»Ich mach's«, sagte ich.

»Sehr schön. Heute abend werde ich die Abtreibung machen. Sie müssen einen Scheck bringen, weil Sonntag ist. Morgen lassen Sie die Schule wissen, daß Sie Ihren Abschied nehmen, und Mittwoch morgen sind Sie um acht Uhr dreißig am Greyhound-Terminal von Wicomico. Sie werden dort Mrs. Dockey und einige der Patienten antreffen und mit ihnen im Bus raufkommen.«

»Wird gemacht.«

»Wollen Sie, daß ich Ihnen erkläre, was ich alles tun kann, um Sie dazu zu zwingen, Ihr Versprechen zu halten? Oder Sie zumindest bitter bereuen zu lassen, wenn Sie es brechen?«

»Das brauchen Sie nicht, Herr Doktor. Ich bin am Ende. Ich werd's schon halten.«

»Dessen bin ich gewiß«, lächelte er, »so oder so. Gut denn, das wär's.« Er stand auf. »Die Patienten gehen um neun Uhr zu Bett. Bringen Sie das Mädchen um halb zehn her. Richten Sie nicht die Scheinwerfer aufs Haus, und machen Sie keinen Lärm; Sie scheuchen sonst jeden auf da oben. Und bringen Sie den Scheck und Ihr Scheckheft mit, damit ich sicher sein kann, daß der Scheck so hoch wie möglich ist. Wiedersehen.«

Als ich hinausging, stieß ich wiederum auf Mrs. Dockey, die noch immer gleichmütig Schachteln in der Eingangshalle verschnürte.

»Der Herr Doktor hat mir von dem Umzug erzählt«, sagte ich zu ihr. »Es sieht so aus, als ob ich mit Ihnen komme, für eine Weile jedenfalls.«

»Okay«, brummte sie, ohne mich anzusehen. »Seien Sie Punkt halb neun zur Stelle. Der Bus fährt um acht Uhr vierzig ab.«

»Ja, ja«, sagte ich und rannte fast zum Wagen. Es war jetzt kurz vor fünf.

XII Ich stand im Wohnzimmer der Morgans und hatte den Mantel noch an, denn man bat mich nicht, zu bleiben

Ich stand im Wohnzimmer der Morgans und hatte den Mantel noch an, denn man bat mich nicht zu bleiben, weder zum Dinner noch zu sonst etwas. Joe und Rennie waren zusammen in der Küche und bereiteten den Jungen gemächlich ihr Abendessen. Sie schienen guter Laune und hatten offensichtlich gerade über etwas gescherzt.

»Wo bist du diesmal gewesen?« fragte Rennie.

»Es ist alles geregelt«, sagte ich.

»Du brauchst dir nur den nächsten Jet in die Vatikanstadt zu schnappen«, riet ihr Joe, wobei er meine Stimme imitierte, die erschöpft und erleichtert zugleich klang, »und dem Mann zu sagen, du wärst des Papstes Konkubine.«

»Ich sagte dir doch ein für allemal, daß ich nicht lügen will«, lachte Rennie.

»Ich hol dich um neun ab«, sagte ich. »Der Termin ist um neun Uhr dreißig. Es wird diesmal kein Ergotrat sein.«

Rennies Lächeln erstarb; sie wurde ein wenig blaß.

»Hast du wirklich jemanden gefunden?«

»Ja. Es ist ein Facharzt im Ruhestand, der ein Genesungsheim unterhält, draußen bei Vineland.«

»Wie heißt er?« fragte Joe, ohne zu lächeln.

»Er möchte anonym bleiben. Verständlich genug. Aber er ist ein guter Arzt. Ich hab ihn schon vor Jahren kennengelernt, noch ehe ich hierher kam. Ja, diesen Lehrerjob hab ich auf seine Anregung hin aufgenommen.«

Sie ließen einige Überraschung erkennen.

»Ich hab noch nie gehört, daß da draußen ein Genesungsheim sein soll«, sagte Rennie ungläubig.

»Das ist deswegen, weil er den Platz zum Wohl seiner Patienten geheim hält und weil er ein farbiger Arzt mit einer rein weißen Klientel ist. Nicht viele Menschen wissen von ihm.«

»Kann man ihm trauen?« fragte Joe, ein wenig argwöhnisch. In diesem Moment standen sie beide auf der Schwelle zur Küche.

»Ist ja egal«, sagte Rennie schnell und trat wieder an den Herd.

»Bist du um neun fertig?« fragte ich sie.

»Ich werd dann soweit sein.«

»Du wirst doch mitkommen wollen, oder?« fragte ich Joe.

»Ich weiß nicht«, sagte er mürrisch. »Werd ich später entscheiden.«

Es war, als hätte ich etwas verdorben.

Zurück in meinem Zimmer, des Druckes ledig, verspürte ich eine Reaktion, die ich nicht nur der Aufregung der letzten Tage zuschrieb, sondern überhaupt meiner ganzen Rolle in dieser Angelegenheit. Es fiel nicht schwer, Erleichterung zu fühlen, weil es endlich gelungen war, Rennies Selbstmord zu verhindern, aber es war äußerst schwierig, sich geläutert zu fühlen: denn ich wollte mich doch geläutert fühlen. Ich wollte, daß mich das Abenteuer folgendes über mich selbst lehrte: daß ich, ungeachtet dessen, welche wechselnden Meinungen über Dinge der Ethik ich in abstracto hegte, nicht so konsistent ein und dieselbe Person war (nicht »real« genug, um Rennies Worte zu gebrauchen, um ernstlich in das Leben anderer Leute eingreifen zu können, ohne dabei überall Schaden zuzufügen, nicht zuletzt meiner eigenen Seelenruhe; daß meine irrationalen Geistes- und Grausamkeitsblitze, dieses irrationale Wetterleuchten von Mitleid und Zynismus – kurz, meine Unfähigkeit, lange genug dieselbe Rolle zu spielen – mir so gut wie anderen Schmerz zufügen konnte, und daß die nämliche Inkonsistenz es unwahrscheinlich machte, daß ich über längere Zeit friedlich in bedrängenden Lagen ausharren konnte (wie Joe z. B. es vermochte). Ich brauchte oder wollte nicht unbedingt Freunde, aber es war klar (auch dies wollte ich lernen), daß ich, wenn ich sie überhaupt haben sollte, in Anbetracht meiner eigenen besonderen Spielart von Integrität mich nicht in irgend etwas hineinverwickeln lassen durfte: ich mußte auf Distanz bleiben.

Eine simple Lektion – aber so richtig läutern konnte ich mich nicht. Meine Gefühle waren gemischt: Erleichterung, Lächerlichkeit, Peinlichkeit, Ärger, verletzter Stolz, rührselige Affektion für die Morgans, Abscheu vor ihnen und vor mir selber und ein ganzes Arsenal anderer Dinge, einschließlich Gleichgültigkeit der ganzen Geschichte gegenüber.

Zudem war ich reichlich müde meiner selbst und meines Wissens um meine diversen Ichs und meine privaten kleinen Geheimnisse. Obgleich ich in Wirklichkeit keineswegs beabsichtigte, mein Versprechen, mit dem Doktor nach Pennsylvania zu gehen, zu halten, setzte ich eine kurze Note an Dr. Schott auf, die ihn von meiner Kündigung in Kenntnis setzte: mein Spielen um Verantwortung hatte mich in der Tat erschöpft, und ich war nun bereit, Wicomico und die Morgans zu verlassen. In einer neuen Stadt, mit neuen Freunden, sogar unter einem neuen Namen – könnte ich womöglich zur Genüge Einheit *vortäuschen,* um eine Person zu sein und in der Welt zu leben; vielleicht, wenn man ein hinlänglich geübter Schauspieler wäre... Vielleicht würde ich Peggy Rankin heiraten; ihren Familiennamen annehmen; mit ihr ein Kind haben. Ich lächelte.

Ein paar Minuten vor neun fuhr ich los, um Rennie abzuholen, und traf sie und Joe an, wie sie gerade ein spätes Abendmahl bei Kerzenschein beendeten.

»Feierlicher Anlaß«, sagte Joe trocken. Er knipste sofort das Licht an und blies die Kerzen aus, und ich sah, daß sie warme Würstchen und Sauerkraut gegessen hatten. Er half Rennie nicht in den Mantel und trug statt dessen das Geschirr zur Spüle.

»Wie lange wird's dauern?« fragte er mich.

»Weiß ich nicht, Joe«, sagte ich mit ziemlichem Unbehagen. »Ich glaub nicht, daß es sehr lange dauern wird.«

»Ich bin soweit«, sagte Rennie. Sie sah schlecht aus: käsig im Gesicht und unsicher auf den Beinen. Joe küßte sie flüchtig und drehte den Wasserhahn auf, um das Geschirr zu spülen.

»Du kommst nicht mit?« fragte ich ihn.

»Nein.«

»Na gut...«, sagte ich. Rennie war schon zur Tür gegangen. »Dann bis später.«

Wir gingen hinaus. Mir voraus lief Rennie schwerfällig das Trottoir entlang und öffnete die Wagentür, noch ehe ich das für sie tun konnte. Sie schniefte ein bißchen, hielt aber die Tränen zurück. Ich fuhr die Straße in Richtung Vineland hinaus.

»Ist 'n schöner Schlamassel draus geworden, was?« sagte ich mitfühlend. Sie starrte aus dem Fenster, ohne zu antworten. »Tut mir schrecklich leid, daß alles so gekommen ist.«

Sie machte es mir schwer, ihre Gefühle zu erraten. Eine Sache, deren ich mir scharf bewußt war, war ihre Einsamkeit in dem, was geschehen war und was jetzt geschehen sollte – die grundsätzliche, letztendliche Einsamkeit aller Menschen in kritischen Situationen. Das ist nie zur Gänze wahr, wird aber in manchen Momenten klarer erkennbar als in anderen, und gerade damals spürte ich ganz stark, wie fern sie war von Joe, von mir, von Werten, Motiven, der Welt oder der Geschichte – ein einsames in die Ecke getriebenes Tier. Und Joe spülte statt dessen zu Hause das Geschirr. Einsame Geschöpfe! In keine Ursache, keinen Entschluß, keine Philosophie können wir so viel von uns selbst stecken, als daß kein Teil mehr von uns übrig bliebe, um zu staunen und einsam zu sein.

»Dieser Bursche ist wirklich ein prima Arzt«, sagte ich eine Minute später.

Rennie sah mich verständnislos an, als hätte ich in einer fremden Sprache geredet.

»Rennie, möchtest du, daß ich dich nach Hause fahre?«

»Wenn du das tust, erschieße ich mich«, sagte sie mit heiserer Stimme.

Als wir ans Ende der Auffahrt gelangten, die zum Farmhaus führte, schaltete ich die Scheinwerfer aus und fuhr ruhig auf den Hof. Ich erklärte Rennie, der Doktor wolle nicht, daß ich seine Patienten störe, aber ich fürchte, das Theatralische an meinem Verhalten tat ihren Nerven nicht gut. Als ich sie ins Farmhaus führte, spürte ich, wie sie zitterte. Mrs. Dockey und der Doktor warteten auf uns im Empfangszimmer. Beide musterten Rennie ziemlich unverfroren, und eine gewisse Verachtung in Mrs. Dockeys Zügen war unverkennbar.

»Tag, Mrs. Morgan«, sagte der Doktor. »Wir können gleich anfangen. Mrs. Dockey wird Sie ins Behandlungszimmer bringen.«

Wortlos stampfte Mrs. Dockey in Richtung Beratungszimmer, und Rennie, nach einer Sekunde des Zögerns, machte sich auf, diesem formidablen Frauenzimmer zu folgen. Meine Augen füllten sich mit Tränen. Ich wußte nicht, wie ich es anstellen sollte, Mitleid von Liebe zu unterscheiden: vielleicht war es nur Mitleid, was ich für sie empfand.

»Haben Sie den Scheck und Ihr Scheckheft mitgebracht?« fragte der Doktor mit Nachdruck.

»Ja.« Ich händigte sie ihm aus. Auf dem vorletzten Kontrollabschnitt standen als Saldo zweihundertsiebenundachtzig Dollar und zweiunddreißig Cents, und der darauffolgende Scheck war auf diesen Betrag ausgestellt und unterzeichnet. »Ich wußte nicht, an wen er ausgestellt werden soll.«

»Ich trag's schon ein. Sehr schön; kommen Sie mit. Ich möchte, daß Sie dabei zuschauen, zu Ihrem eigenen Wohl.«

»Nein, ich warte lieber hier draußen.«

»Wenn Sie wollen, daß die Abtreibung gemacht wird«, sagte der Doktor, »dann kommen Sie mit und gucken zu.«

Ich folgte ihm äußerst unwillig. Der Doktor zog sich seine weiße Jacke an, und dann gingen wir in den Behandlungsraum. Rennie lag, ein Laken bis an den Hals gezogen, schon auf dem Untersuchungstisch. Ich befürchtete, sie hätte etwas gegen meine Anwesenheit, aber sie zeigte weder Zustimmung noch Mißfallen. Mrs. Dockey stand ungerührt daneben. Der Doktor wusch sich die Hände und zog das Laken von Rennies Abdomen.

»Nun, dann wollen wir als erstes mal sehen, ob Sie schwanger sind.«

Als seine Finger sie berührten, um mit der Untersuchung zu beginnen, zuckte sie unfreiwillig zusammen. Einige Minuten später, als der Doktor seine Hände in Gummihandschuhe gleiten ließ, die Finger eincremte und mit der inneren Untersuchung begann, fing sie an, heftig zu schluchzen.

»Schluß jetzt damit«, sagte der Doktor gereizt. »Sie haben doch schon mal Kinder gekriegt.« Nach einer Weile fragte er: »Wie alt ist der Fötus Ihrer Ansicht nach?« Rennie gab keine Antwort, und er fragte sie nichts weiter.

»Okay, wir können jetzt beginnen. Dehnsonde und Curette, bitte!« sagte er zu Mrs. Dockey, und sie ging zum Sterilisator in der Nähe, um sie zu holen. Die chirurgischen Instrumente klapperten im Sterilisator, und Rennies Schluchzen wurde ungehemmter und lauter. Sie drehte sich auf dem Untersuchungstisch ein wenig und machte sogar Anstalten, sich aufzurichten.

»Hinlegen und still bleiben!« befahl der Doktor scharf. »Sie wecken ja alle Welt auf.«

Rennie legte sich wieder hin und schloß die Augen. Ich begann Übelkeit zu verspüren, sobald der Doktor die blitzende Curette aus Mrs. Dockeys Händen entgegennahm, und beschloß, meine Augen auf Rennies Gesicht zu konzentrieren, statt auf die Operation.

»Riemen festschnallen«, sagte der Doktor zu Mrs. Dokkey. »Das hätten Sie schon eher tun sollen.« Ein breiter Lederriemen wurde quer über Rennies Zwerchfell befestigt. »Also denn. Sie nehmen ihr rechtes Bein, und Sie, Horner, halten das andere. Da wir hier mit Geburtshilfe nicht viel am Hut haben, hab ich mich nicht drum bemüht, einen Tisch mit Kniebügeln zu kaufen.«

Rennies Beine waren angewinkelt und in der Lithotomie-Stellung weit gespreizt. Mrs. Dockey packte das eine Bein, wobei sie Wade und Oberschenkel aneinanderpreßte, und ich nahm, sehr zögernd, das andere.

»Tut mir leid, Rennie«, sagte ich.

Rennie bewegte ihren Kopf hin und her und stöhnte. Ein paar Momente später – ich nahm an, der Doktor hätte seine Curette angesetzt, guckte aber nicht hin, um mich zu vergewissern – begann sie zu schreien und versuchte sich freizustrampeln.

»Beine festhalten!« schnappte der Doktor. »Sie säbelt sich ja selbst in Stücke! Halten Sie ihr die Schnauze zu, Horner!«

»Rennie...« Aber ich brachte nicht mehr heraus. Sie

war zu Tode geängstigt; ich glaube, sie erkannte mich nicht mehr. Ihr Gesicht verschwamm hinter meinen Tränen. Für einen Moment entspannte sie sich, kämpfte um Beherrschung, dann aber – noch ein Schaben der Curette? – kreischte sie wieder auf und strampelte, um sich aufzurichten.

»Okay«, sagte der Doktor angewidert zu Mrs. Dockey. »Die Curette ist raus. Lassen Sie ihr Bein los und stopfen Sie ihr das Maul.«

Mrs. Dockey stieß Rennies Kopf nieder und klemmte ihr eine Hand über den Mund. Mit ihrem freien Bein trat Rennie wild um sich; der Doktor sprang auf, wobei er den Stuhl umwarf, und fluchte. Ich wandte versehentlich den Blick von ihrem Gesicht ab und sah Blut auf dem Laken unter Rennies Abdomen, Blut an ihren Oberschenkeln, Blut auf des Doktors Brille. Die Kotze schoß mir den Hals hoch, und ich war kaum in der Lage, sie runterzuschlucken.

»Sie hämorrhagiert schon«, sagte der Doktor zu Mrs. Dockey. »Halten Sie sie eine Minute ruhig, ich hole ein Anästhetikum.«

Rennies Angst begann sich auf mich zu übertragen. Sie lag wieder für einen Moment still, und ihre Augen sahen mich flehentlich an.

»Nehmen Sie die Hand weg«, sagte ich zu Mrs. Dockey. »Sie wird nicht brüllen.« Mrs. Dockey zog vorsichtig ihre Hand zurück, bereit, ihr sofort wieder den Mund zu verschließen.

»Ich hab solche Angst, Jake«, weinte Rennie leise, von Kopf bis Fuß zitternd. »Er tut mir weh. Ich will gar nicht ängstlich sein, aber ich kann nichts dagegen tun.«

»Sind Sie sicher, daß es schon zu spät ist, aufzuhören, Herr Doktor?« rief ich quer durch den Raum dorthin, wo er einen Gummischlauch an zwei Gasflaschen auf einem Fahrgestell anschloß.

»Das bringt jetzt nichts«, sagte er. »Ich wär schon längst fertig, wenn sie sich nicht so albern benehmen würde.«

»Möchtest du nach Hause, Rennie?«

»Ja«, weinte sie. »Aber laß es ihn zu Ende machen. Ich möchte ja stillhalten, aber ich kann nicht.«

»Wir passen schon auf«, sagte der Doktor, nicht länger verärgert. Er rollte die Gasflaschen ans Kopfende des Tisches. »So, wie Sie rumgehüpft sind, hätte ich glatt Ihren Uterus punktieren können. Entspannen Sie sich jetzt.«

Rennie schloß die Augen. Der Doktor reichte die Maske an Mrs. Dockey weiter, die sie mit einer gewissen Wonne Rennie über Mund und Nase stülpte. Sogleich öffnete der Doktor die Ventile, und mit sanftem Zischen strömten die Gase in die Maske.

»Tief einatmen«, sagte der Doktor, während er die Druckmesser im Auge behielt.

Rennie inhalierte tief zwei-, drei-, fünfmal, als könne sie es kaum erwarten, das Bewußtsein zu verlieren. Ihr Zittern verging, und ihre Beine begannen zu erschlaffen.

»Puls kontrollieren«, sagte der Doktor zu Mrs. Dockey.

Doch als sie mit ihrer freien Hand nach Rennies Handgelenk griff, zog sich deren Bauch plötzlich krampfartig nach innen, und explosionsartig erbrach sie sich in die Maske. Eine Sekunde später stieg ein grauenvoll saugender Laut aus ihrer Kehle auf, und dann noch einer. Ihre Augen öffneten sich kurz zur Hälfte.

»Bronchoskop!« sagte der Doktor scharf und riß die Maske ab. Rennie war blau im Gesicht: der saugende Laut hörte auf. »Schnallen Sie den Riemen auf, Horner! Rasch!«

Ich zerrte mit meinen Fingern an dem Riemen, konnte ihn aber durch die Tränen in meinen Augen nicht deutlich sehen. Eine weitere gurgelnde Explosion stieg aus Rennies Brust.

»Bronchoskop!« schnauzte der Doktor.

Mrs. Dockey kam mit einem langen, tubusförmigen Gerät zum Tisch zurückgerannt, das ihr der Doktor aus den Händen schnappte und in Rennies Mund einzuführen begann. Das Erbrochene war überall in ihrem Gesicht, und ein kleines Häufchen davon lag unter ihrem Kopf, klebte ihr im Haar. Ihr Gesicht wurde immer dunkler; ihre Augen öffneten sich, und die Pupillen rotierten sinnlos hin und her. Mir schwindelte.

»Oxygen fertig machen!« befahl der Doktor. »Horner, übernehmen Sie den Puls!«

Ich griff nach Rennies Handgelenk. Mag sein, vielleicht fühlte ich einen Schlag – wie auch immer, danach keinen mehr.

»Ich fühle keinen Puls mehr!« schrie ich.

»Nein«, sagte er, nicht so aufgeregt wie ich. Er zog das Bronchoskop aus ihrer Luftröhre und legte es beiseite. »Das Oxygen können wir jetzt vergessen, Mrs. Dockey.« Mrs. Dockey kam ohne Eile herüber, um zu gucken.

Und dies ist nun das Bild, das ich stets mit mir tragen muß: Der Behandlungsraum dunkel bis auf den Leuchtstrahler an der Decke, der den Tisch erhellte; Rennie darauf, nunmehr tot, das Gesicht fleckig, die Augen weit aufgerissen, den Mund starr offen; das Erbrochene zäh von einem Rinnsal in ihrem Mund in ein Rinnsal unter ihrem Kopf sickernd; der große schwarze Riemen, endlich aufgeschnallt, quer über dem Laken über ihrem Bauch und Brustkorb liegend; der untere Teil ihres Leibes blutig und entblößt; ihre Beine schlaff und schwerfällig von der Kante des Untersuchungstisches herabbaumelnd.

»So«, seufzte der Doktor.

»Wie ist das passiert?« fragte Mrs. Dockey.

»Sie muß ein ausgiebiges Mahl zu sich genommen haben, bevor sie herkam«, sagte er. »Hätte sie besser wissen sollen. Mußte sich vom Äther erbrechen und atmete es dann in die Lungen ein. Schöne Bescherung!«

Ich war nach dem Weinen wie betäubt. Augenblicklich setzte der Schock ein, und ich mußte rasch nach einem Stuhl greifen, um nicht umzukippen.

»Reißen Sie sich zusammen, Horner; das hilft auch nicht.«

Ich konnte nichts erwidern. Ich kämpfte gegen Übelkeit und Schwäche an.

»Los, legen Sie sich auf die Couch im Empfangszimmer«, wies er mich an, »und legen Sie die Füße hoch. Geht schon vorbei. Wir machen sie inzwischen sauber, und dann müssen Sie sie von hier fortschaffen.«

»Wohin?« schrie ich. »Was soll ich denn jetzt tun?«

»Nun, Sie bringen sie nach Hause. Glauben Sie nicht, daß der Gatte ihre Leiche haben möchte?«

Ich wankte zur Tür, fiel aber zu Boden, noch ehe ich sie erreichte. Als ich wieder zu mir kam, lag ich im Empfangszimmer, und der Doktor stand neben mir.

»Schlucken Sie das«, sagte er und gab mir zwei Tabletten und ein Glas Wasser.

»Also, passen Sie auf. Das ist eine ernste Sache, wird aber schon klargehen, wenn Sie sich zusammennehmen. Wir haben sie draußen in Ihren Wagen gelegt. Machen Sie keine Dummheiten, indem Sie etwa versuchen, sich ihrer heimlich zu entledigen. Ich hab den Ehemann angerufen und erklärt, es würde noch eine Weile dauern, bis sie aus der Narkose erwacht. Das Beste, was Sie tun können, ist: bringen Sie sie direkten Wegs nach Hause und sagen Sie dem Ehemann, sie sei tot. Seien Sie in Panik. Sagen Sie ihm, sie habe die Hälfte des Weges über ganz in Ordnung ausgesehen, bis sie angefangen habe, sich zu erbrechen, und daran erstickt sei – die Autopsie wird das voll und ganz bestätigen. Er wird dann den Krankenhaus-Notdienst anrufen, und die werden den Abort entdecken, aber das wird schon klargehen. Man wird Ihnen Fragen stellen; auch das wird klargehen. Sagen Sie ihnen nicht vor morgen, wo es gemacht wurde; danach ist es egal. Ich mach mich heute nacht mit ein paar Patienten im Combiwagen aus dem Staub, und Mrs. Dockey wird hierbleiben, um alles zu regeln. Haus und Telefon gehen auf ihren Namen, und sie wird sagen, sie sei 'ne Patientin von mir, die sich um das Haus kümmere. Sie kennen meinen Namen nicht, und sie wird ihnen den falschen angeben und geltend machen, von der ganzen Sache nichts zu wissen. Keinen von euch beiden kann man festnehmen, und mich wird man nicht auftreiben können. Hier, nehmen Sie das.« Er gab mir einen Umschlag. »Hier ist der Betrag für Ihren Bus und noch etwas Geld: damit kommen Sie bis Mittwoch aus. Sonst bleibt vorläufig alles wie vereinbart. Suchen Sie Mrs. Dockey und die übrigen Patienten Mittwoch morgen an der Greyhound-Station auf, dann wird sie Ihnen sagen, ob wir unsere Pläne ändern müssen. Fühlen Sie sich jetzt in der Lage zu chauffieren?«

Ich konnte nicht antworten: Mit meinem Bewußtsein war plötzlich mein ganzer Schmerz zurückgekehrt.

»Sie sehen okay aus«, sagte er kurzerhand. »An dieser Sache sind alle schuld, Horner. Möge es allen eine Lehre sein. Los jetzt; bringen Sie's hinter sich.«

Die Pillen mußten gewirkt haben: als ich diesmal aufstand, fühlte ich mich nicht schwach. Ich ging hinaus zum Auto und stieg ein. Rennie lag zusammengekrümmt auf dem Rücksitz, angekleidet, gewaschen, die Augen geschlossen. Es war etwas zu Ungeheuerliches, um zu wissen, was ich darüber denken sollte, zu wissen, wie ich mich fühlen sollte. Mechanisch fuhr ich zum Haus der Morgans zurück.

Es war ungefähr elf, als ich dort ankam. Das Gartengelände und der größte Teil des Hauses lagen im Dunkel, und auf der Straße war kein Verkehr. Ich klingelte an der Haustür, und als Joe aufmachte, sagte ich: »Sie ist tot, Joe«.

Er zuckte zusammen und stupste sich die Brille auf die Nase zurück. Tränen schossen ihm in die Augen und rannen ihm sofort über beide Wangen hinab.

»Wo ist sie?«

»Draußen im Wagen. Sie mußte kotzen, vom Äther, und würgte sich daran zu Tode.«

Er ging an mir vorbei zum Auto hinaus. Mit großer Mühe hob er sie vom Rücksitz und trug sie ins Haus, wo er sie sacht auf den Diwan bettete. Tränen strömten ihm übers Gesicht, aber weder schluchzte er, noch gab er irgendeinen anderen Laut von sich. Ich stand völlig hilflos daneben.

»Wie heißt der Arzt?«

»Weiß nicht, Joe. Ich schwöre bei Gott, daß ich ihn jetzt *nicht* decke. Ich war bei ihm in Behandlung, aber er hat mir nie seinen Namen gesagt. Ich erklär's dir, wenn du's hören willst.«

»Wo hat er seine Praxis?«

»Draußen hinter Vineland. Ich werde der Polizei sagen...«

»Du verschwindest jetzt, aber fix.«

»Gut«, sagte ich und verschwand auf der Stelle.

Ich blieb die ganze Nacht wach und wartete, ob ich von Joe oder der Polizei was hören würde, aber keiner meldete sich. Mich quälte das schreckliche Verlangen, die Polizei anzurufen, das Krankenhaus anzurufen, Joe anzurufen – doch es gab keinen Grund, irgend jemanden anzurufen. Ich hatte keine Ahnung, was Joe jetzt gerade tat; vielleicht hatte er noch gar nichts getan – vielleicht starrte er sie immer noch an, wie sie da auf dem Diwan lag, um einen Entschluß ringend. Ich aber war bereit, ihn alle Schritte tun zu lassen, die er unternehmen wollte – und sei es, mich zu töten – ohne mich irgendwie einzumischen, da er ja meine Hilfe nicht wollte. Ich hatte vor, solange er mich nicht um anderes bäte, jedermanns Fragen wahrheitsgemäß zu beantworten, und hoffte, der Doktor sei im Irrtum gewesen: aus ganzer Seele hoffte ich, es gäbe eine Möglichkeit, wie ich rechtlich zur Verantwortung gezogen werden könnte. Ich lechzte nach Verantwortlichkeit.

Doch das Telephon schwieg. Am Morgen stand ich vor dem Problem, zu entscheiden, ob ich zur Schule gehen sollte oder nicht, und beschloß, zu gehen. Mit Joe konnte ich nicht telefonieren; vielleicht hatte irgend jemand in der Schule schon etwas erfahren.

Als ich das College erreichte, ging ich geradewegs in Dr. Schotts Büro unter dem Vorwand, nach Post sehen zu wollen. Dr. Schott war im Vorzimmer, zusammen mit Shirley und Dr. Carter, und von ihren Mienen war abzulesen, daß sie von Rennies Tod schon gehört hatten.

»Guten Morgen«, sagte ich, unsicher, wie ich wohl empfangen werden würde.

»Guten Morgen, Mr. Horner«, sagte Dr. Schott abwesend. »Wir haben gerade eine fürchterliche Sache gehört! Joe Morgans Frau ist gestern nacht ganz plötzlich gestorben!«

»Was?« sagte ich, automatisch Schock und Überraschung vortäuschend. Also ahnten sie scheinbar nichts von meinem Anteil an ihrem Tod: meine geheuchelte Überraschung war, solange ich noch nicht rausgefunden hatte, was Joe im Schilde führte, genau das Richtige.

»Eine fürchterliche Sache!« wiederholte Dr. Schott. »So ein junges Mädchen noch! Und zwei kleine Kinder!«

»Wie ist das passiert, Sir?«

Er errötete. »Ich kann es Ihnen nicht sagen, Mr. Horner. Joe war natürlich gerade am Telefon etwas durcheinander... Ein Schock, verstehen Sie – ein fürchterlicher Schock für ihn! Ich glaube, sie starb letzte Nacht im Krankenhaus unter Narkose. Man nahm wohl irgendeine Art Notoperation an ihr vor.«

»Entsetzlich, nicht wahr?« sagte ich, den Kopf schüttelnd.

»Fürchterliche Sache!«

»Soll ich das Krankenhaus anrufen?« fragte ihn Shirley. »Vielleicht wissen die was Näheres.«

»Nein, nein«, rief Dr. Schott sogleich. »Wir dürfen nicht neugierig sein. Ich ruf nachher Joe an und frage, ob ich irgend etwas tun kann. Ich kann's noch gar nicht glauben! Mrs. Morgan war so ein gesundes, junges Ding!«

Für mich lag auf der Hand, daß er mehr wußte, als er preisgab, aber was immer ihm Joe erzählt hatte – er konnte mich nicht reingezogen haben. Dr. Carter sah, wie sich meine Augen mit Tränen füllten, und klopfte mir auf die Schulter. Man wußte, daß ich irgendwie mit den Morgans befreundet gewesen war.

»Man weiß nie...« seufzte er. »Wen die Götter lieben, den rufen sie früh zu sich, und vielleicht ist es das Beste so.«

»Was wird er mit den Kindern machen?« fragte ich.

»Gott weiß...! Wie tragisch!« Es war nicht klar, worauf er sich eigentlich bezog.

»Tja. Nun wollen wir aber nicht mehr dazu sagen als unbedingt nötig«, riet Dr. Carter, »bis wir mehr Details erfahren. Es ist ein fürchterlicher Schock für uns alle.«

Ich war mir fast sicher, daß Dr. Schott ihm alle Informationen anvertraut hatte, über die er verfügte.

Und so unterrichtete ich am Montag und am Dienstag wie üblich meine Klassen, wenn auch in einer großen, angsterfüllten Leere. Dienstag nachmittag wurde Rennie beigesetzt, und da das College für diesen Anlaß keine Dienstbefreiung ansetzen konnte, war Dr. Schott bei der Beerdigung der einzige Vertreter der Fakultät. Miß Banning sammelte von uns allen für einen Kranz ein: ich spendete einen Dollar von dem bißchen Geld, das mir der Doktor mitgegeben hatte. Ich glaube, in dem Augenblick, da Rennies Sarg in die Erde gesenkt wurde, erläuterte ich meinen Schülern gerade das Semikolon.

Im College machte das Gerücht die Runde, Mrs. Morgan sei letzten Endes doch nicht an einer Anästhesie gestorben, sondern sei erstickt, als ein Krümel Essen sich in ihrer Kehle festgesetzt habe, und sei auf dem Weg ins Krankenhaus verschieden. So auch die Version, die in der Dienstagszeitung erschien – Dr. Schott muß eine einflußreiche Persönlichkeit gewesen sein in der Gemeinde. Darüber hinaus ging noch das Gerücht, Mr. Morgan habe seinen Abschied eingereicht; alle waren sich darin einig, daß dies dem Schock über den Tod seiner Frau zuzuschreiben sei – daß Joe selbstverständlich für eine Weile einen Tapetenwechsel brauche. Um die Buben kümmerten sich Mr. und Mrs. MacMahon, Rennies Eltern.

Aber später, am Dienstagnachmittag, hörte ich die Wahrheit über die Angelegenheit von Dr. Carter, der, als ich gerade zum letzten Mal die Schule verließ, an mich herantrat.

»Ich weiß, Sie waren ein Freund der Morgans«, sagte er vertraulich und bugsierte mich von dem Pulk Schüler fort, die in der Nähe standen, »daher können Sie ebensogut die Wahrheit über die ganze Geschichte erfahren. Ich bin sicher, es bleibt unter uns.«

»Selbstverständlich«, versicherte ich ihm. »Was ist es denn nun?«

»Dr. Schott und ich waren furchtbar schockiert, Horner«, sagte er. »Es sieht so aus, als sei Mrs. Morgan in Wirklichkeit an den Folgen einer illegalen Abtreibung gestorben, irgendwo draußen auf dem Land, unweit von hier.«

»Aber nein!«

»Ich fürchte, doch. Als er sie ins Krankenhaus brachte, fand man heraus, daß sie unter einer Narkose erstickt war; und für die Abtreibung gab es untrügliche Anzeichen.«

»Nein, wie schrecklich!«

»Nicht wahr? Dr. Schott erlegte uns allen Schweigepflicht auf, und die Polizei untersucht den Fall ganz diskret, hat aber bis jetzt noch nichts herausgefunden. Morgan behauptet, er wisse nicht, wer der fragliche Arzt sei oder wo die Sache gemacht wurde. Sagt, seine Frau hätte's auf eigene Faust arrangiert und er sei nicht dabeigewesen, als es passierte. Ich weiß nicht, ob er schwindelt oder nicht; es gibt kein Mittel, sich darüber Klarheit zu verschaffen.«

»Guter Gott! Kann man ihn für irgendwas haftbar machen?«

»Aber nicht doch. Nur – das Unglückliche an der Sache ist folgendes: obgleich Schott alles unter den Teppich gekehrt hat, entschied er doch, er könne Morgan guten Gewissens nicht im Kollegium behalten. Es ist nun mal *eo ipso* eine sehr faule Sache und würde nur noch schlimmer, wenn die Schüler davon Wind bekämen. Sie verstehen... ein kleines College in einer Stadt wie Wicomico... das könnte zu einer Menge Scherereien führen. Offen gesagt: Er bat Morgan, seinen Abschied zu nehmen.«

»Ach der arme Kerl!«

»Ja, es ist ein Jammer. Sie werden doch nichts ausplaudern, wie?«

Ich schüttelte den Kopf. »Kein Sterbenswörtchen.«

Und so wurde mir nun die Gelegenheit genommen, öffentlich für das Geschehene einzustehen. Rennie lag unter der Erde. Ich war weiterhin in Amt und Brot, mein Ruf war unangetastet, und Joe war arbeitslos.

Herrgott, wie willkürlich, wie bruchstückhaft war das alles. Ich ging ruhelos in meinem Zimmer auf und ab, sog meinen Atem ein, stöhnte laut. Ich konnte mir ausmalen, wie ich öffentlich ein Geständnis ablegte – aber wäre das nicht ein weiteres, letztes Unrecht an Joe, der mich eindeutig meiner Verantwortung berauben, oder zumindest fern von jedem Umgang mit mir seiner Trauer leben wollte. Ich konnte mir ausmalen, wie ich diese schäbige Last im Geheimen trug, in oder außerhalb von Wicomico, verheiratet mit Peggy Rankin oder auch nicht, unter meinem richtigen Namen oder einem anderen – aber hieß dies nicht, meine Mitmenschen um das zu prellen, was ihnen zustand, oder feige der öffentlichen Bloßstellung aus dem Wege zu gehen? Was das betraf, konnte ich mich nicht entscheiden, ob Peggy zu heiraten eine Gnade oder eine Grausamkeit sein würde; oder ob die Polizei auf die Fährte des Doktors zu setzen richtig oder falsch sein würde. Ich konnte mich noch nicht einmal entscheiden, was ich *empfinden* sollte: alles, was ich in mir fand, war seelische Qual, abstrakt und verschwommen.

Ich war wie wahnsinnig. Ich begann ein halbes Dutzend Briefe – an Joe, an die Polizei, an Peggy, dann wieder an Joe –, und keinen konnte ich zu Ende bringen. Es hatte keinen Zweck: Ich konnte nicht mehr länger so naiv sein, um nach den Schuldigen zu suchen – der Doktor, ich selbst oder wer auch immer? – oder zu beschließen, wie ich eigentlich vorgehen sollte. Ich warf die Briefentwürfe weg und saß still und zerquält in meinem Schaukelstuhl. Die entsetzliche Unvollständigkeit machte mich launisch; meine Muskeln schrien nach Taten, aber meine Glieder waren gefesselt wie die Laokoons – von den beiden Schlangen Erkenntnis und Imagination, die – rechtzeitig volljährig geworden – den Menschen nicht länger versuchen, sondern vernichten.

Dann zog ich mich aus und legte mich im Dunkeln aufs Bett, auch wenn an Schlaf nicht zu denken war, und begann ein stilles Zwiegespräch mit meinem Freund.

»Wir sind zu weit gegangen«, sagte ich zu Laokoon. »Wer mag denn auf dieser Erde noch länger hausen wollen?«

Es gab keine Antwort.

Irgendwann in der Nacht klingelte das Telefon. Ich war nackt, und da die Vorhänge am Fenster offen waren, beantwortete ich den Anruf im Dunkeln. Joes Stimme kam streng, klar, ruhig und knapp aus der Leitung.

»Jake?«

»Ja, Joe.« Ich zitterte am ganzen Körper, dachte unter anderem an die massive Pistole in seinem Schrank.

»Bist du über alles auf dem laufenden?«

»Ja. Ich glaub schon.«

Es gab eine Pause.

»Und? Was hast du für Pläne? Was Besonderes vor?«

»Weiß nicht, Joe. Ich schätze, nicht. Ich wollte eigentlich deiner Führung folgen, was immer dabei herauskäme.«

Wieder eine Pause.

»Vielleicht verlasse auch ich die Stadt«, sagte ich.

»Ah, ja? Warum?«

Keine Akzentverschiebung in seiner Stimme, überhaupt kein Hinweis auf seine Haltung.

»Ich weiß nicht. Und was ist mit dir, Joe? Was wirst du jetzt tun?«

Er ignorierte die Frage.

»Also was denkst du dir nun so, Jake? Was hältst du so von allem?«

Ich zögerte, gänzlich aus der Fassung gebracht. »Gott, Joe ... ich weiß nicht, wo anfangen ... oder was ich machen soll!«

»Bitte?«

Seine Stimme war immer noch klar, gescheit und nahe in meinem Ohr. Tränen strömten mir in kalter Flut über Gesicht und Hals und auf meine Brust, und kalte Schauer schüttelten mich am ganzen Leib.

»Ich sagte, ich weiß nicht, was ich tun soll.«

»Ah so.«

Wieder eine Pause, eine lange; dann hägte er ein, und ich blieb mit meinem toten Apparat im Dunkeln zurück.

Am nächsten Morgen rasierte ich mich, zog mich an, packte meine Sachen und rief ein Taxi. Während ich darauf wartete, schaukelte ich in meinem Schaukelstuhl und rauchte eine Zigarette. Ich war ohne Wetter. Ein paar Minuten später hupte die Taxe nach mir; ich nahm meine zwei Koffer und ging hinaus. Meine Laokoon-Büste ließ ich stehen, wo sie gerade stand: auf dem Kaminsims. Auch meinen Wagen ließ ich – da ich keine weitere Verwendung für ihn hatte – stehen, wo er stand: am Bordstein, und stieg ins Taxi.

»Zur Endstation.«

5,–